삶을 위한 길

사람을 위한 길

초판 1쇄 인쇄일 2017년 7월 3일
초판 1쇄 발행일 2017년 7월 10일

지은이   김순용

펴낸이   김완중
펴낸곳   내일을여는책
편집총괄 이헌건
디자인   구정남
관리실장 장수댁

인쇄   예림인쇄
제책   바다제책

출판등록 1993년 01월 06일(등록번호 제475-9301)
주소   전라북도 장수군 장수읍 송학로 93-9(19호)
전화   063) 353-2289
팩스   063) 353-2290
전자우편 wan-doll@hanmail.net
블로그   blog.naver.com/dddoll

ISBN   978-89-7746-074-4 03810

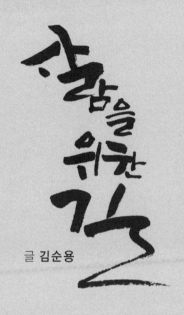

글 김순용

내일을여는책

참
고마운
일

이 나이까지 어찌어찌 간신히 간신히 살아남았습니다. 이 글들은 그렇게 투박하게 살아온 내 삶의 기록입니다. 몽골에서 지낸 이야기를 쓴 《바람 속에 두고 온 아이들》이 이 나오고 7년 만입니다. 몽골에 다녀와서 진안에서 3년 반 살았던 적이 있는데, 그때 쓴 글들도 있습니다. 그렇게 시골에서 끝까지 살고 싶었는데 다시 도시로 왔습니다.

그 전에 쓴 글, 진안에서 쓴 글, 다시 도시로 와서 쓴 글들을 한 곳에 모으다 보니 글들이 뒤섞이기도 했습니다.

이오덕 선생님의 가르침대로 정직하게 있는 그대로 꾸미지 않고 글을 쓰려 항상 노력했습니다. 선생님께서는 소설가나 작가들 전문가들만이 글을 쓰는 것이 아니라 어떤 사람이라도 글을 쓰며 자신의 삶을 가꾸어야 한다고 하셨지요. 특히 일하는 사람들이 글을 써야 한다고 하셨습니다. 그 말씀에 힘을 얻어 글을 쓸 때가 많았습니다. 또 글을 읽을 줄 아는 사람이라면 누구라도 읽을 수 있도록 알아듣기 쉬운 글이 내 글이라 생각합니다. 언젠가 이 글들을 정리해야지, 생각만 하고 있었는데 다행히 이렇게 때가 왔습니다. 달마다 나오는 '글쓰기 회보'에 실렸던 글도 있고 지방신문에 실렸던 글도 있습니다. 내 삶의 바닥과 맨살을 내놓는 것 같아 부끄럽기 이를 데 없습니다.

작년에 남편이 사무실에서 일하다 쓰러져 생사를 오간 적이 있습니다. 나보다 건강하게 오래 살 줄 알았는데 말이지요. 내 가까이에서도 심심치 않게 주무시다가도 돌아가시고, 운동하다가도 세상을 떠나고, 교통사고로 세상을 떠나기도 했지만 남편이 이런 일을 당하니 충격이 이루 말할 수 없고 적지 않게 혼란스러웠습니다. '아, 나도 혼자 남을 수가 있겠구나. 어쩌면 나도 그렇게 어느 날 갑자기 떠날 수가 있겠구나' 하는 생각이 들어 이제부터는 어떤 일이든 정리를 하면서 준비를 해야겠구나, 아프게 마음먹었습니다.

남편이 병원에서 퇴원하는 길에 "집에 가면 가장 하고 싶은 일이 뭐에요?" 하고 물었더니 "얼른 사무실에 가서 일하고 싶어." 하고 답을 합니다. 일하다 과로로 쓰러져 죽을 고비를 넘기고도 그렇게 일이 하고 싶으냐고 타박을 했지요. 생각해보니 갑자기 쓰러지는 바람에 일하던 책상이 어질러진 채 정리가 안 된 것이 마음에 걸린다고, 병원에서도 걱정을 했습니다. 몸이 나아지면 얼른 사무실에 가서 정리를 하고 싶었겠지요.

남편과 함께 늙어가는 것이 누구나 누릴 수 있는 행운이 아니라는 것도 생각했습니다. 부디 함께 늙어갈 수 있기를 바랍니다.

별다를 것 없고 딱히 내세울 건 없지만 이 땅에 사는 대다수의 백성이 그렇듯 무진 애를 쓰며 살았습니다. '지금이 가장 힘든 시기일 거야. 견디어 내야지.' 늘 그러면서 찾아오는 고비를 넘기곤 했지요. 그때마다 책읽기와 글쓰기는 저에게 큰 힘이 되었습니다.

결국 삶이란 묵묵히 한 발 한 발 하루하루 순간순간 살아가는 것이란 걸 진즉에 알았습니다. 좋다고 경거망동하지 말아야 하며 슬프다고 호들갑 떨 것 없이 내 앞에 닥치면 닥치는 대로 내 몫의 삶을 살아내야 하는 것이라는 걸 깨달은 지도 오래 되었지요.

마음먹었지만 끝까지 다 하지 못한 것들이 훨씬 많습니다. 우리 땅을 동서로 걸었으니 남북으로도 내 발로 걷고 싶어 시작은 했지만 땅끝 해남에서 남원까지 걸었을 뿐입니다. 이제 몸도 슬슬 아파오기 시작해서 아마 끝까지 다 못 걸을 수도 있을 것입니다. 그러면 거기까지가 내 몫의 삶임을 인정해야겠지요.

오늘까지 이렇게나마 살아낸 것이 얼마나 고마운 일인지요. 사랑하고 고마운 우리 식구들 덕분이지요. 우리 네 식구 평범하지만 자기 자리에서 제 몫의 삶을 성실하게 살아가는 것이 얼마나 고마운 일인지요. 서로가 힘들 때마다 네 식구가 힘을 보태 서로를 격려하며 오늘까지 살았지요. 앞으로도 그렇게 살 수 있기를 바랍니다.

내 삶에서 '글쓰기회'를 만나지 않았다면 어찌 살았을까, 때로 생각해봅니다. 글쓰기회는 내가 살아가야 할 방향을 또렷하게 알려준 길잡이였습니다. 식구 같은 '전북글쓰기회' 선생님들도 참 고마운 분들입니다. '내일을여는책' 김완중 대표님 덕분에 부족한 글이 이렇게 밝은 자리로 나왔습니다. 참 고마운 일입니다. 위로가 되고 고마운 사람들에게 책이 나오면 한 권씩 보내드리려고 합니다.

지금 이 순간도 삶은 이 자리에서 흘러가고 있습니다. 살아 숨 쉬고 있다는 것이 참 고마운 일입니다.

2017년 6월 21일

일 년 가운데 낮이 가장 긴 날, 비를 기다리며

아름답게
산다는 것은

　자신은 아름답게 살고 있다고 스스로 평가하는 것은 아무나 할 수 있다. 쉽다.

　하지만 '그 사람이 아름답게 살고 있느냐'는 남들이 평가하는 거고, 아무나 받을 수 있는 게 아니다. 말이야 입 밖에 쉬이 낼 수 있지만 행동에 옮기는 건 결코 쉽지 않아서 그렇다.

　저자는 여태껏 그랬듯이 오늘도 계속 그렇게 사는 보기 드문 사람이다. 그래서 사람들을 끌어당기는지 모르겠다. 떨어져 살면 보고 싶고, 만나 얘기 나누면 패기를 얻을 수 있는 그런 존재다. 그래서 저자가 쓰는 글에는 '아름다운 삶'이 진주처럼 흩뿌려져 있고, 그 글을 읽는 사람은 그 진주들을 주워 갖고 싶어 저자를 찾는지 모르겠다.

저자의 삶의 밑바닥에는 자연과 공존하려는 인간 본연의 욕망, 오늘을 사는 사람들이 홀대하고 더럽히고 있는 위대한 자연과 더불어 살고 싶다는 갈망이 깔려 있다. 이런 말을 하면 저자는 너무 어마어마해서 결코 그런 게 아니라고 부정할 것이다. 하지만 저자의 일상을 나름으로 분석하면 이런 결과를 낼 수밖에 없다. 저자가 의식하든 말든.

류머티즘 관절염일지도 모르는 아픈 다리로 올라간 히말라야 등반 기록은 그런 저자의 모습을 잘 웅변한다. 히말라야는 등반을 전문으로 하는 프로나 세미프로 등 단련된 다리와 풍부한 경험을 가진 사람들이라야 도전할 수 있는 산이다. 그 길을 과감히 도전했다.

4,100미터를 넘는 고산을 오르고 내리는 동안, 육체의 아픔과 네팔의 먹거리와 그로 인한 배탈 등등 이루 나타내기 어려운 고난에 시달리면서 끝내 목표를 성취한 저자는 가장 힘들었던 고비에서 "도대체 왜 이 높은 곳까지 와서 이 고통을 겪어야 하나?"라고 자문하고, "……어쩌면 내 삶 속으로 수시로 찾아드는 불안과 두려움을 이겨내 보려 히말라야라는 욕망을 품고 살아왔는지 모른다."라고 자답한다.

나도 등산을 즐긴다. 일본 알프스도 올랐고, 스위스 알프스도 트레킹했다. 일본 알프스에서는 낙석 위험을 경험했고, 혼자서 올라간 3월말의 히라산 눈길에서 방향을 잃었다가 하룻밤 묵을 아늑한 장소를 찾은 경험도 있다. 하지만 그것들은 어디까지나 취미로 올라간 산이고 히말라야는 엄두도 못 낸다.

그래서 생각하는 것이다. 저자 김순용은 웅대하고 장엄한 자연 속에서 궁극에 이르는 고난을 직면해서 불안과 두려움을 이겨낼 힘을 얻어낸 거라고. 히말라야에서 자연과 더불어 사는 네팔 토박이들의 삶, 가이드나 포터를 업으로 하는 삶, 4,000미터급 고지에서 로지를 경영하는 젊은 부부며 로지를 짓기 위한 돌을 깎아내는 고달픈 노동자들의 삶을 통해 자연과 공존하는 사람들을 확인하고 무한한 힘을 얻은 것이리라.

저자는 히말라야 글의 마지막 부분에서 "산을 내려가면 불안하지 않고 두려움에 떨지 않고 살아갈 수 있을까. 돈이 신이 되고 자본이 이 세상을 지배하고 있는 그곳에서."라고 고백했다. 저자의 글을 통해 산에서 생각한 바를 현실에서 실천하며 자연이 베풀어주는 혜택에 고마움을 간직하며 살고 있다는 것을 알 수 있다.

나는 이것이 바로 김순용이란 사람이 다른 사람과 구별되는 개성이라 본다. 그렇지 않고서는 그 가혹한 히말라야를 등반하는 의미가 설명되지 않는다.

아버지 하늘이며 어머니 땅, 우뚝 솟은 산이며 넓은 바다를 섬겨 사는 저자는 대자연과 함께하는 사람들을 소중히 여긴다. 특히 어려운 생활 조건에서도 가난하지만 성실하고 정직하게 사는 사람들을 아낀다. 그의 글에는 그런 사람들의 참된 삶의 모습이 그려져 있고 그 속에는 그들을 향하는 따갑도록 뜨거운 정이 맥박치고 있다.

2015년 4월의 네팔 지진에서 큰 피해를 입은 그들을 위해 저자는, 아들이 군대에서 적금 들어 어버이날 선물로 준 것을 긴급구호 지원금으로 고스란히 바쳤다. 자신은 극히 수수하게 살면서 말이다.

고백하거니와 나는 저자의 글을 읽을 때 필연코 자신의 삶과 대비해버린다. 자연이 베풀어주는 은혜에 감사드리며, 핵발전소를 반대하며, 화학제품이나 인공으로 만든 것들을 되도록 멀리하며, 어렵게 사는 사람들과 함께하려고 노력하며, 분열된 조국이 하나가 되도록 미미하지만 힘쓰고 산다. 말하자면 지향하는 바가 우리는 한가지인 것이다. 그래서 한참 생각을 하다가 낸 결론은 늘 '김순용 샘은 너무 독해!'였다.

그러다 나이가 들어감에 따라 나타나는 저자의 삶이 결코 그렇지 않다는 것을 알게 되었다. 그의 삶의 밑바닥에 흐르는 신념이 사람은 자연을 우러러 받들며 공존해야 한다는 사상이며, 그렇게 살려는 마음이며, 행동으로 옮기려는 정열이 남달랐다는 것을 깨달았다.

우리 한반도가 허리 잘려 갈라진 채로 있는 것도 부자연스럽다. 부자연스러운 것은 제대로 바로 잡아야 한다. 그런 마음으로 휴전선을 동서로 가로지르는 통일대행진을 함께 했을 거고, 휴머니스트로서 인류애를 실천하려는 마음으로 몽골로 국제 NGO활동을 떠났겠지.

나는 저자를 천연의 환경 속에서 아름다운 사람들을 만나 온몸에다 생기를 불어넣어 아름답게 살고 있는 본보기라고 찍었다.

그래서 저자의 글에는 여느 사람들 글과 다른 각별한 맛이 나는 거겠지.

아름답게 살고 있는 김순용 선생님 글을 읽노라니 가끔 샘날 때가 있다. 여기 일본 땅에서 저자의 에너지만이라도 얻자며 나는 그의 글을 탐독한다.

김 송 이 _ Songi Kulture Lab주재, 《맨발의 겐》 옮긴이

11

검소한 삶에서 우러나온 말

"공부하기 싫으면 하지 마."

이 책에 나오는 이 한마디, 내 마음에 쏙 들어왔다. 글쓴이 김순용 선생이 어머니로서 중학생인 둘째아이한테 한 말이다.

나는 이 말에서 우리 어머니를 떠올렸다. 무밥 냄새가 거슬려서 먹기 싫다고 투정하는 아이한테 "배가 부르구나. 먹기 싫으면 숟가락 놓고 일어나거라." 하시던 내 어릴 적 우리 어머니 말하고 비슷하다. 나는 눈물을 닦으면서 밥을 먹었고, 그날로부터 이제까지 나는 밥상에서 음식 맛이 있느니 없느니 군소리하지 않는다. 고마운 마음으로 잘 먹는다. 나라 밖 여행할 때 김치나 장조림 같은 반찬을 넣어가지 않아도 잘 먹어서 몸무게가 1킬로그램 늘어서 돌아온다. 우리 어머니가 주신 큰 선물로 여기며 살아간다.

저 중학생 아이도 어머니 말에 토 달지 않고 책상 앞으로 간다고 하였다.

'맑은 가난을 선택하여 진정한 자유가 무엇인가 몸소 보여주신 법정 스님을 본받아 소유보다 자유로운 삶을 살고 싶다.'

글쓴이가 찾아 읽은 책에서 마음에 드는 말을 옮겨다 적어놓고, 그대로 살아가겠다고 다짐한 말이다. 이런 말은 내 삶을 돌아보게 한다.

이 책에 등장하는 인물이나 배경은 주로 가난하지만 맑게 살아가는 사람들이고 농촌이다. 학교 밖 글쓰기 선생님으로서 만난 두 할머니, 메주콩 삶는 거석리 할머니 집에서 만난 사람들 이야기가 참 아름답다. 손발이 다 닳도록 흙에서 먹을 것 만들어내는 노인들의 삶을 그대로 그려놓았다. 달랑 숟가락 두 개 사서 신혼살림 시작하는 자신의 삶도 숨김없이 썼다. 그림이 그려지는 이야기글이다. 마치 맑은 물감으로 그려놓은 그림 같다.

거기에다 이런 삶을 떠받드는 시나 글귀를 찾아 그림 같은 이야기에서 환한 빛이 나오게 한다. 이현주 목사님 시 '밥 먹는 자식에게'에서 밥알 하나 귀한 줄 모르면 사람이 아니라는 말이 그렇고, 법정 스님의 무소유, 윌리엄 도일 신부님 수첩 글이 그렇다. 글쓴이는 이런 빛나는 말을 받아들여 자신의 삶을 바꾸고, 글로 써서 이웃에게 빛을 나누어준다.

'이 뜨거운 길을 걸으며 나는 그렇게 쪼그라들고 주눅 든 마음이 쫘악 펼쳐지는 것을 느낀다.'

해남 땅끝마을에서 거센 비바람 맞으며 길을 걷기 시작하여, 그 이듬해에도 이어지는 길 걷는 이야기에 나오는 말이다. 이 이야기는 '글쓰기' 회보에도 실렸던 글이라서 또 읽게 되었다. 나도 지난해에 150킬로미터 길을 걸어보아서 새롭게 읽혔다. 쉬려고 걷는다거나, 걸으며 문제가 다 풀리더라는 말에 '그래, 맞아!' 하고 맞장구를 쳤다.

중학생 아이 둘 데리고 155마일 휴전선을 따라 걸으며 온갖 어려움을 헤쳐 나가는 이야기, 일에 매여 사는 남편하고 눈으로 덮인 4,000미터 히말라야 산봉우리를 오르내리는 이야기를 읽을 때, 나도 따라 걷는 느낌이 들었다. '통일은 되었다' '안나푸르나 남봉이다. 그 눈산이 너희가 아무리 잘난 척하고 까불어봐야 아무것도 아니야 하는 듯 우리를 내려다보고 있다.' 는 말에 고개 끄덕였다.

"공부하기 싫으면 하지 마." 아이를 책상 앞에 앉게 하는 이 말에는 힘이 있다. 그 힘이 어디에서 왔을까? 가난하지만 맑게 사는 삶에서 나온다. 검소한 삶에서 우러나온 말이다.

들꽃 주 중 식 _ 농사꾼, 전 샛별초등학교 교장

'이름 없이, 정직하게, 가난하게'

너나없이 이름을 드높이고 싶어 하는 세상에 '이름 없이, 정직하게, 가난하게'라는 이오덕 선생님의 가르침은 늘 마음에 깨우침을 준다. 그런데 아는 것을 삶으로 실천하며 사는 분이 있다. 바로 김순용 선생님이다.

선생님은 나에게 늘 특별한 분이었다. 선생님의 글은 늘 나를 돌아보게 하고, 더 겸손하고 낮게 살라는 가르침을 주었다. 소소한 삶에서 깨우침을 얻고 실천하려고 노력하며, 아무런 대가 없이 몽골에 한 해 동안 봉사활동을 다녀오기도 한다. 또 통일대행진에 참가해 수백 킬로미터의 길을 걷기도 하고, 힘들다는 히말라야를 등반하기도 한다. 생각에만 머물지 않고 직접 부딪치며 살아온 선생님의 이야기가 담긴 이 책은 귀한 삶의 실천 기록이다.

윤 일 호 _《어른들에게 보내는 경고장》 지은이

CONTENTS

1부

어른이 자라야

아이도
함께 자란다

글을 읽고
쓸 줄
안다는 것

학교를 졸업하고 가장 하고 싶었던 일은 아이들에게 글쓰기를 가르치는 것이었다. 언제나 시간에 쫓기며 살다가도 달마다 오는 '글쓰기 회보'에 실린 지도사례들을 보면서 '나도 졸업하면 이 일을 해야지' 생각하곤 했다. 회보에 실린 지도사례대로만 하면 못 할 것이 없을 것 같은 생각이 들었다.

그런데 막상 졸업을 하니 어떻게 아이들을 모아야 할지 막막해서 지역 정보지에 광고를 냈다. 맨 먼저 전화를 준 곳은 검정고시 학원이었다. 학원에서 강의를 할 생각은 없느냐는 것이었다. 검정고시 학원이라고 하니 왠지 마음이 쓰였다. 대학원 입학할 때 한 신부님께서 '이웃을 위한 학문'을 하라고 당부하신 말씀을 떠올릴 때마다 배움의 때를 놓친 사람들을 위한 일도 이웃을 위한 일이 될 거라고 생각했다.

나는 학원의 제의를 아무런 조건 없이 받아들였다.

지금 만나고 있는 자매는 그 학원의 한글반 어머니들이다. 일주일에 세 번 이분들을 만나면서, 평소에 너무나 당연하게 생각했던 '글을 읽고 쓸 줄 안다'는 것을 새삼 고맙게 생각하게 되었다. 그리고 사람은 자기가 선 자리에서 '이만 못하지 않은 것을 감사하며 살아야 한다.'는 말도 다시 한 번 깊이 생각하게 되었다. 사실 나는 뒤늦게 시작한 공부가 너무 힘들어서 나를 끝까지 공부시키지 않았던 아버지를 원망한 적도 있었다.

처음 만났을 때, 그분들의 눈빛은 나의 옛 모습을 보는 듯했다. 잔뜩 주눅이 든 채 두려움이 가득한 눈빛. 사실 내가 뒤늦게 공부를 하고자 했던 것도 자신감을 얻고 싶어서였다. 겉으로는 씩씩해 보이고 목소리도 컸지만 그것은 자신 없는 나를 감추기 위한 과장이었다.

두 분 다 진지했지만 언니보다는 동생이 훨씬 더 적극적이었다. 언니는 안 오고 동생만 온 어느 날, 두 분이 글을 배우기로 결심한 까닭을 들었다.

언니가 무슨 일 때문에 경찰서에 가서 서류를 자필로 쓰게 되었다. 그 때 언니가 글을 못 쓰고 쩔쩔매는 걸 본 형부가 "무식하게 그것도 못 쓰냐." 라고 했다고 한다. 그 이야기를 하면서 속상해 하는 언니에게 동생이 이번 기회에 마음 굳게 먹고 글을 배우자고 몇 날 며칠 설득했다고 한다.

사실 동생은 글을 좀 아는데, 언니 때문에 왔노라고 하면서 자기는 편지나 일기를 꼭 써보고 싶다고 했다. 나는 "얼마든지 할 수 있어요." 하면서 글쓰기 회보에 실린 강원 양양 송천리의 이옥남 할머니 이야기를 들려주었다. 그 할머니 연세가 일흔이 넘었다고 하니 깜짝 놀란다. 나는 두 사람에게 무엇보다 자신감이 필요하다는 것을 절실히 느꼈다.

한글의 자음과 모음을 처음부터 차근차근 알려주니 너무나 신기해하며 따라했다. 두 시간은 금세 지나갔다. 끝나고 돌아갈 때는 어찌나 고맙다고 인사를 차리는지 내가 민망할 지경이었다. 어떤 날은 인사 끝에 "우리 같은 것을 이렇게 잘 대해주시니……." 하며 말끝을 흐린다. 그 말에서 나는 글을 몰라 당한 설움에 대한 깊은 아픔 같은 것을 느꼈다. 화요일 수업에 못 오게 되면 토요일에 미리 전화를 해주곤 했다. "선생님께 알려 드려야 다른 일을 하실 수 있잖아요." 하면서.

글공부의 교재는 매일 시 한 편으로 정했다. 첫날 김소월의 '진달래꽃'을 읽으며 동생은 울음을 터뜨렸다. 나는 마음속으로 '설마 김소월의 진달래꽃은 알겠지' 생각했는데, 난생 처음 들어본단다. "이 시가 왜 이렇게 나를 울린다냐." 하며 우는 동생을 보면서 내가 얼마나 나를 중심으로 생각하며 살고 있나 반성했다.

두 주일쯤 그렇게 읽고 쓰기를 한 다음, 이제는 자기가 생각한 것을 쓰는 연습을 해보자고 했다. 하고 싶은 말을 그대로 쓰면 글이 된다고 말해 주었다. 그동안 하루에 시 한 편씩을 읽고 쓴 것이 감성이 되살아나는 데 어느 정도 도움이 되는 듯했다.

동생은 글을 쓰고 싶은 의욕이 강해서인지 글을 써 보자고 했더니 좋아했지만 언니는 자꾸 못 쓰겠다면서 망설인다. 쓰다가 모르는 글자는 그냥 동그라미를 치면 된다고 해도 자꾸 못 한다고 하는 것이다. 그래서 하고 싶은 말을 하면 내가 칠판에 적어주겠다고 했더니 다음과 같이 말했다.

> 나는 어제 학원에 빠졌다.
> 동생은 혼자 나갔는지 궁금했다.
> 그런데 오후에 동생한테 전화가 왔다.
> "언니, 나 혼자 학원에 갔다 왔어."
> 그 소리를 듣고 나는 미안했다.

동생은 단숨에 다음 글을 썼다.

꿀차

요글레 며칠 동안 남편이 미워서 밥만 챙겨주고
나 혼자만 커피를 끓여 마셨는데
오늘은 내 마음이 풀려서 남편도 꿀차를 한잔 타 좋더니
좋아하는 것 같다. 그래도 조금 쑥스러워서
조금 떨어져 앉져 커피를 마셨다.
내 마음이 참 간사하다. 남편이 영영 미울 줄
앓았는데 이제는 이뻐 보이네 내 마음 나도 잘 모르겠네.

두 분 다 스스로 글을 써 보고는 무척 대견해하는 것이 느껴졌다. 나도 기뻤다. 무엇보다 학원에 안 나오려고 하던 언니가 재미를 붙여 가는 것이 눈에 보이니 안심이 된다. 처음에는 말도 잘 안 하더니 이제는 속마음을 터놓기도 한다. 날씨가 더워져서 오미자 우린 물을 시원하게 해서 공부 시작 전에 드리면 "우리가 준비해야 하는 것을 선생님이 이렇게 하시니 미안해서……." 하며 송구스러워 한다. 눈빛에서 느껴지던 두려움이 많이 사라지고 맑아지는 것을 느낄 수가 있었다.

언제까지 이분들을 만나게 될지는 모르지만 그때까지는 기쁘게 만나려 한다. 나 또한 이분들에게 배우는 것이 많다. 무엇보다 당연하게 생각했던, 글을 읽고 쓸 줄 안다는 것이 정말 고마운 일이라는 것을 이번 기회에 다시 한 번 알게 된 것도 이분들 덕분이다.

어른이 자라야
아이도
함께 자란다

국제 NGO 활동을 위해 몽골에 가기로 했다. 내 나름대로 깊이 생각하고 여러 가지 복잡한 절차를 거쳤다. 그런데 이것저것 준비하면서 마음도 함께 준비했다고 생각했는데, 막상 최종 결정이 났다는 연락을 받고는 말할 수 없이 착잡했다. 그동안 식구들하고 충분히 이야기를 나눴고, 식구들도 다 이해하고 엄마의 결정을 따르겠노라고 했지만 꼭 직무유기를 하는 것 같아 편치가 않다.

고등학생인 큰아이는 학교 기숙사에서 지내기로 했는데, 학교가 정말 재미있다면서 날마다 기운이 펄펄 나는 것 같아 마음이 덜 쓰인다. 하지만 중학교 3학년인 작은아이는 정말 마음에 걸린다. 잠깐 밖에 나갔다 올 때도 다른 식구가 문을 열어주면 늘 "엄마는?" 하고 물어서 다른 식구들을 섭섭하게 하는 아이다. 시어머니가 와 계실 때도 "할머니, 엄마는 어딨어요?"

해서 괜히 어머니 눈치가 보였다. 내가 집에 없으면 전화를 해서 어디에 있는지 확인을 하고, 무슨 일이 있었는지 시시콜콜 이야기한다.

큰아이는 여자애지만 곰살맞지 않은데, 작은아이는 남자애인데도 자상하고 따뜻하고 부드럽다. 성격도 어찌나 능글맞은지 혼나도 금방 풀어지고 우스갯소리도 잘하고 이야기하기를 좋아한다. 때때로 "남자애가 웬 말이 그렇게 많니?" 하기도 하지만 그런 아이가 정말 따뜻하게 느껴져서 참 많은 위로를 얻는다.

몽골행을 앞두고 작은아이가 물었다.

"엄마, 디카 사진 컴퓨터에 올릴 줄 알아? 잘 배워둬. 몽골에서 사진을 보내줘야 엄마가 어떻게 사는지 알 거 아냐?"

그러고는 카메라를 꺼내 선을 연결한 다음 일일이 설명해준다.

건성으로 알겠다고 했지만 끝까지 나를 가르치려고 한다.

"그럼 이번에는 엄마가 직접 한번 해봐. 뭐든지 직접 해봐야 제대로 알게 되지."

듣다 보니 내가 평소 저한테 하던 말이다.

"거기 컴퓨터 사정이 어떨지도 모르고, 필요하면 다 하게 돼 있어."

"내 메일 주소는 적었어요? 나한테 편지도 쓰고 사진도 보내야지."

아이는 이렇게 준비를 하고 있는데 어른인 나는 마음이 안 잡혀 갈팡질팡하고 있다. 그런데 이런 내 마음과 상관없이 내가 몽골에 간다는 것이 주변에 알려지면서 어른들이 했다는 이야기가 나에게는 더 상처가 되었다. 남편이 전해준 말은 대략 이런 것들이다.

"어떻게 감히 남편하고 아이만 두고 갈 생각을 할 수가 있지?"

"평소에 엉뚱한 줄은 알았지만 그 정도인 줄은 몰랐네."

"그 황량하고 못사는 나라를 뭐하러 가?"

남편은 그냥 오고 갔던 이야기를 전해준 것뿐이겠지만 나는 마음이 후벼 파는 것처럼 아팠다. "나라고 그냥 편안하게 살고 싶지 않은 줄 알아?" 이렇게 쏘아 붙이고 싶었다. 하지만 "그래, 그냥 편하게 살아." 이런 말이 돌아오면 감당할 자신이 없다.

친구들은 오히려 내 남편을 치켜세운다.

"거기 가는 너보다 너를 보내주는 남편이 더 대단하다."

"아니 내가 가는 데 왜 남편이……."

항변을 하려다가 그들의 눈 속에 담긴 '우리 현실'이라는 말없는 눈짓을 보고 참는다.

그래, 어떻게 남에게 다 이해를 받으며 살 수 있단 말인가. 아무리 내가 중심이 되어 세상을 살아간다고 해도 결혼한 여자는 어찌되었든 남편과 자식을 두고 떠나기가 쉽지 않음을 이번에 절실히 깨달았다.

그런저런 심란한 마음을 다른 학교 밖 선생님에게 이야기하니 때마침 좋은 책을 소개해준다.

"선생님, 여성학자 박혜란 씨는 셋이나 되는 아들들을 한국에 그냥 두고 남편이 있는 중국에 가서 일 년을 지냈대요. 그리고 나서 쓴 책이 《믿는 만큼 자라는 아이들》이에요."

나는 '아이들 셋만 두고 집을 떠나 있었던 엄마'라는 말에 곧바로 도서관으로 그 책을 찾으러 갔다. 책이 없다. '당분간 책 좀 그만 사야지' 하고 생각했는데, 할 수 없이 또 서점으로 갔다. 그리고 단숨에 읽었다.

육아일기처럼 쓰인 이 책은 '아들 셋을 모두 우리나라 최고의 대학에 보낸 엄마'라는 점 때문에 많은 관심의 대상이 되었다고 한다. '일류대학에 아들 셋을 보낸 것이 대단하긴 한 모양이구나' 싶었다. 그런데 책을 읽다가 비결을 묻는 사람들에게 "아이를 키우려 애쓰지 말고 당신 자신을 키우라."라고 했다는 말에 "그래 맞아." 하면서 맞장구를 쳤다. 무엇보다 작가 자신이 '자아도취'에 빠지지 않고 객관성을 잃지 않으려고 애쓴 모습이 보인다. 심리학자 에리히 프롬도 《사랑의 기술》에서 "사랑의 성취를 위해서는 자아도취를 극복해야 한다."라고 말하지 않았던가.

나는 책을 읽는 내내 엄마·아빠가 없는 동안 아이들이 어떻게 자랐는지, 아이들만 떼어놓은 엄마 심정은 어땠는지 하는 내용이 왜 빨리 안 나오는지 조급해했다. 그러나 책을 읽는 동안 그 궁금증은 저절로 풀렸다. 이렇게 독립적으로 자란 아이들이라면 얼마든지 자기들끼리도 잘 살 수 있겠구나, 하는 마음이었다.

내가 몽골에 가는 것을 어떻게 생각하느냐고 물었을 때 큰아이는 말했다.

"엄마, 비오가 고등학교 간 다음에 가시면 안 돼요?"

하지만 그 말을 들은 비오는 오히려 자신만만해 했다.

"나는 혼자 있으면 더 잘해."

나는 아이들에게 말해줬다.

"그래, 지금까지 했던 대로 그렇게 살면 돼. 공부하기 싫으면 고등학교 안 가도 좋다. 공부는 정말 하고 싶은 사람, 학문에 뜻을 둔 사람만이 해야 해. 너도 나도 다 대학을 가려 하고, 대학 나왔으니까 괜찮은 데 취직해야 한다고 생각하니까 대학 가기도 힘들고 졸업하고도 힘들지. 그래서 사람들이 살아가는데 정말 필요한 일들은 안 하려고 하는 거야."

작은애는 "공부하기 싫으면 하지 마." 하면 꼭 책상 앞으로 간다.

그 책을 읽는 내내 내가 우리 아이들을 키우던 과정이 그리 틀리지 않았구나, 검증받은 것 같았다. 그리고 지금의 교육현실에 대해서도 공감하는 바가 많았다. 무엇보다 아이들과 남편만 두고 떠나는 것에 대해 마음이 훨씬 가벼워졌다.

'가장 실업자'
100만 명 시대

몽골에서 돌아온 지 두 달이 지났다.

공항에서 버스를 타고 집으로 오는 길가에 핀 꽃들을 보며 "저 꽃 좀 봐. 저렇게 예뻤던가." 감탄을 했고, 파란 이파리를 보면서도 "이렇게 온순하게 새싹이 돋다니." 하고 감탄을 했다. 꽃과 나무만 봐도 입이 벌어지고 저절로 웃음이 나왔다. 무사히 집으로 돌아와 이렇게 아름다운 것들과 마주할 수 있다는 것이 정말 행복했다.

몽골 초원에서 사는 대부분의 사람들은 채(몽골에서 차를 이르는 말) 끓이는 도구와 입을 옷 몇 벌이 살림의 전부였다. 거기서는 '내가 가진 것이 얼마나 많은가. 한국에 가면 죽지 않을 만치만 먹고 살자. 얼어 죽지 않을 만치만 입고 살자.' 생각했다. 날마다 물을 길어 나르고, 엉성한 나무판자로 가려진 허허벌판의 '변소'에 가려면 몇 번이고 망설이면서 참고 또 참았다. 그

때는 '수도꼭지에서 콸콸 물이 나오고, 가고 싶을 때 아무 때나 화장실에 갈 수 있는 것만으로도 고맙게 생각해야지.' 마음먹었다.

집에 돌아온 지 며칠 되지도 않았는데 둘레 사람들은 걱정을 해준다.

"이제 일 시작해야지."

남편의 수입이 적다는 것을 잘 아는 터라 고등학생 아이가 둘이나 되는 우리 집이 걱정도 되겠지. 그래도 남편은 꿋꿋하다.

"당신 없이도 일 년이나 살았으니 좀 쉬어요."

"그래요. 나는 쉴 만치 일하고 왔어요."

나도 떳떳하게 당분간 쉬겠다고 했다. 그런데 낙천적이고 걱정 없는 남편도 요즘 들어 가끔 한숨을 쉰다. 월급만 가지고는 아이들 학비, 공과금, 아파트 관리비도 모자란다. 마이너스통장도 곧 한도가 찬다.

나는 집에서 거의 두문불출하고 있다. 밥이나 한 끼 먹자는 초대도 대부분 거절했다. 어디 갈 일이 있으면 운동 삼아 걸어 다닌다. 시장도 배낭 메고 운동화 신고 걸어간다. 그나마도 어쩔 수 없을 때만 가고 최소한도로 먹고 살고 있다. 더 이상 아낄 돈도 없다. 때로는 앞길이 막막하다. '가장 실업자가 100만 명이라고도 하고 200만 명이라고도 한다. 그래도 우리 집은 가장이 일을 하고 있으니 그나마 다행이라고 생각해야 할까.

남편도 일터에 오갈 때는 걸어 다닌다. 따로 운동할 시간을 낼 수 없으니 얼마나 좋으냐고 내가 부추겼다. 그나마 걸어 다닐 수 있는 거리니 얼마나 다행인가. 기름값도 감당이 어렵지만, 버스 삯도 익산이 전국에서 가장 비싸다고 한다. 작은 도시에서 소시민으로 살아가기 힘든 세상이 되었다.

어쩌다 물가가 이렇게까지 올랐는지, 도대체 얼마나 더 오를지 알 수가 없다. 어쩌면 꼭 필요하지도 않은 손전화나 컴퓨터 같은 것에 너무 많은 돈이 들어가기 때문에 그런 것이 아닌가 싶기도 하다. 어쩌다 온 국민이 손에 전화기 하나씩을 다 들고 다니면서 눈을 떼지 못하게 되었는가. 네 식구 전화요금이 한 달 생활비의 큰 비중을 차지한다. 기름값이 그렇게 비싼데도 버스는 텅텅 빈 채로 다니고, 나 홀로 타고 다니는 승용차들로 길이 꽉 막힌다. 게다가 조금만 더워도 차 문을 꼭 닫고 에어컨을 켜고 다닌다. 더러운 공기가 차 안으로 다 들어오니 문을 열 수가 없단다. 그 오염물질은 어디서 생기는지, 그 근원에 대해서 생각은 해 보았을까?

아이들이 기숙사에서 돌아오면 우리 집은 시끌벅적하다. 아이들은 학교에서 있었던 일들을 시시콜콜 이야기하며 낄낄거리고, 듣는 우리도 덩달아 즐겁다. 어떤 날은 심각한 얼굴로 '곧 수도요금이 지금보다 1,000배로 오른다. 인터넷 종량제가 되면 인터넷이 한 시간에 3만 원이다.' 하면서 아이들끼리 오가던 이야기도 전한다. 나와 남편이 덩달아 "실제로 그런 날이 올 수도 있어." 하면서 분위기가 싸늘해진다.

우리 아이들에게 과연 미래가 있을까, 하는 두려운 생각이 든다. 우리가 누리는 소박한 즐거움마저 위협받고 있다는 생각에 가슴이 서늘해진다. 평소에도 물을 아껴야 한다고 수없이 말했지만, 사춘기가 되어 씻는 일에 아주 공을 들이는 딸아이에게 예전보다 더 많은 잔소리를 하게 된다. 평소 컴퓨터와 손전화에 마음을 빼앗기고 사는 것처럼 보이는 아이들도 촛불시위와 광우병 이야기를 하면서 심각해지곤 한다.

때로 물건이 산더미처럼 쌓인 대형마트를 지나다가 문득 '언젠가 저 물건들을 만들지 못할 날이 올 수도 있겠구나.' 하는 생각이 들었다. 그렇게 되면 대형마트에 가서 돈만 주면 쌀이나 물은 물론 뭐든지 살 수 있다고 생각하고 사는 사람들은 어떻게 될까? 언제까지 이런 세상이 지속될 수 있을까? 이제라도 우리가 먹는 쌀이나 물이 참으로 많은 수고를 거쳐야 하는 것이고, 누군가는 그 일을 해야 우리 손에 전달될 수 있다는 것을 제대로 아이들에게 알려줘야 하는 것 아닌가. 손전화 만드는 일, 컴퓨터 만드는 일, 세계화의 대열에 앞장서는 것보다 더 중요한 것은 물이 없으면 하루도 살 수 없다는 것, 밥을 먹어야 산다는 것을 일깨워줘야 하는 것 아닌가. 그것이 교육의 기본이 되어야 하지 않겠는가.

밤마다 서울 한복판에서 열리는 촛불집회를 텔레비전으로 보면서 또는 우리 동네 가까운 곳의 촛불집회에 참가하면서 때로 희망하고 때로 절망한다. 학생들이 교복도 갈아입지 못하고 거리로 뛰쳐나오는 것을 보면서 《핵폭발 뒤 최후의 아이들》에서 핵전쟁 뒤 팔다리를 잘린 한 아이가 "천벌 받을 부모들"이라고 저주했던 것이 자꾸 생각난다.

자연을 거스르며 탐욕과 이기심에 묻혀 살던 어른들이 아이들로 하여금 촛불을 들고 거리로 나가게 만들었다. 이렇게라도 자기 생각을 이야기하고 드러내는 것이 참으로 다행스럽다는 생각도 든다. 억눌리고 억눌리다 더 이상 참을 수 없어 뛰쳐나올 수밖에 없도록 만든 어른의 한 사람으로 참 부끄럽다. 한편으로 생계수단인 자동차를 세워 놓고 시위를 하는 사람들의 모습이 이제 더 이상 갈 곳 없는 막다른 곳에 이르러 분노의 극에 달한 사람들의 절규로 보여 가슴이 아프다.

루소는 "모든 국민은 투표하는 순간에만 주인일 뿐 투표가 끝나자마자 노예가 된다."라고 했다. 이 아픔의 시절이 '대한민국은 민주공화국이다. 모든 권력은 국민으로부터 나온다.'라는 헌법 제1조의 의미가 되살아나는 기회가 될 수 있기를. 또 지금 겪는 우리의 성장통이 우리 아이들 세대에 희망이 될 수 있기를 간절히 바란다.

하늘 높은 줄 모르고 오르는 물가 때문에 한숨을 짓다가도 몽골의 그 황량한 벌판에서 흙탕물로 컵라면을 끓여 허겁지겁 먹던 날들을 떠올리며 '그래도 나는 아직 부자다. 냉장고에 무엇이든 먹을 것이 있고 다음 끼니를 걱정하지 않는다.' 하고 위안을 받는다. 게다가 남편이 안정되게 일할 곳이 있어서 적으나마 고정된 수입이 있으니 고마운 일이다. 물론 몽골에서 막 돌아와 이파리가 돋는 나무를 보면서도 입이 벙긋 벌어지던 그때처럼 행복하지는 않다. 자꾸 표정이 굳어지고 딱딱해진다.

백성들은
착하다

세월호 사고가 난 뒤부터 걸핏하면 눈시울이 뜨거워지고 가슴이 먹먹하고 남몰래 한숨을 쉬며 한탄을 한다. 무수하게 떠도는 흉흉한 말들이 무섭고 섬뜩하고 가슴이 떨린다. 어쩌다 이 지경이 되었단 말인가. 앞으로 온전하게 살아갈 수는 있을까. 우리의 삶이 지속될 수는 있을까. 그런 한탄 속에서도 사람들은 웃고 밥을 먹고 여행도 가면서 아무 일 없었다는 듯이 살아간다.

아이들은 여전히 입만 열면 성형수술과 연예인 이야기를 하며 겉모습을 꾸미는 데만 열심이다. 잠시 슬퍼하는 듯했던 엄마들도 이내 다시 전처럼 아이들 시험 점수에 자신의 행복과 불행을 걸고 살아간다. 나도 마찬가지다. 일하고 잠자고 밥 먹고, 때로 맛있는 거 찾아 먹기도 하면서 그렇게 시간이 흐른다. 그러나 의식이 있는 한 바다에서 올라오지 못한 사람들 특히 아이들과 자식을 잃고 슬픔의 골짜기에서 헤어나지 못하고 있을 부모들에게서 마음을 거둘 수는 없다.

나도 엄마다. 자식이 잠겨 있는 바다를 바라보면서 아무것도 할 수 없었던 부모들의 그 마음이 견딜 수 없이 아프게 느껴졌다. 처음 얼마 동안은 바다 속에 잠긴 아이들도, 밖에서 기다리는 부모들도 '국가에서 어찌해 주겠지. 설마, 국민인데 그냥 두겠어?' 했을 테고, 나 또한 그랬다. 그 사고가 나고 단 한 사람이라도 바다에서 건져 살려냈다면 이토록 참담하지는 않았을 것이라고 가끔 생각한다.

모든 것이 헛된 바람이고 희망이었다. 아, 아무것도 할 수가 없다. '이 나라는 어디로 가고 있는 것일까. 어디로 침몰하는 것일까. 우리는 어찌해야 하는가. 웃어도 되는 걸까. 날마다 이렇게 한탄한다고 무엇이 달라질까. 내가 할 수 있는 것이 무엇일까.' 하는 생각으로 머릿속이 뒤죽박죽이고 밤마다 악몽에 시달렸다.

책 한 줄도 읽을 수 없다. 그런다고 나아지는 것은 없다. 이것도 저것도 아니다. 세상이 그렇거나 말거나 스마트폰에 머리를 처박고 게임에 빠져 있는 사람들에게 괜스레 짜증이 난다. "아이고, 이 사람들아. 지금 우리가 거기 고개 처박고 있을 때가 아녀." 하고 소리라도 지르고 싶다. 얼굴에 화장을 떡칠하고 입술을 빨갛게 칠하고 다니는 어린 아이들에게 "이것들아 정신 차려!" 소리를 치고 싶다가도 '지금 물속에 잠겨 있는 그 아이들도 언제까지나 삶이 이렇게 이어질 것이라 생각하며 그 배에 탔다가 아무 영문도 모른 채 물 속에서 빠져 나올 수가 없었겠지' 하는 생각이 들면 기가 막힌다.

그 아이들이 대체 무슨 잘못인가. 가만히 있으라고 말하면 가만히 있어야 한다고, 말을 잘 들어야 착한 사람이라고 세뇌당하며 살아온 것이 잘못인가?《핵폭발 뒤 최후의 아이들》에서 살아남은 몇몇 아이들은 '천벌 받을 '어른들'이라고 벽에 써 놓았다. 배 안에 갇혀 있던 아이들도 그 말을 남기고 싶지 않았을까? 어른의 한 사람으로서 미안하고 미안하고 미안하다.

그렇게 사고가 나고 100일이 지나도록 뭐 하나 속 시원한 꼴은 없고, 언론에서는 누가 봐도 눈속임이라고 생각할 수밖에 없는 짓거리들이 날마다 떠들썩하다. '꼴좋다. 나라 꼴 잘 돌아간다.' 하면서 혼자 한숨짓다가 아이들 생각하면 가슴이 또 먹먹해진다. '아이들이 먼 죄여.' 그 부모들은 또 어찌 살고 있을꼬.

죽는다는 것이 무언가. 방금까지 숨을 쉬다가도 숨이 끊어지면 온몸이 뻣뻣하게 굳어가고, 몸은 차가워지고, 말도 할 수 없고, 눈도 뜨지 못하고, 아무것도 먹을 수 없고, 손가락 하나 까닥할 수 없고, 아무리 불러도 대답이 없고……. 그렇게 마지막으로 이 지상에 이틀이나 사흘 더 머물렀다가 화장터에 가서 재가 되거나 땅 속으로 들어가 속절없이 썩어가는 것이 아닌가.

어제 저녁에 수학여행 잘 다녀올게, 하고 집을 나간 자식이 아침에 바다 속으로 잠겨 버렸고, 거기 잠겨 있는 것을 뻔히 알면서 발만 동동 구르다가 애걸복걸해서 겨우 건져 올린 아이들이 뻣뻣하게 굳어서 만져도 감각도 없고 아무리 불러도 대답도 없고 울어도 울어도 살아 돌아오지 못하는 그 참혹한 꼴을 겪은 그 처참한 지경을 누구인들 무엇인들 위로할 수 있으랴.

눈을 감아도 눈을 떠도 살아 있는 것이 살아 있는 것이 아니겠지. 밥을 먹을 수는 있을까. 잠은 잘 수 있을까. 얼마나 아이들이 보고 싶을까. 얼마나 만지고 싶고 이름을 부르고 싶을까. 생전에 함께 밥 먹고 웃고 잠들고 싸우고 미안하다고 말하고 때로 사랑한다고 말하던 그 목소리가 얼마나 그리울까. '그때 괜히 그랬어. 그냥 둘 걸. 그때 그러지 말 걸. 아이가 하겠다는 대로 그냥 하게 둘 걸' 하면서 얼마나 통한과 회한의 눈물을 흘릴까.

7월 8일 두 아이의 아버지가 무게 6킬로그램, 길이 130센티미터의 십자가를 메고 안산을 떠나 진도로 걷기 시작했다는 소식이 들렸다. 나는 그때부터 언제 그분들과 함께 걸을까 생각하며 그분들의 소식을 날마다 눈여겨보기 시작했다. 일주일에 한 번 쉬는 월요일이면 떨쳐버리지 못할 자잘한 일들이 어찌 그리 많은지. '연예인도 아니면서 왜 이리저리 얽히고설키는 거야? 이러다 그분들이 대전에 도착한다는 8월 14일까지 그냥 가 버리는 거 아녀?' 하고 속으로 안달을 했다.

　그러다 8월 11일 새벽 5시 30분. 그분들이 걷는 그 길에 남편과 김경희 선생님과 함께할 수 있었다. 입추와 말복이 지나서 그런지 새벽에는 제법 한기까지 느껴졌다. 군고구마처럼 검게 그을려 초췌해진 두 분 아버지를 차마 마주 바라볼 수도 없다. 새벽빛이 어슴푸레한 것이 오히려 다행이다. 월요일이어서 다른 날보다 함께하는 사람이 적은 편이라고 한다. 아, 이런 날 한 걸음이라도 보탤 수 있어서 얼마나 다행인가. 남편은 빛이 바래고 남루해진 깃발 하나를 앞장서서 들었다. 우리의 이 보잘것없는 발걸음이 그분들에게 먼지 같은 위로라도 되기를 바라는 마음이 간절하고 간절했다.

　한참을 걷다가 잠시 쉬는 사이 바닥에 놓인 십자가를 들어 보았다.

　'이 무거운 걸 메고 안산에서 진도까지, 진도에서 또 여기까지 35일째. 몸인들 온전하실까.'

　주제넘게 "이 십자가, 힘 좋은 제 남편이 들고 가게……." 했지만, 내 말이 채 끝나기도 전에 아들 사진을 가슴에 걸고 있는 한 아버지가 "그건 절대 안 되지." 하면서 십자가를 다시 바닥에 눕힌다. 나는 그분 목에 걸린, 안경을 끼고 피부가 뽀얗고 착하게 생긴 그 아들의 얼굴을 똑바로 바라볼 수 없었다. 나도 김경희 선생님도 돌아서서 눈물을 훔쳤다.

　'울면 뭐하나. 그런다고 죽은 사람들이 살아 돌아오는 것도 아니고. 이

렇게 땡볕에 걸으면 뭐하나. 그런다고 누가 눈 하나 깜짝하겠나.'

탄식과 눈물과 한숨 속에 걷고 또 걸었다. 한참을 걸으니 쉬는 참에 아침을 준다. 누가 주는 줄도 모르고 배가 고프니 허겁지겁 먹었다.

해가 나기 시작하니 땡볕이다. 걸으면서도 잠이 온다. 그래도 걸음을 멈출 수는 없다. 모두 그냥 걷는다. 걷고 걷는다. 땀이 흐르니 아무 생각이 없다. 어디서부터 함께했는지 모르게 점점 대열이 길어진다. 참 놀라운 일이다.

'아 더워 죽겠네. 이러다 땀띠 나는 거 아녀? 새벽에 나오느라 선크림도 안 발랐는디, 살 다 익겠네.'

속으로 불퉁거릴 즈음 행렬은 길가에 있는 작은 교회 안으로 들어간다. 그곳에서 점심을 먹는다고 한다. 점심은 또 누가 주는 건가, 하는데 벌써 도시락이 상에 가득 차려져 있다. 참 놀랍다.

한낮을 잠시 피해 그곳에서 쉬고 3시 30분에 출발한다고 안내한다. 도시락에다 밥, 죽과 국까지 한 사람이 먹기에는 많은 양이다. 서로서로 덜어가며 먹을 만치 먹고 나니 식곤증에 온몸에서 힘이 빠지고 눈이 실실 감긴다. 눈에 보이는 비닐 돗자리를 교회 건물 그늘에 깔고 누웠다.

아무 근심도 없이 달콤하게 잤다. 참 좋은 잠이었다. 잠결에 다리가 뜨끈뜨끈해지는 느낌이 들어 잠이 깼다. 비몽사몽간에 정신을 조금 차려 보니 해가 점점 그늘을 밀어내고 있었다. 따끈따끈한 햇살을 느끼면서도 한참을 거기 더 누워 있다 땀이 나기 시작해 몸을 벽에 기대고 앉았다. 몽롱한 눈에 마당의 풍경이 들어오기 시작한다.

내가 이 글을 쓰는 것은 온전히 이 순간 때문이다. 내가 잠들어 있는 사이 사람들은 더 늘어나 있고, 마당 한편에는 물건들이 잔뜩 쌓여 있다. 사람들은 또 무엇인가 아무 말 없이 가져다 놓고 행렬 속으로 스며들어간다.

수박, 자두, 복숭아 등의 과일이며 물, 음료수 이런 것들이 그득하다.

사람들이 점점 더 모여와 걸을 준비를 한다. 잘생긴 젊은이들, 어여쁜 아가씨들에게 자꾸 눈길이 간다. 가슴이 뭉클하다. 우리 백성들은 이렇게 착하구나.

더 이상 앉아 있을 수만 없어서 엉덩이를 들고 일어나 물건들 가까이에 서 있는 한 사람에게 갔다.

"오늘 아침 점심 염치없이 참 맛있게 먹었네요. 누가 주는 줄도 모르고."

"아, 예 잘 드셨어요? 십시일반 준비하는데, 오늘은 군산에 있는 우리 단체에서 준비했어요. 월요일이라 사람들이 얼마 안 될 거라고 했지만 그래도 예상 숫자보다 훨씬 더 많이 준비했는데, 사람들이 이렇게 많을 줄 몰랐어요. 많이 부족했을 텐데……"

"아니에요. 넉넉하게 잘 먹었어요. 정말 감사합니다."

"별 말씀을요. 다들 애쓰시는데 이렇게라도 해야 맘이 좀 편하지."

땡볕 아래 또 길을 나섰다. 오전보다 사람들이 훨씬 많아졌다. 아침부터 엄마 손을 잡고 걷던 아이가 결국 울면서 뒤로 처진다. 아이를 차에 태우고 엄마만 대열로 돌아온다.

"애기가 힘든가 봐요."

"장염에 걸려서 좀 힘들어 해요."

"아이고 참 대단한 엄마네. 아이가 몇 살이에요?"

"아홉 살, 2학년이에요."

"아픈 애기를 이렇게 땡볕에……. 어디서부터 걸었어요?"

"나주에서부터 걸었어요."

"거기서부터 아이랑 같이!"

"아이가 힘들어 해서 광주 집에서 하루 이틀 쉬기도 하고……. 쉬면서도 여기 생각만 계속 나요. 비가 오면 비가 와서 걱정, 땡볕이 쬐면 땡볕이 걱정. 차라리 이렇게 함께 걷는 게 마음이 편해요."

아, 또 가슴이 뭉클하다. 이 착한 사람들. 뒤를 돌아보니 대열의 끝이 안 보인다. 젊은 신부님들, 좀 나이가 들어 보이는 아주머니들, 족히 칠순은 되어 보이는 어르신, 아이 키만 한 배낭을 메고 거기에 깃발을 꽂은 아저씨들도 있다. 어깨가 얼마나 아플까. 깃발들이 만장처럼 펄럭인다.

십자가를 하얀 천으로 묶어 어깨에 멘 아버지와 또 한 아버지가 묵묵히 앞장서서 걷는다. 하늘에서 아이들이 이 모습을 보고 있다면……. 그 생각을 하니 또 목울음이 차오른다.

그렇게 착한 사람들이 걷고 또 걷는다. 뜨거운 길을 걷는다. 착한 사람들이 달리 뭘 할 수 있을까. 이렇게 걸을 수밖에. 내가 그랬듯이, 자식 잃고 몸부림치며 고통스러워하는 사람들에게 조금이나마 위로가 되기를 바라는 심정으로, 마음이 시키는 대로 어찌 할 수가 없어서 이렇게 길을 나섰겠지. 이 모든 착한 마음들이 제발 먼지만 한 위로라도 되기를 바라고 바라며 걷고 또 걷는다.

느닷없이
집수리

어느 날 싱크대 아래 공간에 그릇을 넣으려고 문을 열어보니 그릇마다 물이 담겨 있다. '왜 이렇지?' 물을 버리고 찬장을 닦은 뒤 물기가 마르라고 문을 열어 놓고 일하러 나왔다. 저녁에 문을 닫으며 살펴보니 또 그릇에 물이 그득그득하다. '이게 뭔 일이여?' 자세히 살펴보니 수도관에서 물이 새어 나와 싱크대 안으로 흘러들어간 것이다. 남편이 와서 보더니 우선 물이 새지 않도록 수도관을 잠갔다.

다음 날 남편은 수도꼭지를 사왔다. 저녁에 싱크대 주변을 이리저리 살펴보니 여기저기가 낡아 있어서 수도꼭지만 바꿔서 일이 해결될 것 같지 않았다. 남편에게 "싱크대 덮개만이라도 바꿀까?" 하니 싱크대 공장을 하는 후배에게 전화를 한다.

저녁에 집으로 온 남편의 후배가 싱크대를 살펴보고는 한 소리를 한다.

"상판만 바꿔 달라면 그렇게는 할 수 있어요. 하지만 여기를 보세요. 물이 새서 저렇게 썩어 들어가니까 곧 상판이 무너질 거예요."

우리는 동시에 한숨을 쉬었다.

"그럼 싱크대 아래쪽만 견적을 뽑아봐. 우선 아래만 바꾸고 나중에 여유 있을 때 위쪽 바꾸지 뭐."

남편이 아쉬운 대로 아래쪽만 바꾸겠다고 하니까 후배가 난색을 표한다.

"형님, 위쪽만 따로 해 주는 사람은 없어요. 위쪽 공사하다가 아래쪽이 망가지거나 할 위험이 있거든요."

난감했다. 결국 싱크대 전체를 바꾸기로 했다.

'싱크대를 새로 하려면 주변 벽지랑 다 뜯어내야 할 텐데, 어쩌나. 안 그래도 벽지가 오래 되어서 색도 변하고 지저분한데.'

도배와 장판 하는 집에 전화를 해 보니 생각했던 것보다 적은 금액에 할 수 있다고 한다. 그런데 저녁에 들러서 얘기를 들어봤더니 그 사람이 이야기한 것은 가장 기본적이고 품질이 낮은 제품을 선택할 경우의 금액이었다. 어느 상점 앞에 아주 싸게 상품을 살 수 있다고 씌어 있어서 들어갔다가 정작 그 제품이 맘에 들지 않아 결국 다른 것을 사게 되는 경우와 똑같았다.

도저히 그 제품으로는 하고 싶은 마음이 들지 않았다. 결국 그보다 조금 나은 단계의 제품으로 여러 번 나누어 결제하는 조건으로 계약을 했다. 그리고 도배와 장판을 하려면 먼저 페인트칠을 해야 하는데, 보이는 곳만 하자고 이야기가 되었다. 마침 성당에 젊은 시절 도장 일을 했던 분이 있어서 그분에게 칠을 맡기기로 했다.

객지에 나가 있는 아이들은 집에 올 때마다 이사를 가자고 조르곤 했다. 아이들이 초등학교 때 이 집으로 이사를 왔는데, 시내 한가운데 있던 집이 너무 좁아 아이들이 크면서 조금 넓은 집으로 옮긴 것이다. 우리가 살던 동네에서는 넓은 집을 엄두를 낼 수 없어 그때만 해도 변두리였던 지금 이 집에 임대로 들어왔다. 처음 이사를 왔을 때 넓은 거실에 돗자리를 깔며 좋아하던 아들의 모습이 선하다. 네 식구가 거실에서 자리 깔고 함께 자는 걸 참 좋아했다.

그 집이 임대 기한이 만료되어 대출을 받아 분양을 받았는데, 그 대출금은 지금도 고스란히 남아있다. 그리고 10년이 넘도록 한 번도 집에 손을 대지 못했다. 여유가 없었다. 우리가 사는 동안 아래층과 앞집은 주인이 몇 번이나 바뀌었고 주인이 바뀔 때마다 수리를 했다. 그때마다 "집수리한 지가 얼마나 됐다고 또 하는 거야." 하고 투덜대곤 했다. 그분들은 수리를 하면서 "우리 할 때 같이 해. 싸게 해 준대." 하고 권했다. 그럴 때마다 엄두가 안 난다고 거절을 했더니 "아무튼 비오네 때문에 국가경제가 돌아가지 않는다니까." 했다. 하지만 우리 처지에 안 사고 안 쓰고 얻어 입고 그렇게 살지 않았다면 그나마 지금 이 집인들 지니고 살 수 없었을 것이다.

지난겨울에는 화장실에 앉아 있는데 어디서 '우지끈' 하는 소리가 났다. 깜짝 놀라 살펴보니 벽에 붙어 있는 타일이 떨어지는 소리였다. 관리실에 전화를 하니 타일을 뜯어내고 다시 붙여야 된단다. 마침 방학이라 집에 와 있던 아들과 함께 타일과 화장실 용품을 사다가 공사를 시작했다. 그 작은 화장실 타일을 떼어내는데도 24층 아파트 전체가 울리도록 큰 소리가 나서 이웃들에게 얼마나 미안했는지 모른다. 다른 사람들도 집수리를 할 때 다 이런 마음이었겠구나 싶었다.

우리 부부는 일하러 나가고 집에 있는 아들이 뒤처리하고 치우느라 고생이 많았다. 아들녀석은 나중에 집에 온 제 누나에게 공사할 때 일을 자랑 반 섞어서 설명했다.

"누나, 화장실 공사할 때 집이 어땠는 줄 알아? 왜 몇십 년 동안 방치되어 있어서 먼지가 수북이 쌓인 곳 봤지? 바로 우리 집이 그랬어."

싱크대와 도배, 장판을 하려고 보니까 차라리 그때 한꺼번에 다 했으면 좋았을 걸 하는 후회가 든다. 왜 사람들이 집수리를 한꺼번에 해야 한다고 하는지 알 것 같았다.

가장 먼저 싱크대 공사를 해야 하니까 부엌부터 치웠다. 일 끝나고 늦은 밤에 집에 들어가 온몸이 지친 상태로 부엌을 치웠다. 한번 꺼내기 시작하니 온갖 잡동사니들이 다 나온다. 싱크대 안쪽에 처박아 놓고 쓰지 않던 것들, 아깝다고 버리지 못한 것들, 누군가로부터 물려받은 것들, 결혼할 때 받아 지금은 쓰지 않는 밥그릇 국그릇들…….

제주도에서 결혼할 때 우리는 밥그릇 국그릇도 없었다. 내가 다니던 직장의 여직원들이 선물해 준 밥그릇 국그릇에 숟가락 두 개 사서 새살림을 시작했다. 그리고 20여 년의 세월이 이렇게 순식간에 흘렀다.

부엌 물건들을 정리하면서 그때는 그토록 소중했지만 이제는 쓰지 않는 물건들을 따로 한 옆에 치웠다. 집수리를 하는 동안 그렇게 날마다 물건들을 정리하면서 거실 한쪽에 쪼그리고 잠을 잤다. 그리고 막상 페인트칠을 시작하니까 보이는 곳만 칠하자는 처음 생각과 달리 집안뿐 아니라 부엌 쪽 베란다, 작은 방 베란다까지 다 하게 되었다. 그래서 물건들은 이리저리 천덕꾸러기처럼 옮겨 다녀야 했다.

물건을 치우면서 보니 20여 년 동안 한 번도 쓰지 않은 것도 있고, 몇 번 쓰고 처박혀 있는 것도 있다. 이번에는 과감하게 모두 처분하자 마음먹고 밖으로 내놓으니 남편이 투덜댄다.

"무지막지하게 버리는군."

나도 가만히 있을 순 없다.

"그럼 쓸 것인지 아닌지 잘 살펴보고 제대로 좀 관리를 하던가."

남편은 버리는 것을 싫어한다. 몇 년이고 입지 않는 옷도 옷장 속에 그대로 걸려 있다. 어머니 집에 살 때, 어머니도 그러셨다. 신문지 한 장도 함부로 버리지 못하게 하셨다. 내가 지저분한 것들을 정리해서 버리기라도 하면 "너는 왜 그렇게 버리는 걸 좋아하냐" 하시곤 했다. 나는 '옛날처럼 종이나 물건이 귀한 때도 아니고 정리를 하면서 살아야지 이 좁은 집에 쌓아놓기만 하면 어쩌란 말이야' 하고 속으로만 툴툴댔다.

딸아이의 옷장에는 옷이 그득하다. 어렸을 때는 얻어다 입혔는데 대학에 가면서 제 용돈으로 사들이는 걸 뭐라 할 수도 없다. 예쁘다고 사고, 유행이라고 사고 그렇게 사서 한 번씩 입고는 옷장에 처박혀 있는 옷을 꺼내 한편에 쌓아 두었다.

물건들을 꺼내 놓고 보니 정말 우리 집이 부자였다.

'이 모든 것들이 다 우리 소유란 말이지.' 몽골의 게르 생각이 났다. 초원 한가운데 사는 유목민들은 집안에 차를 끓이는 데 필요한 최소한의 도구와 난로, 나무로 만들어진 침대가 살림의 전부였다. 온 식구가 나무침대 하나에 모여서 잔다. 반면에 도시에서 새살림을 차리는 젊은이들은 게르 안에 TV랑 냉장고, 세탁기, 심지어 어떤 집은 식기세척기까지 있어서 깜짝 놀란 적이 있다. 마을의 공동수도에서 물을 길어다 쓰는 처지에 그 가전제품들을 어떻게 쓰겠다는 것인지 모르겠다 싶었다. 물이 없어서 쓰지는 못하지만 자본주의 의식에 물들어 가는 젊은이의 소유욕이 그 물건들을 사도록 부추겼으리라.

우리는 살면서 얼마나 많은 쓸데없는 것들을 사는가, 그리고 또 얼마나 많은 쓰레기를 만드는가. 우리 집만 봐도 알 수 있다. 심심풀이로 샀다가 결국 쓰레기가 되는 것들, 무언가 허해서 멀쩡한 것 놔두고 다시 사서 만들어지는 쓰레기, 어쩐지 자신이 초라한 것 같아 충동적으로 샀다가 결국 쓰레기가 되는 것들……

가끔 서울에 갔다가 지하철에서 1,000원짜리 물건 파는 걸 보면 그걸 파는 사람이 안쓰러워 사오곤 한다. 아들은 그걸 보면서 늘 타박이다.

"엄마가 지하철에서 사온 건 하나도 쓸 게 없어."

"그거 파는 사람 도와주려고 산 거야."

하지만 뒤끝은 씁쓸하다. 어차피 팔 것, 제대로 된 것을 팔면 안 되나?

드디어 며칠 동안 치우고 싱크대를 새로 하고 페인트칠까지 하고 난 뒤, 도배와 장판을 하는 사람들이 신발을 신고 집안으로 들이닥쳤다. 그러고는 우리가 그토록 열심히 치우고 정리한 물건들을 무지막지하게 한쪽으로 밀어붙이고 쌓는다. 나도 결국은 신발을 들고 집밖으로 밀려 나와야 했다.

30년

터미널에 내가 먼저 가서 기다려야지, 하고 일찍 서둘렀다. 청주에서 오는 버스가 터미널에 도착할 때까지 어찌 시간을 보낼까 어슬렁거리다 구석진 나무의자에 앉아 계신 수녀님을 보았다. 수녀님은 파란 줄이 처진 사리(sari, 인도 여성들이 입는 민속 의상)를 머리끝부터 발목까지 걸치고 있었다. 몽골에 있을 때 마더 테레사 수녀님이 창설한 수녀원에 종종 갔는데, 입구에 마더 테레사 수녀님이 앉아서 기도하는 모습을 만들어 놓았다. 어찌 그리 생생하게 만들 수 있는지 볼 때마다 깜짝 놀라곤 했다. 그런데 지금 나무의자에 앉아 계신 수녀님이 꼭 그 모습이었다.

나는 "수녀님" 하고 부르며 달려가서 30년 만에 다시 만난 그분을 부둥켜안았다.

우리는 사학재단에서 운영하는 고등학교를 같이 다녔다. 3년 동안 한 번도 같은 반이 된 적은 없지만, 재단에서 발행하는 학보사의 기자 활동을 함께했다. 그 친구는 동글동글한 얼굴에 늘 생글생글 웃는 모습이었다. 눈 아래인가 입술인가에 점이 하나 있었다.

나는 반항적인데다 늘 들떠 있었고 거칠었다. 그 친구는 늘 생글생글 웃으며 공책과 연필을 들고 그런 내 주위에 머물러 있었다. 말수가 적고 긴 말을 하지 않았다. 늘 시끄럽게 말을 하는 것은 나였다. 학교를 졸업한 뒤 나는 직장에 다녔고 그 친구는 청주에서 가장 유명한 의상실의 디자이너로 일했다.

언제부터인가 그 친구는 성당에 다니기 시작했고, 수도자의 길을 준비하는 것 같았다. 한동안 소식이 끊어졌다 몇 달 만에 나타난 친구는 그동안 있었던 일을 차분하게 이야기했다.

"사실은 절에 갔었어."

"아니 왜?"

"수도자도 괜찮지만 스님으로 사는 것도 괜찮을 거 같더라고."

그 순간 나는 동글동글하게 민머리를 드러낸 스님의 얼굴을 떠올렸다. 그 모습도 예쁠 것 같았다.

"몇 달이 지나고 계를 받아야 한다고 그래서 그러겠다고 했는데, 머리를 밀어야 한다고 하더라고. 그래서 머리를 내밀고 앉아 있다가 문득 이게 아닌 것 같다는 생각이 드는 거야. 그래서 그날로 산을 내려왔어."

그 뒤 나는 서울로 올라오고 그 친구는 수녀원에 갔다는 소식을 바람결에 들었다. '결국 수녀원에 갔구나.' 하고 혼자 마음 아파했다. 훗날 나도 천주교 신자가 되었고, 수녀원에서 3년 동안 살다가 평지풍파를 겪으며 결혼을 했다. 그리고 세월은 빠르게 흘렀고, 나는 산전수전을 겪다 몽골로 갔다.

어느 날 내가 일하던 몽골의 돈보스코 센터에 테레사 수녀님이 창설하신 수녀회의 수녀님들이 오셨는데, 한국 수녀님도 한 분 계셨다. 그분에게 내 친구가 그 수녀원에 있는데 아시느냐고 물어보니, 수녀가 되면 세례명에서 수도명으로 바뀌기 때문에 누군지는 알 수가 없다고 하신다. 그래도 전화를 해보면 알 수 있을 거라면서 한국의 수도원 전화번호를 알려주셨다.

쉬는 날 울란바타르 시내로 나가 오랜 시도 끝에 호주 시드니에 계신 친구 수녀님과 통화를 했다. 그때부터 편지를 주고받았지만 그리움은 더욱 커졌다. 몽골에 있을 때는 한국에 가기만 하면 시드니로 날아갈 수 있을 것 같아서 한국에 돌아가면 곧 수녀님을 만나러 가겠다고 철석같이 약속했다. 그러나 집으로 돌아오니, 한가하게 외국 여행을 할 만큼 형편이 녹록하지 않았다.

그래도 남편이 다녀오라고 해서 어느 해에는 통장을 하나 만들어 조금씩 비행기 삯을 모았다. 가는 날을 2월로 잡아놓고 호주에 가면 묵을 곳을 마련해 달라고 수녀님께 부탁도 해 놓았다. 그런데 그해에 아들이 대학에 진학을 하면서 집안에 대학생이 둘이 되었다. 그 부담을 남편에게 다 떠넘길 수가 없어서 비행기표 사려고 모았던 통장을 남편에게 주고 호주에 가는 것을 또 미루었다. 그렇게 몇 년이 지난 뒤, 수녀회 규칙에 따라 10년에 한 번씩, 한 달 동안 모국으로 휴가를 오는 때가 되어 내 친구 수녀님이 한국으로 오게 된 것이다.

30년을 훌쩍 뛰어 넘어, 마치 어제 헤어졌다 오늘 만난 사람 같았다.

얼굴이 새까맣고 손이 나무껍질처럼 거칠어진 친구의 모습을 보면서 문득 몽골에서 본 수녀님들이 생각났다.

"몽골에서 수녀님들 사는 걸 보니까 아침에 빵 한 쪽에 삶은 달걀 한 개씩만 드시더라."

"아침마다 삶은 달걀이라도 한 개씩 먹을 수 있으면 아주 잘 먹는 거지 뭐."

우리는 그 자리에 앉아서 단숨에 많은 이야기를 나눴다. 나는 세월호 이야기를 하며 울분을 터뜨렸다. 친구도 눈가에 물기가 촉촉해진다.

"아마 이것도 어떤 한 단계를 통과하기 위한 과정일 거야. 그렇게 생각하지 않고는 그 아이들이 너무 가엾잖아."

한국으로 오는 비행기 안에서 신문을 보고 그때부터 기도를 했단다.

"기계문명이 발달되고 세상이 좋아졌다고 하지만 호주에서 보니까 사람들이 외로워서 어찌할 줄을 몰라. 중독자들이 참 많아. 컴퓨터가 생겨서 다들 편리하다고 하지만 꼭 그렇지만도 않아. 언젠가 비행기를 타려고 하는데 공항 컴퓨터가 고장이 났다는 거야. 그 많은 사람들이 아무것도 못하고 뒤로 밀리고 밀리면서 하룻밤을 꼬박 공항에서 샌 적도 있어."

마더 테레사 수녀님이 창설하신 수녀원은 죽어가는 사람들이 생의 마지막 순간에라도 누군가로부터 사랑받고 있다는 것을 알고 떠날 수 있도록 해주는 일로부터 시작되었다. 인도의 콜카타에서 테레사 수녀가 시작한 그 일을 지금은 전 세계에 파견된 후배 수녀님들이 하신다. 그 수녀원은 규칙이 엄격하고 수련이 혹독하기로 이름이 나 있다.

"그 힘들다는 수련기를 어떻게 견뎠어?"

"그 수녀원에 지원한 한국 사람이 나까지 일곱이었거든. 필리핀 마닐라로 수련을 떠날 때 한국 사람은 다섯이 남았어. 가자마자 내가 제일 먼저 집으로 간다고 했어. 그런데 세 명이 차례로 한국으로 돌아가고 나하고 딱 두 사람이 서원을 했지. 오늘 지나면 집으로 가야지, 하고 생각하고 산 것이 벌써 내년이면 은경축이야."

은경축이란 사제나 주교 혹은 수녀 등이 수도자 서원을 한 지 25주년이 되는 걸 축하하는 일을 말한다. 나는 한동안 말을 잇지 못하고 25년 전 내가 수녀원을 나오던 때를 생각했다.

"나는 그때 불의를 참을 수가 없었어. 지금은 그럴 수도 있겠거니 하는 일들이 그때는 왜 그렇게 견디기 힘들었는지……."

"나도 마찬가지야. 지금도 나는 불의한 것을 견딜 수가 없어서 때로 갈등하지만, 이제는 화를 내는 대신 본부에 보고를 해. 판단이야 장상(지위가 높거나 나이가 많은 어른)들이 하는 거지. 나는 따를 뿐."

남편이 우리를 태우고 이곳저곳 구경시켜 주는 동안 우리는 참 많은 이야기를 나눴다. 그냥 가벼운 사랑이 아닌, 죽음에 이를 수준의 사랑에 대한 이야기도 막힘이 없었다. 내가 늘 갈망하던 것을 채우는 느낌이었다.

'아 나도 그냥 견디고 수녀원에서 살아 볼 걸.' 하고 생각하는 순간, 우리 두 아이가 떠올랐다. 이 모든 것에 내가 알 수 없는 어떤 섭리가 작용했을까? 삶이란 정말 알 수 없는 것이로구나. 그래서 더욱 아름답게 살아야 하는 것인데, 세월호의 아이들은 어쩌나. 마냥 이렇게 슬퍼만 해야 하나.

우리가 삶에서 진정으로 추구해야 할 것은 그저 눈에 보이는 아름다운 전원주택이나 고급 자동차, 최고의 학력 따위가 아니라 존재의 깊은 곳과 닿아 있는 어떤 것이 아닐까? 지금 우리에게 필요한 것은 '죽음'에 버금가는 수준의 존재의 탈바꿈이 아닐까?

나는 친구에게 그동안 생각하고 있던 인류의 위기감에 대해 이야기했다. 아프도록 온몸을 다해 내 안의 갈증과 시대의 아픔을 이야기했다.

"혹시 세상에 대해 남아 있는 미련 같은 거 있어?"

"그건 왜?"

"그냥 물어보는 거야. 나는 그런 것 잘 물어보거든. 연세 드신 분들에게도 '지금까지 살아오시면서 가장 후회되는 것이 뭐예요?' 하며 묻기도 해."

"아, 이제 그런 거 없어. 오랫동안 갈등을 겪었지만 그런 것도 어느 순간 사라지더라. 지금은 말할 수 없이 행복하고 날마다 축복받은 삶이라는 생각을 해."

그 순간의 맑고 아름다운 그 눈빛, 정말 오랜 세월 동안 그 눈빛을 그리워했다. 평화롭고 안정되고 따사롭기까지 하다. 얼굴빛은 검고 모습은 변했지만 옛날의 친구가 맞다. 눈 아래쪽에 있던 점도 그대로다.

"청주도 많이 변했지?"

"무심천이랑 잘 가꿔놔서 좋더라. 그런데 운전하는 것 보니까 목숨을 내놓고 사는 것 같아. 어찌 그리 빨리 달리고 질서를 안 지키는지, 미개인 같아."

"그러게. 겉모양만 좋아졌어. 그렇게 번드르르하게 만드느라 속은 다 썩어 문드러졌지. 우리 집을 비롯해서 아파트 사느라고 대출 받아서 빚 갚느라 허덕이고."

"여기 와 보니까 나는 거저 사는 것 같아. 다들 남편 걱정, 자식 걱정이 떠나질 않아. 수녀원에서는 별 거 아닌 거 가지고 싸우며 사는데, 반성이 되더라고."

"수녀원에서도 싸워?"

"그럼 아주 사소한 걸로 싸우지. 추운데 왜 창문 열어 놨느냐, 이런 거 가지고 싸우지."

"영어로 싸움이 돼?"

"그럼! 이젠 영어가 훨씬 익숙해. 근데 참 신기한 것은 9년 전에 왔을 때는 한국말이 참 힘들었는데 이번에는 한국말이 아주 잘 나오는 거야. 모국어라서 그런가 봐. 시드니에서 연세 많은 한국 분을 우리가 돌봐드린 적이 있었거든. 영어도 잘하고 외국에 오래 사셔서 몇 개국 언어를 쓰는 분이었어. 그런데 나중에 편찮으셔서 의식이 오락가락하니까 영어랑 다른 나라 말은 싹 잊어버리고 한국말밖에 못 하시는 거야. 그래서 내가 통역을 해야 했다니까."

남편이 불쑥 나서서 묻는다.

"수녀님 옷은 몇 벌이나 있어요?"

"세 벌 있어요. 두 벌은 평상시에 일할 때 갈아입고, 한 벌은 잘 갈무리했다가 어디 간다거나 중요한 축일 같은 때 입어요."

"그럼 지금 입은 그 옷이 가장 좋은 옷이겠네요."

"네. 이거 다 우리가 돌봐주는 나환자들이 만든 거예요."

"빨래는 세탁기에다 해요?"

"아니에요. 우리는 전자제품 안 써요. 전화기 정도? 그래도 불편하지 않아요."

"수녀님, 우리 본당에서 강의 좀 하고 가세요. 모든 걸 가지고 살면서도 더 갖지 못해 안달하는 사람들에게 수녀님처럼 사는 분들이 있다는 것 좀 알리게."

"아이고, 저 그런 것 못해요. 여러분이 전해 주세요."

수녀님은 손사래를 친다.

"수녀님 고등학교 때 좋아하던 남학생 생각나?"

"누구?"

"나도 이름은 잊어버렸네. 남자학교 기자였는데, 좀 껄렁껄렁하고 플레이보이 기질이 있었어. 그래서 '쟤는 어울리지도 않게 저런 애를 좋아하네' 하고 생각했거든. 지금 생각해 보니까 그 남학생이 수녀님하고 정반대 성향이라 좋아했던 것 같아. 나도 수녀님이 내가 갖고 있지 못한 걸 많이 갖고 있어서 참 좋아했거든."

"그랬어? 나는 까마득하게 생각도 안 나."

아, 참 좋다. 어떤 이야기를 해도 막힘이 없고 걸리는 것이 없는 이 순수함의 세계.

내가 늘 동경하던 사랑의 세계를 위해 온몸을 바쳐 실천하고 있는 사람과 마주 앉아 사랑에 대해 말하고, 그 사랑의 눈빛을 바라보고 있는 이 순간. 영원한 사랑의 삶이란 이렇게 존재하는 것이 아닐까?

양키의 침략과 테러에 맞서 조국을 지키려다 감금당했던 쿠바 시인 안토니오 게레로 로드리게스는 언젠가 이렇게 썼다.

"사랑은 영원하다, 그렇지 않으면 그것은 사랑이 아니다."

사라지는 것이라면 사랑이 아니라는 것이다. 아무리 사랑이 퇴색한 시대라 하더라도 이렇게 보이지 않는 곳에서 사랑을 실천하기 위해 목숨 바쳐 살아가는 사람들이 있어서 인류의 삶이 지속되고 있는 것이 아닐까? 그래서 우리 삶 그 뒤에도 사랑만이 남게 된다고 했나 보다.

30년 세월은 아주 잠깐이구나. 남아 있는 세월도 그렇게 흘러가겠지. 하루하루 사랑하고 사랑하며 살아야지.

2부

사람의

마음으로
살기

마당을
쓸고 싶다

버스에 오르니 쩌 죽을 것 같은 날씨에 뜨거워졌던 몸이 한순간에 시원해진다. 할머니 한 분이 차에 오르면서 한마디 던진다.

"어따 시원하다. 그 전이는 에어컨 없이 어찌 살았능가 몰라."

다른 할머니가 그 말을 냉큼 받는다.

"그 전이는 날씨가 이러키 더웠간디유. 사방간디 시멘트로 떡칠해 놓고 길도 다 아스팔트로 덮어 놓고 해싸니께 공기가 더워져 날씨가 이러지유."

할머니들이 주고받는 이야기를 듣고 있자니 어렸을 때 살았던 집 마당이 떠오른다. 이른 아침 잠결에 싸리비로 비질하는 소리가 들리면 '아, 할아버지가 일어나셨구나.' 생각했다. 할아버지가 기운을 잃기 시작하면서 아버지가 마당을 쓸었고, 오빠들이 크면서 당연히 그 일을 물려받았다. 한여름 아침, 마루에서 밥상에 둘러앉아서 보면 마당의 누런 흙이 빗자루 결을 따라 말갛게 씻긴 것 같았다. 어릴 적에는 거기에 금을 긋고 사방치기도 하고 오빠랑 자치기도 했다. 분꽃이 필 저녁 무렵이면 쑥을 베어다 모깃불을 피우고 평상에서 저녁을 먹었다.

생각해 보면 그 순하던 시절은 새마을운동을 한답시고 초가지붕을 걷어내고 슬레이트를 얹으면서 끝이 난 것이 아닌가 싶다. 흙 대신 시멘트로 집을 짓고, 도로포장을 하면서 말간 황토 흙을 모조리 아스팔트로 덮었다. 그때부터 사람들은 새 집을 짓고, 좋은 차를 끌고 아스팔트 위를 달리려고 돈을 벌기 위해 그악스러워진 것이 아닐까? 날씨가 이렇게 사람을 쪄 죽일 듯 덥거나 혹은 비가 무섭게 내리니 무엇인가 무서운 일이 곧 닥칠 것 같은 두려운 생각도 든다.

할 수만 있다면 흙이 있는 마당을 쓸면서 살고 싶다.

먹고 사는 일
-
밥알 하나

봄 내내 아침마다 뒷산에서 뜯어온 나물을 먹고 살았다. 나물을 뜯고, 산을 가득 채우는 푸른 잎들을 보면서 이렇게 좋은 땅에서 살아가고 있음에 새삼 감사함을 느낀다.

이 땅에서 나고 자라 반평생을 살았지만, 아름다운 우리 강산에 감사함을 느낀 것은 몽골에서였다. 몽골은 산이라고 해봐야 모래산뿐이고, 봄이 되어도 모진 바람과 밤낮의 심한 기온 차 때문에 풀이나 나무가 자라지 못한다.

먹는 것도 마찬가지다. 온갖 채소와 과일과 먹을 것이 풍성한 것을 당연하게 여기며 살았다. 우리 땅에서 난 먹을거리가 얼마나 좋은지 또 그것이 우리 몸을 어떻게 살게 하는지 제대로 깨닫게 된 것도 몽골에서다.

어쩌다 한국 음식을 해먹을 때면 "있을 때 먹어 둬. 언제 또 먹을지 모르니까." 하곤 했다. 그럴 때마다 사철 언제나 원하기만 하면 어디서든 구할 수 있었던 우리나라의 풍성한 채소와 과일이 못 견디게 그리웠다. 몽골 아이들과 함께 배추를 심어 김치를 담글 때는 배추 한 잎도 버릴 수가 없었다.

주변에서 먹을 것을 버렸다는 말을 심심찮게 듣는다. 버렸다는 말을 하면서도 아무런 양심의 가책을 느끼지 않는 듯한 모습을 볼 때마다 가슴이 아리다.

돌아가신 친정어머니는 시든 오이 꼬랑지 하나 함부로 버리지 않았다. 손수 농사지은 것을 알뜰살뜰 반찬으로 만드는 모습을 보며 자랐다. 오이 꼬랑지와 찌질한 끝물참외도 손질해서 장아찌를 담가 놓으면 이듬해 여름 훌륭한 반찬이 되었다. 지금은 어디서도 맛볼 수 없는 그 맛이 아직도 기억난다.

우리 마을은 이제 모내기가 다 끝났다. 저 모가 자라 우리의 밥이 되기까지 농사짓는 분들은 얼마나 많은 수고를 해야 할까. 그 수고를 생각한다면 밥알 하나인들 함부로 버릴 수 있을까. 그래서 더욱 이현주 목사님의 시가 생각난다.

밥 먹는 자식에게

천천히 씹어서
공손히 삼켜라
봄부터 여름 지나 가을까지

그 여러 날들을

비바람 땡볕 속에 익어온 쌀인데

그렇게 허겁지겁 먹어서야

어느 틈에 고마운 마음이 들겠느냐

사람이 고마운 줄을 모르면

그게 사람이 아닌 거여.

무너진
구두 굽

일요일 아침 성당에 가려고 여름 구두를 꺼내 신었다. 굽이 좀 닳고 낡긴 했지만 오래 신어서 발이 아주 편하다. 한참 걸어야 할 때 신기에 좋다. 그런데 한참을 걷다 보니 오른쪽 뒤축의 감각이 이상하다. 뒷발을 들고 신발을 바라보니 신발 안쪽에서 뭐가 삐져나왔다. 걸을수록 한쪽이 내려앉는 느낌이 역력하다. 그래도 성당까지는 갈 수 있겠지, 생각하며 서둘러 걷는데 뒤축이 점점 주저앉더니 결국 완전히 무너져버렸다. 영락없는 절름발이 신세가 되었다. 영화나 드라마에서 가끔 보기는 했지만 막상 당하고 보니 참 난감했다. 다시 집으로 돌아가기에는 시간도 거리도 안 된다.

성당 가까이 사는 친구에게 전화를 걸어 신발 하나를 더 가지고 와 달라 부탁을 하고 절룩거리며 성당 마당으로 들어서니 사람들이 왜 그러냐고 한 마디씩 묻는다. 구두 뒤축이 망가졌다고 하니 친하게 지내는 몇몇

이 놀린다.

"니가 그러니 신발공장이 부도가 나지."

"그래 그렇게 구두 한 켤레 안 사 신고 퍽 부자 됐냐?"

허물없이 지내는 사람들이니 평소의 나를 보고 하는 말들이다. 생각해 보니 그 구두를 10년이 넘게 신었다.

지금까지 그렇게 살았다. 가난한 남편에게 시집와 아이 둘 낳고 기르면서 신발 하나, 옷 한 벌을 마음 놓고 사보지 못했다. 아이들도 어릴 때부터 비싼 옷 한 벌 사 입혀보지 못했다. 하지만 부끄럽거나 후회스럽지 않다. 그렇게 살면서 남편과 나는 함께 공부를 했고, 아이들도 사교육에 의지하지 않고 제 힘으로 잘 자라고 있다. 무엇보다 아이들이 근검절약하며 사는 삶을 배우는 배움터가 되었다고 믿는다.

그날 나는 무너진 구두를 보면서 비가 오는 날이면 짚신이 팔리지 않아 어찌할까 걱정하고 해가 나면 우산이 팔리지 않아 어찌할까 걱정했다는 짚신장수와 우산장수 아들을 둔 어머니 생각이 났다. 어려운 시기를 이길 수 있도록 알뜰하게 사는 법을 알려주지만, 한편으로는 물건이 잘 팔리지 않아 노동자들의 급여를 주지 못한다고 하니 둘 다 걱정이다. 어찌해야 하나, 정말 쉽지 않은 문제다. 그러나 내가 겪어본 바로는, 검소하게 아끼며 사는 것이 잘못된 삶은 아니다. 우리 가족은 그 검소한 삶의 굳건한 터전 위에서 든든하게 버틸 수 있었던 것이다.

별
이야기

우리 마을의 밤은 유난히 캄캄하다. 캄캄한 밤하늘에 별빛이 맑게 빛난다.

서울에서 내려온 손님이 내게 묻는다.

"이렇게 캄캄한 데서 혼자 무섭지 않으세요."

"처음에는 좀 무섭기도 했지만 지금은 참 좋아요. 저 하늘의 별 좀 보세요."

"와아~ 별이 정말 많네요."

"달빛은 또 얼마나 아름다운데요. 한겨울 눈 온 날 달이 뜨면 정말 환상이에요."

우리는 한동안 그렇게 별을 바라보다 안으로 들어왔다. 차를 마시며 미처 다 못한 별 이야기를 이어갔다.

"내가 대학 다닐 땐가, 친구가 사는 금산에 간 적이 있어요. 밤에 길을 가다가 다리 위에 섰는데, 갑자기 별들이 다리 주위로 다 내려오는 거예요. 그때 그렇게 많은 별을 보고 오늘이 두 번째인 것 같아요."

그의 아내가 그 말을 듣더니 한 마디 거든다.

"벌써 20년도 더 됐잖아요. 그때는 어디서나 그렇게 별이 많았는데, 이제 서울에서는 별을 통 볼 수가 없어요."

"저도 그런 별을 본 적이 있어요. 몽골에서 여름에 홉스골로 여행을 갔는데, 새벽에 추워서 게르에 불을 때려고 일어나 장작을 가지러 나갔더니 세상의 모든 별들이 게르 아래까지 내려와 있는 거예요. 어찌나 아름다운지……. 황홀하다는 표현이 딱 맞더라고요. 한참을 바라보다 추워서 게르 안으로 들어와 잠깐 불을 피우고 있다가 나갔더니 그새 다 사라졌더라고요. 내 생애 그런 아름다운 별을 다시 볼 수 있을지 모르겠어요."

우리는 차를 마시며 조용조용 별 이야기를 더 나누었다. 가슴에 따뜻한 기운이 차오른다. 모두 얼굴이 불그레하고 잔잔한 웃음을 머금고 있다. 일 이야기나 돈 이야기, 걱정거리, 세상 이야기 말고 이렇게 아름다운 이야기를 나누는 것이 얼마 만인가.

몽골에서 허름한 옷을 입고 가난하게 사는 사람이 '너희 나라도 별이 크냐?' 하고 물은 적이 있다. 가난하게 살아도 밤마다 뜨는 큰 별에 자부심을 가지고 자랑하고 싶어 하는 것이 참 순수하게 느껴졌다.

우리는, 우리가 누리는 이 아름다운 것들에 대해 이야기하는 것을 참 어색해 한다. 아름다운 자연이나 예술 따위는 책 속에서 잠들어버리고, 우리의 삶은 온통 각박한 시험문제나 돈 버는 이야기로 가득 차 있다. 어쩌면 이 시대가 이토록 각박하고 황량해진 원인이 거기에 있는지도 모른다. 자연스럽게 아름다운 것들은 본 체 만 체하면서 기계로 만들어 놓은 것들에 영혼을 빼앗기면서 살고 있는 것은 아닌지······.

별을 떠올리면 언제나 이순원의 소설 《은비령》이 생각난다. 《은비령》의 주인공은 별을 보면서, 대부분의 행성이 자기가 지나간 자리로 다시 돌아오는 공전주기를 가지고 있듯 이 세상의 일은 모두 2,500만 년을 한 주기로 되풀이해서 일어난다고 이야기했다. 이루지 못할 사랑을, 이처럼 비껴 지나갈 별 이야기에 빗대어 안타까워했던 소설 속 주인공이 너무나 안쓰러워 나는 가슴이 아팠다.

어젯밤 그토록 아름답던 별은 사라지고, 오늘은 눈이 내린다. 눈이 오니 백석의 시 '나와 나타샤와 흰 당나귀'가 생각난다.

'가난한 내가, 아름다운 아름다운 나타샤를 사랑해서, 오늘 밤은 푹푹 눈이 나린다······.'

조용조용 시를 읊조리며 혼자 밤이 깊어간다.

사람의
마음으로
살기

　　일주일 동안 대학생들이 농촌봉사활동을 하겠다고 우리 마을에 머물다
갔다. 학생들이 머무는 일주일 내내 거의 비가 왔다. 처음에는 의욕이 넘쳐
비가 오는데도 비옷을 입고 일을 했다. 어른들이 보기에는 성이 차지 않았
겠지만 나름 애쓰는 모습이 보기 좋았다. 다들 집에서는 공주나 왕자처럼
귀하게 살던 아이들이었을 텐데, 참 불편하고 힘들었을 것이다.

　　그런데 나는 학생들을 지켜보다 참지 못하고 나흘째 되는 날 한마디 하
고 말았다.

　　밤새 비가 와서 옆 계곡물이 넘치려 하고, 전기도 들어왔다 나갔다 해
서 밥 해먹을 물이 부족할까 봐 노심초사하고 있는데 학생들은 일어나자마
자 기름보일러 틀어놓고 샤워하고 머리 감고 드라이어로 머리 말리느라 정
신들이 없다. 내가 마을회관의 방 한 칸을 빌어 지내고 있는 터라 마을회

관 전체를 쓰는 여학생들의 모습이 다 보이는 것이다. 바닥에 물이 흘러 넘쳐도 누구 하나 닦는 사람이 없고, 머리카락이 뭉텅이가 되어 굴러다녀도 청소하는 사람이 없다.

"너희들, 저렇게 비가 와서 물이 여기까지 넘칠지도 모르는데 샴푸하고 드라이만 하고 있을래? 여기 온 지 나흘째인데 청소 한 번이라도 했니?"

그러자 아이들이 나를 빤히 쳐다본다.

"이렇게 말해서 기분 나쁘니?"

"아니요."

그 소리를 듣고 대표 학생이 와서 무슨 일인가 묻는다.

"너희들 다 마찬가지야. 어떻게 이렇게 해놓고 살 수 있니?"

그제야 빗자루를 들고 청소를 시작한다.

나는 또 나 혼자 마음이 편치 않아 비옷을 입고 골짜기 끝까지 걸어가면서 마음을 달랬다. 언젠가 일본에서 수학여행을 온 학생들이 묵었던 호텔 직원의 이야기를 들은 적이 있는데, 그 학생들은 욕실을 쓴 다음 자기가 쓴 수건으로 세면대 물기까지 깨끗하게 닦아내고 나와서 깜짝 놀랐다고 했다. 일본 사람들의 생활신조 중 하나가 '남에게 폐 끼치지 않기'라는 말을 들은 적이 있지만 그 정도로 철저한지는 몰랐다.

우리나라 학생들은 어릴 적부터 학교든 집이든 오로지 '공부해' 하는 이야기만 듣고 자라니 남을 배려하는 것은 물론 최소한의 청소도 할 줄 모르는 것 같다. 심지어 내가 할 일이 아니라는 생각으로 사는 것 같다. 어쩌면 곧 청소 가르치는 학원, 빨래 가르치는 학원이 나오지 않을까 싶기도 하다.

더러운 것을 보면 치우고, 다른 사람에게 폐가 되지 않게 행동하는 것, 남이 자고 있는 깊은 밤이면 잠을 방해하지 않는 것이 기본이 아닌가. 그래도 '대학생'들인데, 밤이건 낮이건, 어른이 있거나 없거나 조심을 해야 한

다는 그런 걸 전혀 느낄 수 없었다. 또 술은 왜 그렇게 죽기 살기로 마시는
지……. 마지막 날 새벽에 화장실 문을 두드려도 대답이 없고 문이 잠겨 있
어 열쇠로 열어보니 여학생 하나가 엎어져 자고 있었다.

음식은 또 얼마나 버리는지……. 이렇게라도 와서 자신이 먹는 쌀나무
가 어떻게 생겼는지 알고 가는 걸 다행이라고 여겨야 할까? 농사짓는 일
이 얼마나 힘든지 보았으니 밥이라도 함부로 버리지 않기를 바랄 뿐이다.

소유보다
자유

3월이라 아직은 쌀쌀하다. 황토방에 아침마다 불을 지핀다. 자잘한
마른나무에 불을 붙여 한참을 때다가 그 위에 장작을 얹고 오래 기다려야
불이 타오른다. 일단 불이 붙은 다음 장작을 한두 개씩 타는 불 위에 얹어
주면 꺼지지 않고 잘 탄다.

나는 벌겋게 타오르는 장작불 앞에 앉아 있기를 좋아한다. 손이 따뜻해
지고 다리가 따뜻해지고 얼굴이 벌겋게 달아오른다. 그러다 등이 추운 듯
하면 돌아앉아 등을 한참 쬐어준다. 불 앞에서 온몸이 따뜻해지면 더 바랄
것 없이 마음이 좋다. 평화 그 자체라고나 할까.

어린 시절에는 산에서 나무를 해다가 불을 때야 방이 따뜻해지고 음식
을 먹을 수 있었다. 언제부터인가 기름으로 불을 때고 가스로 밥을 해 먹기
시작하면서 우리의 욕망도 더 커지지 않았나 하는 생각이 든다. 전에는 산

에서 나무를 해 와서 불을 지피느라 시간이 많이 걸렸다. 그러다 보일러에 기름을 채우고 스위치만 누르면 방이 따뜻해지고, 가스레인지에 불만 켜면 곧바로 음식을 먹을 수 있게 되었다. 그러면서 남은 시간을 어떻게 보내야 할지 생각하다 쓸데없는 물건을 사게 되었다. TV를 비롯한 온갖 전자제품이 다 그렇다. 그 전자제품을 유지하기 위해 돈이 더 필요하게 되고……. 어찌 된 일인지 물건이란 것은 가져도 가져도 갈증이 채워지질 않는다.

새로운 물건이 나와서 그걸 사고 돌아서면 또 다른 새로운 것이 우리를 유혹한다. 새 물건을 만들고, 그것을 팔기 위해 혈안이 되어 광고를 하는 대기업들의 술수에 넘어가지 않을 만큼 강심장을 가진 사람이 얼마나 될까.

지난주에 법정스님이 돌아가셨다. 그분은 평생 동안 무소유의 삶이 얼마나 자유로운가 늘 말씀하셨다. 말씀만 그렇게 하신 것이 아니라 돌아가시는 날까지 몸소 그런 삶의 모습을 온 세상에 보여주셨다. 몸에 걸친 가사 장삼 한 벌로 천하를 떠돌아다니던 자유로운 몸짓이 얼마나 아름다웠는지 떠올리는 것만으로도 존경스럽다. 그분은 "무소유란 아무것도 갖지 않는 것이 아니라 필요 없는 것을 갖지 않는다는 뜻이다. 우리가 선택한 맑은 가난은 부보다 훨씬 값지고 고귀한 것이다."라고 말씀하셨다. 그리고 "소유보다 자유를 누릴 줄 아는 사람이 되기를 진실로 기대한다."라고 하셨다.

그분의 삶을 돌아보면 얼마 전에 읽은 김용철 변호사의 《삼성을 생각한다》가 자꾸 생각난다. 온갖 부정직한 방법을 동원하여 기업을 키우고, 그렇게 번 돈이 가난한 노동자들과 사회를 위해 쓰이는 것이 아니라 그 기업의 창업주와 그 주위에서 사치와 방탕을 일삼는 사람들의 부를 축적하는 일에만 쓰이고 있다니 얼마나 통탄할 노릇인가. 그들은 자신의 노동으로 벽

돌 한 장 쌓아 보았을까? 그렇게 부정직한 사람이 감히 "모든 국민이 정직했으면 좋겠다."고 훈계를 했다니 소가 웃을 일이다. 그 부도덕한 기업가와 그 주변 사람들의 욕망은 과연 채워질 수 있을까?

채워지지 않는 욕망 때문에 온통 헐벗은 마음으로 사는 것보다 맑은 가난을 선택하는 삶이 얼마나 아름다운가. 욕망의 늪에서 벗어난다면 진정으로 자유로운 삶을 살 수 있지 않을까? 맑은 가난을 선택하여 진정한 자유가 무엇인가 몸소 보여주신 법정스님을 본받아 소유보다 자유로운 삶을 살고 싶다.

쌀벌레

날씨가 더워지면서 집 안에 벌레가 한 마리씩 기어 다닌다. 벌레가 어디서 나오나 찾아보니 쌀자루 부근에 고물고물하다. 처음에는 벌레들을 쓸어 담아 버리다가 나중에는 쌀자루를 베란다의 큰 함지박에 부어 놓았다. 애벌레로 기어 다니던 것들이 사라지자 검고 작은 벌레들이 온 베란다를 기어 다닌다. 저녁에는 나방들이 집 안에서 춤을 추며 날아다닌다.

쌀을 씻을 때마다 새까만 벌레와 벌레에게 파 먹힌 쌀이 둥둥 떠서 흘러 나간다. 아, 사람들이 이래서 쌀냉장고를 사는구나, 하는 생각도 들었다. 밥을 하기 전에 쌀을 씻는 시간이 오래 걸린다. 물도 다른 때보다 몇 배나 더 든다. 쌀을 씻을 때마다 어릴 때 할머니와 어머니가 쓰시던 키 생각이 난다.

'키'는 어떤 곡식이냐 하는 걸 가리지 않고 알곡을 골라내는 훌륭한 도

구였다. 녹두, 콩, 보리, 벼 등 겉껍질이 있는 곡식을 키에 담아 몇 번이고 까부르면 알곡만 남고 껍질이나 쭉정이는 마당가의 두엄자리에 쌓이곤 했다. 여름에 쌀벌레가 생긴 쌀도 마찬가지였다. 어머니는 해가 설핏해지면 쌀이나 보리를 키에 담아 몇 번이고 까부르셨다. 그러면 마당가나 두엄더미에서 먹을 것을 찾아 부리를 처박고 있던 닭들이 우르르 달려와 쭉정이나 쌀벌레를 쪼아 먹곤 했다. 사람이 못 먹는 것은 그렇게 함께 울 안에서 살던 짐승들이 먹었다.

도시에서는 사람이 못 먹는 것은 무조건 버린다. 날마다 버려지는 것들은 어디에서 또 천덕꾸러기 노릇을 당하고 있겠지?

아주 작은
행복

농촌은 가을걷이가 끝나도 한가하지 않다. 추수한 것을 갈무리하고 겨울과 내년 농사가 끝날 때까지 먹을 것을 미리 장만하느라 날마다 종종걸음을 한다.

상용이네 마당에서 연기가 솔솔 피어오른다. 마당으로 들어서니 거석리 할머니가 마당에 있는 양철 아궁이 솥에 불을 때고 있다.

"불 때시네요. 뭐하세요?"

"어서 오셔. 메주 끓이느라구~."

"아~ 된장 담으시려고요?"

"된장도 담구 청국장도 띄워야지."

이야기를 주고받는데 사람소리가 나더니 지나가던 분들이 한둘 들어오신다.

"전에는 메주 끓일 때 나오는 메주콩 먹으면 맛있었는데."

"잡숴보셔. 콩이 좀 설겅설겅할 때가 맛있는디, 어쩔랑가 몰라."

덕봉에서 농사짓는 아주머니가 솥뚜껑을 열고 바가지에 콩을 퍼 주신다. 김이 무럭무럭 나는 콩을 한 줌 집어 먹었다. 들척지근하고 구수했다. 금세 옛날 생각이 났다.

"옛날에 술 담글 때는 고두밥 지은 것만 먹어도 맛있었는데."

"아 그게 얼마나 맛있고 귀했는디~. 그때는 쌀이 귀했응게."

그러고는 콩을 집어 드시며 "아이구, 전에는 메주 쑬 때 이렇게 콩을 먹으면 어른들이 똥 싼다고 못 먹게 했어. 지금 생각항게 콩이 귀항게로 못 먹게 할라고 한 거 같어." 하신다.

"그리 먹을 게 없었는디 요즘은 먹을 것이 흔해빠져서……."

"인저 도로 먹을 거 그리 귀한 때가 올지도 몰러. 날씨 하는 것 좀 봐."

"올해는 꿀도 안 나온다잖어. 벌이 다 죽었댜."

상용 엄마는 아무 말도 없이 표고버섯을 손질하고 있다.

그걸 보고 어떤 분이 "표고버섯 불에다 구워 먹으면 맛있는디." 하시니까 부녀회장님이 "아 그럼 얼른 구워!" 하신다. 거석리 할머니가 손바닥만한 표고를 집어 주신다.

"소금도 좀 넣어야 하는디."

얼른 안에 가서 소금을 가져왔다.

아궁이에서 숯불을 끄집어내고, 표고를 뒤집어 소금을 솔솔 뿌려서 불 위에 얹었다. 표고 안쪽에 금방 물이 고였다. 그걸 끄집어내 마당에 있던 나무탁자에 올려놓고 칼로 잘랐다.

한쪽을 집어 먹으니 표고의 향과 숯불의 그을음이 말할 수 없이 절묘한 조화를 이룬 맛이었다. 저절로 감탄이 터져 나온다.

"아 맛있어!"

옆에 스스럼없는 사람이 있다면 '아, 정말 행복해.' 이렇게 말하고 싶었다.

아침 안개는 다 걷히고 햇살이 따뜻한 마당에서 연기가 피어오르는 불 앞에 앉아 있는 것만으로도 더할 수 없이 만족스러웠다.

이 좋은 순간, 이 기쁨은 아무리 비싼 값을 준다고 해도 살 수 없을 것이다.

나는
걷는다

약속시간 한 시간 전이다. 내가 사는 이 작은 도시는 시내 어디든 차를 타면 30분 이내에 도착할 수 있다. 그러나 나는 늘 한 시간 전에 나선다. 가방을 둘러메고, 걷기 편한 신발을 신고, 햇볕이 따가우니 모자도 썼다. 그리고 걷기 시작한다.

햇살은 따갑지만 날씨는 며칠 전보다 훨씬 선선해지고, 하늘 빛깔도 달라졌다. 길가의 풀섶에 이슬이 내려 앉아 있다. 아파트 사이사이 공터마다 부지런한 어른들이 가꾸어 놓은 밭에서 콩꼬투리가 익어가고 있다. 어떤 어른은 참깨를 베고 있다. 일하는 모습을 고개를 젖히고 바라본다. 너무나 익숙한 모습이다. 내가 어렸을 때 아버지 어머니가 일하던 모습 그대로다.

농사꾼의 딸로 태어난 나는 어릴 때부터 참 많은 일을 하며 자랐다. 그 일이 하기 싫어 하루라도 빨리 농촌을 떠나고 싶었다. 그런데 나이가 들면서 점점 그 시절이 그리워지고, 이젠 도시를 떠나고 싶다. 밭에서 일하는 모습을 보면서 '나도 다시 저렇게 일을 하며 살고 싶다' 하는 마음을 달랜다.

지난 한 해 동안 나는 몽골에서 지냈다. 거기서는 웬만한 곳은 걸어서 다녀야 했다. 몽골은 여름 잠깐 좋은 시절 빼고는 몹시 춥거나 바람이 심하게 분다. 바람이 심한 날 걷다 보면 몸이 바람 속으로 빨려 들어갈 정도다. 모래바람이 휘몰아쳐 오면 그 바람이 지나갈 때까지 몸을 웅크리고 한옆에 피해 있어야 한다. 그렇게 지내다 집으로 돌아오니 천국이 따로 없었다.

몽골로 가면서 차를 없앴다. 집으로 돌아온 다음 날부터 이 좋은 곳의 모든 것을 즐기며 걷기 시작했다. 날씨든 주변의 경치든 걷기에 이보다 더 좋을 수는 없을 것 같았다.

처음 얼마 동안은 걷는 것이 힘들고 다리도 아팠다. 다리 아픈 것은 석 달이 지나니 괜찮아졌다. 몸도 정말 가벼워졌다. 내가 사는 곳에서 도시의 끝까지 걸어 보았는데, 두 시간이 걸렸다. 그러니 시내의 웬만한 곳은 다 걸을 수 있는 거다. 이젠 이 도시의 길이 있는 곳은 모두 찾아서 걷는 것이 하나의 재미가 되었다. '오늘은 이 길을 걸어볼까?' 하고 걷다 보면 차를 타고 스쳐 지나기만 했던 곳을 자세히 살펴보는 재미가 쏠쏠하다. 특히 마음이 복잡하고 무엇인가 결정해야 할 때 길을 나서면 복잡한 마음도 추슬러지고 결정해야 할 일도 정해지곤 한다. 걷기 명상이 따로 있나, 이렇게 걸으며 내가 지금 무엇을 하고 있는가 분명하게 알고 있다면 그게 명상이지.

햇살 가득
주름살

바람은 쌀쌀하지만 햇살은 맑고 투명하다. 춥다고 핑계대고 일터까지 그리 멀지도 않은 길을 버스를 타고 다녔는데, 오늘은 가방 메고 운동화 신고 걷는다. 상가 앞을 지나면서 자연스럽게 안을 들여다본다.

세탁소 아저씨는 오늘도 텔레비전 앞에 앉아 계시네. 재미가 없나 온통 얼굴이 찡그려 있고 눈을 사납게 뜨고 있다. 아니, 저 아저씨는 늘 표정이 저랬지. 일이 없나? 일이 그렇게 없어서 어쩌나? 일이 없을 때는 책을 좀 보면 좋을 텐데.

맞은편 미용실도 손님이 없다. 미용실 주인은 스마트폰으로 게임이 한창이다. 아침인데 벌써부터 게임을 하고 있으면 어쩐다냐. 일찍부터 시간이 지루해졌나? 아침 신문이라도 읽으면 참 좋을 텐데.

신호등을 건너 일터로 가는 동네 골목 쪽으로 들어가니 방앗간 할머니

가 빨간 점퍼를 입고 모자를 쓰고 동네를 걷고 있다. 연세가 꽤 드셨는데
도 허리가 꼿꼿하다.

"할머니, 안녕하세요. 어디 가시는 길이에요?"

"햇살이 좋아 그냥 동네 한 바퀴 돌라꼬."

"오늘은 안 바쁘신가 봐요?"

"새벽 두 시에 인나 떡 다 해서 보냈지."

"네에."

활짝 웃으며 내 앞을 지나는데 햇살 비친 얼굴에 주름이 가득하다. 이
제 그런 모습이 예사로 보이지 않는다. 나도 저 나이까지 저렇게 살아갈 수
있을까?

음식은
흙에서
온다

이웃에 사는 분이 가게 문을 빼꼼 열고 들어온다.

"이거 밭에서 난 것인다……."

"아이구, 상추가 벌써……. 파도 많이 컸네요."

"벌써 동 슬라구 혀."

"아이구, 고맙습니다. 이렇게 귀한 것을 일부러 이렇게 가져오시고."

"아녀, 하찮은 남새 나부랭이여."

그러고는 물이라도 한 잔 하고 가시라고 붙잡는 내 손을 뿌리치고 가신다.

봄이 되면서 오고 가는 이웃들이 밭에서 농사지은 것이라고 상추며 쑥갓, 시금치, 풋마늘 따위를 가져다준다. 내 손으로 호미질 한 번 하지 않고도 앉아서 이렇게 싱싱하고 건강한 푸성귀들을 먹을 수 있는 것이 얼마나 고맙고 감사한지 모른다.

4월인데도 날씨는 아직 쌀쌀하다. 강원도 어디는 눈이 쌓였다는 소식도 들린다. 그런데도 어느새 푸성귀들이 이렇게 풍성해졌다. 그토록 혹독하게 춥고 눈 쌓이고 어두운 땅속에서 겨우내 움틀 준비를 했겠지.

파를 펼쳐 뿌리를 자르고 거친 껍질을 벗겨내니 뿌리 쪽은 하얗고 단단하고 위쪽은 파랗고 싱싱하다. 마트에서 산 것은 쪽 곧고 껍질을 벗길 것도 없이 뿌리만 자르고 물로 씻으면 된다. 손쉽고 편리하지만 싱싱하지도 않고 기가 빠져 있다. 음식은 아무리 좋은 양념을 많이 해도 원재료가 좋지 않으면 맛이 덜하다는 걸 나는 살아가면서 알게 되었다.

요즘 아이들에게 꿈이 뭐냐고 물으면 요리사가 되겠다고 하는 것을 종종 듣는다. 요리사라고 말하는 것은 그래도 양반이다. 언제부터인지 셰프라나 뭐라나 외국말로 음식 만드는 사람을 부른다. 나는 그런 아이들에게 "파는 썰 줄 아니?" 하고 묻기도 하고 "김치 담글 때 뭐 들어가는지 아니?" 하고 묻기도 한다. 어물어물하는 아이들에게 "아니 모두 다 요리만 하겠다고 하면 요리 재료 농사짓는 일은 누가 한다는 거여." 하고 공허한 이야기를 주고받기도 한다. 그런 중에 '녹색평론'에서 '현대인들이 웰빙, 유기농을 찾으면서 그것이 어떻게 재배되고 식탁에 오는지, 그것이 유지되기 위한 생태적 조건은 어떤지 생각하지 않는다. 그것은 마치 상대에겐 관심이 없고 섹스만 탐닉하는 포르노 중독과 같다.'라는 내용을 읽고 '맞아 이게 바로 내가 하고 싶은 얘기야.' 하고 깊이 공감을 했다.

아이들은 머리로만 꿈을 꾸면서 손으로는 스마트폰만 하고 있다. 그 기계가 삶을 얼마나 풍요롭게 하는지 잘 모르겠지만, 그리 행복해 보이지는 않는다. 점점 기계의 노예가 되어 가는 것 같아 안타깝고 안타깝다. 음식을 먹으면서 맞은편에 앉아 있는 사람과 눈을 보고 이야기를 하는 것이 아니라 손에 들고 있는 기계만 바라보며 낄낄대고 있다. 참으로 해괴한 풍경을 날마다 본다.

그런 아이들에게 "지금 네가 먹고 있는 음식이 어디로부터 와서 너를 배불리는지 아니?" 하고 물어볼 엄두가 나지 않는다. 사람들은 음식의 재료가 어디에서 왔건 내 입에 맛있고 내 배만 부르면 그만이라고 생각하는 것 같다. 그래도 나는 날마다 덜 오염된 것을 찾아 조리를 하며 내가 만든 음식을 먹고 기쁘게 살아갈 수 있는 힘을 얻기를 바라는 마음으로 정성을 다한다.

3부

손발이

다
닳도록

어머니들의
가을

앞집 배남집 아주머니가 김치를 담갔다고 가져오셨다. 맛있는 배추에 햇고추로 담근 김치가 아주 맛있었다.

"김치가 정말 맛있네요."

"아들들 줄라고 담갔어."

아주머니는 두 무릎의 연골이 닳아 지난겨울에 인공관절을 넣는 수술을 하셨다. 수술 전보다 아픈 것은 덜하지만 다리를 구부릴 수가 없어서 의자 없는 곳에서는 다리를 뻗고 앉아야 한다. 그 다리를 이끌고 봄부터 지금까지 덕봉마을 아래 밭을 오르내리며 농사를 지었다. 봄에는 그 다리를 이끌고 온 산을 다니며 온갖 나물을 뜯어다 말렸다.

그런 모습을 보고 말씀을 건넸다.

"나물 정말 많이 말리셨네요."

바로 답이 돌아온다.

"나 먹으라고 하가니. 자식들 나눠 줄라고 하지."

저녁이면 걸어 다니면서도 신음소리를 내신다. 그 소리가 참 아프게 들린다.

밭일을 하는 틈틈이 아들딸 줄 반찬 만드느라 잠시도 쉴 틈이 없다. 주말이면 도시에 사는 아들딸들이 와서 아주머니가 담가놓은 김치며 반찬들을 싣고 돌아간다.

연장리 할머니는 온몸에 살이라고는 없이 깡말랐다. 내년이면 팔순인데, 잠시도 쉬는 법이 없다. 어찌나 부지런하신지 집안도 반들반들 윤이 난다. 요즘 황토방에 불을 때면 와서 주무시는데, 잠이 깨면 즉시 일어나 일을 하러 가신다. 일을 어찌나 잘 하시는지 인근 마을마다 소문이 나서 서로 모셔가려고 난리다. 요즘도 남의 집 일을 하고 집에 돌아오면 또 깜깜해지도록 집안일을 하신다. "할머니 안 힘드세요?" 하고 물으면 "힘들어 죽겠어." 하면서도 잠시도 일을 손에서 놓지 않으신다.

가을이 되니 고구마 캐서 아들들에게 부치고 풋고추 따서 부치고 오늘은 또 김장 담그기 전에 먹으라고 무김치를 담가 부친다고 하신다. 마당에는 각기 빛깔이 다른 콩이며 땅콩, 팥 그리고 풋고추 가루 묻혀 찐 것, 껍질 벗긴 토란대들이 따가운 가을 햇살 아래에서 잘 말라가고 있다. 저것들도 곧 도시의 자식들에게 부쳐지겠지.

작가 신경숙은 소설 《엄마를 부탁해》를 통해 이 땅의 이런 어머니들의 희생과 고단한 삶을 눈물겹도록 아름답게 그려냈다.

평생 몸을 아끼지 않고 사느라 남모르게 두통을 앓던 어머니가 아들 집에 오다가 서울역에서 길을 잃었다. 어머니를 찾으려 자식들은 그렇게 노력을 했건만 찾을 수 없었다. 어머니는 혼이 되어 생전에 사랑하던 사람들에게 나타나곤 한다. 그럼 그 육신은 어디로 사라졌단 말인가. 나는 그것이 의문이었다.

요즘 우리 마을 어머니들을 보면서 나는 '어머니들은 저렇게 육신을 아끼지 않고 쓰다가 돌아가시겠구나. 작가는 우리 어머니들이 저토록 육신을 아끼지 않고 뼈가 닳고 살이 문드러지도록 자식을 위해 희생하는 모습을 그리려 했는지도 모르겠구나. 결국 자식들이 찾지 못한 어머니의 실체는 자식들을 위해 희생하다가 스러져 버린 이 땅의 어머니들의 모습인지도 모르겠구나.' 하는 생각을 해보았다.

손발이 다
닳도록

여름이 되니 해가 길어졌다. 경운기 시동 거는 소리에 잠이 깨어 시계를 보니 새벽 4시가 지나고 있다. 앞집 할아버지는 그 시간에 밭으로 나가신다. 6시 좀 넘으면 봉고차가 마을회관 앞에 와서 빵빵 경적을 울린다. 마을 할머니들을 일터로 모시고 갈 차다. 할머니들은 이 차를 타고 다른 마을로 품삯을 받고 일하러 가신다. 모두 팔십이 넘었거나 팔십에 가까운 연세들이다.

지난해 여름에 무릎 수술을 해서 일을 다니지 못하던 배남집 고모도 올해는 일을 다니신다. 지난해 일을 못하는 동안에는 입만 열면 한탄을 하셨다.

"남들 다 돈 벌러 다니는디 나만 이렇게 놀아서 어쩐댜."

올해 다리가 걸을 만하다고 또 일을 다니신다.

올해 여든셋이 된 할머니 한 분은 그렇게 일 다니는 할머니들을 보며 한숨을 쉬신다.

"나는 다 살었어. 일도 못하고 돈도 못 버는 빙신이여."

그런 할머니들을 볼 때마다 평생 일을 하며 살고도 쉬는 것이 마음이 편치 않으시구나, 하는 생각이 들어 마음이 짠하다. 할머니들이랑 앞집 할아버지 손발을 보면 손끝 발끝이 다 닳았다. 이분들 손발을 볼 때마다 '어버이 은혜' 노래 가운데 '손발이 다 닳도록 고생하시네.' 하는 부분이 저절로 생각나고, 이 노래가 그냥 지어진 것이 아니구나 하는 생각이 든다.

할머니들은 그렇게 일을 하고 집에 돌아와서 또 당신들 밭으로 간다. 여름에는 8시가 넘어도 밖이 훤하니까 깜깜해지도록 밭에서 일을 하다가 집으로 돌아와 9시는 돼야 저녁을 드신다.

이제 자식들도 다 가정을 이루고 살고 별로 큰돈 들어갈 일이 없을 텐데 꼭 저렇게까지 일을 해야 하나, 하는 생각이 들기도 한다. 가만히 지켜보면 그분들 삶 자체가 그렇기 때문에 몸을 움직일 수 있는 한 일을 하신다는 생각이 든다.

일 년 전 폐암 판정을 받고 병석에 계시던 팔십이 넘은 고모님이 얼마 전 돌아가셨다. 장례미사 때 "팔십 평생을 억순이처럼 일만 하시다 암 판정받은 일 년 동안 쉬다 돌아가셨다." 하는 신부님의 강론 말씀을 들으며 나도 모르게 눈물이 터져 나왔다. 누구라 할 것 없이 농촌 사람들은 그렇게 평생을 산다.

다른 마을 간사 일을 하는 분이 땅을 얻어 농사를 짓는다. 그분은 "일을 하다가 힘들면 하던 일 그만두고 집에 들어와 쉰다."라고 말한다. 나는 "그게 골병들지 않는 현명한 생각이여." 하고 맞장구를 쳤다. 그런데 가만히 생각해보면 그래도 많지는 않지만 간사 월급이 나오니 농사만 짓는 분들보다는 절박함이 덜해서 그럴 수 있는지도 모른다 싶다. 할 수 있는 일이 농사 밖에 없고, 식구들 생계가 농사일에 달렸다면 그럴 수 있을까?

시골에 와서 살면서 늘 '나도 농사를 지어야 하는데' 하는 생각으로 마음이 편치 않다. 책 만 권 읽는 것보다 더 소중한 것이 내가 먹을 것을 스스로 해결하는 것이라는 생각을 늘 했다. 그 마음으로 시골까지 왔다. 그런데 올해 큰아이가 대학에 갔고 내년이면 작은아이도 대학에 간다. 지금도 넉넉한 것은 아니지만 농사일을 하면서 두 아이 학비를 과연 감당할 수 있을까 하는 불안감이 선뜻 농사일에 뛰어들 수 없게 한다. 일 년 넘게 농사 짓는 사람들의 모습을 지켜보고 그들의 한숨 소리를 하도 들었던지라 선뜻 농사를 생계수단으로 선택하기가 두렵다.

귀농해서 농사짓는 사람들을 만나면 한결같이 말한다.

"땅을 빌려 농사지으면 빌린 땅값, 농기계 빌린 값, 뭐 빼고 뭐 빼고 하면 그저 먹는 것 정도 남는다. '농사로는 생계가 안 되겠구나. 텃밭 농사만 짓고 돈은 딴 일로 벌어야겠구나' 하는 걸 절실히 알게 된다."

농사일이 얼마나 힘든지 직접 일을 해본 사람이 아니면 알 수가 없다. 지난해, 어떤 분이 밭을 얻어 고추를 심었다가 날이 추워 고추가 다 죽어버리자 밭 옆에서 농약을 마시고 죽었다는 이야기를 전해 들었다. 올해 우리 마을 어떤 분은 봄에 날이 추워 못자리해 놓은 것이 얼어버리는 바람에 다시 못자리를 하면서 "농약 마시고 죽었다는 사람 심정이 너무나 이해가 된다"라고 말씀하셨다.

요즘은 농산물 값이 비싸 살기가 어렵네 어쩌네 하는 소리가 들리면 분통이 터진다.

올봄에는 추운 날이 많았고 심심찮게 눈도 와서 마을 분들이 얼마나 애달았는지 모른다. 그런데 봄에 나온 농산물을 막상 팔려 하니 어렵게 농사지은 것들이 천대를 받는다. 나라에서는 논에 벼 대신 다른 작물을 심으면 보조금을 주겠다고 해 가면서까지 쌀농사를 못 짓게 한다. 마을 분들 말씀으로는, 논에 벼 말고 다른 작물을 심으면 물 가두기가 힘들어져 다시 논으로 되돌리기가 힘들다고 한다.

봄이 되자 마을 분들은 그래도 모를 심었다. 농부가 봄에 씨를 뿌리지 않으면 어디에서 힘을 얻을 수 있을까? 그 마음을, 농사를 지어보지 않은 사람들이 알 수 있을까? 우주에 가서도 밥을 먹어야 살 수 있는데 농사짓는 일은 왜 이렇게 천대를 받게 된 것일까? 시골에 사는 분들 평균 연세가 팔십이라는데, 이분들이 세상을 떠나고 나면 농사는 누가 지을까? 다른 곳은 몰라도 내가 사는 이 골짜기로 농사지으려고 오는 사람이 과연 있을까? 요즘 세상에 지금 농사를 짓고 사는 분들처럼 손발이 다 닳도록 농사일을 하늘의 뜻으로 알고 살아갈 사람이 있기는 할까?

나도 아직 그렇게 살아갈 자신이 생기지 않는다.

연장리
할머니

햇살이 눈부시다. 지난여름 내내 유달리 비가 많이 오고 무더웠던지라 눈부신 햇살이 훨씬 반갑고 아름답게 느껴진다. 그 햇살 아래 연장리 할머니가 빨래를 널고 있다. 이불호청을 빨아 너시는가 보다, 생각하며 가까이 다가가 보니 펼침막 헝겊이다.

"어 이거, 펼침막이네."

"우리 딸이 대학교에서 일하잖어. 거기 이런 게 겁나댜."

"이거 정말 튼튼해서 한 번 쓰고 버리면 아까운데."

"그래서 우리 딸이 주워다가 이렇게 가운데를 박었댜."

"아주 넓고 좋네요. 재봉틀이 있나 봐요."

"우리 집에 손틀, 발틀 다 있었어. 내가 젊어서는 내내 바느질했지."

"아직도 바느질하세요?"

"인저 늙어서 못 혀. 그래서 딸 줬더니 이렇게 지다란 걸 반 잘러서 넓게 박아 왔구먼."

"아주 좋네요."

"인저 여기다가 깨 같은 거 깨깠하게 씻어서 말릴라고."

할머니는 펼침막을 잘 펴서 빨랫줄에 넌다. 바람에 헝겊이 날릴 때마다 펼침막에 그려진 그림이며 글씨가 오르내리는 모습이 색다르다.

연장리 할머니는 알뜰하고 깔끔하기로 온 마을에 소문이 자자하다. 여름에 들에 갔다 오면 꼭 비누를 들고 마을회관 옆 도랑으로 몸을 씻으러 오신다. 그 물에 빨래도 애벌로 하고 밭에서 갓 뽑아온 풋것들도 흙을 털어내 씻는다.

얼마 전까지 다른 마을로 품삯 받는 일을 다니시더니 어제는 마을 분들과 버섯을 따러 가셨다. 버섯바구니를 들고 지나다 마을회관 앞에 몇몇 분이 앉아 계신 걸 보고 가까이 오신다. 검정고무신에 맨발이다.

"그렇게 하고 산에 다녀오셨어요?"

"아녀, 장화 신고 갔지. 뱀 무서웅게. 와서 갈아 신었어."

그리고 할머니는 '몸빼' 입은 다리를 쓸어올린다. 그 다리를 보고 종문이 양반이 묻는다.

"다리는 왜 그려."

그 소리에 다리를 잘 살피니 오른쪽 정강이뼈가 불뚝 솟아올라 있다.

"젊어서 일하다가 다리가 부러졌었어. 그걸 저 큰터골 학수가 맞춘다고 맞춘 것이 이 모양이 된 겨."

"왜 병원을 안 가고?"

"그때 병원에 갈 생각이나 했간디. 학수가 그런 걸 좀 한다니 그냥 손으로 주물러 뼈를 맞추고 말았지."

"얼마나 아팠을까 잉."

둘러앉은 사람 모두 혀를 끌끌 찬다.

"그때 여섯 달이나 누웠었어. 우리 집 양반이 내 똥오줌 다 받아냈어."

종문이 양반이 "형님이 저 위에서 '미안혀' 하시네." 하며 산 위쪽을 바라보신다. 거기 할아버지의 산소가 보인다.

"살았을 적이 이 다리를 쓰다듬으며 '나한티 시집와 고생고생하고 다리도 이 모양이 됐어' 했당게."

"엄청 맴이 아프셨던게벼. 근디 낭중에라도 병원에 가지, 왜 안 갔어 그래."

"언젠가 너무 아퍼서 병원에 갔더니 뼈가 이미 굳어버려서 어떡할 수가 없다누만. 그냥 이대로 살아야 한다."

할머니는 연신 다리를 쓰다듬으신다.

"날이 추워지면 더 쓰리고 애려."

나는 저 다리를 하고 남의 집 품삯 일을 하러 다니느라 얼마나 힘들었을까 생각하며 가슴이 쓰라렸다. 나는 종종 할머니에게서 돌아가신 할아버지 이야기를 들었다.

"젊어서 재미 재미 하고 살 때 떠났어. 그때가 막내 네 살 적인디, 그때부터 내가 안 해본 일 없이 다 해서 아이덜 키웠지. 자식덜 다 나한티 잘하는디, 그래도 데려다 키운 조카딸이 젤 잘혀."

"조카딸을 데려다 키우셨어요?"

"우리 큰 동서가 딸 하나 낳고 걔가 여섯 살 때 혼자 됐어. 살기 힘등게 팔자 고쳤지. 그래 조카딸 혼자 남게 됭게 내가 데려다 키웠어. 그때는 다 살기 힘등게 그랬지 뭐."

작년 여름에 할머니가 함께 점심 먹자고 나를 막 끌고 집으로 가셨다.

젊은 내외가 고기를 굽고 있었다. 그날 고기를 맛있게 먹었는데, 그분들이 시집 간 조카딸 내외란다.

할머니는 자랑스럽게 소개를 해주셨다.

"휴가라고 어디 놀러도 안 가고 나 맛있는 거 맥인다고 서울서부터 고기 재왔댜."

"할머니 조카딸 키운 보람 있으시네요."

"조카딸이라고 더 잘해주고 하지도 못했어. 일도 많이 부려먹고 했는디, 나한티 엄마, 엄마 함서 그리 잘하네."

할머니 큰아들은 고위공직자다. 마을 분들은 이 인근에서 가장 성공했다고 말한다. 그 아들이 집에 내려오면 내가 있는 마을회관으로 꼭 데려와 인사를 시키신다.

"우리 간사님여. 우리 마을을 위해서 얼마나 고생하시는가 몰러. 인사혀."

나에게 고개를 깊이 숙이며 인사를 하는데, 그 모습을 보며 '그 어머니에 그 아들이구나.' 하는 생각을 했다. 나는 몸 둘 바를 모르고 함께 고개 숙여 인사했다.

할머니는 어찌나 바지런하신지 잠시도 가만히 있지 못한다. 집안도 반들반들하다. 이제 자식들이 그만치 성장했으니 남의 집 품삯 받는 일은 그만해도 되련만 일철이면 꼭 일을 다니신다.

"그렇게 일 다니신다고 아드님이 뭐라고 안 하세요?"

"우리 큰애가 저번에 와서 '엄마 일 다녀서 돈 많이 모아 놨응게 나 10만 원만 줘' 하잖여. 아 글쎄 출장을 왔다가 집에 잠깐 들렀는디, 내가 일을 갔다고 하니 직원들 보기 얼마나 남부끄러웠겄어."

"그렇게 일하시면 안 힘드세요?"

"왜 안 힘들어. 허리도 아프고 죽겄지."

"그럼 좀 쉬시지요."

"그래도 평생 하던 일잉게."

팔십 평생 일만 하고 사셨으니 일 그 자체가 삶이라고 보면 틀림없을 것이다. 할머니 집에 가면 한쪽에 가지런히 상자나 비닐봉지들이 깔끔하게 쌓여 있다. 무엇이든 허투루 버리는 법이 없다. 비닐봉지도 빨아서 또 쓰고 또 쓰고 한다.

할머니가 비닐봉지를 빨아서 빨랫줄에 널어놓은 것을 보면 몽골 벌판 생각이 난다. 사람들은 내가 몽골에서 일 년 동안 살다 왔다고 하면 몽골의 좋은 것만 이야기한다. 몽골 하늘이 어쩌고, 몽골 초원이 어쩌고 하면서. 하지만 몽골 초원이 어쩌고 하는 사람이 있으면 나는 왠지 볼이 메인다.

"초원요? 사진으로는 멋있어 보이지요. 가까이 가 보세요. 온갖 짐승 똥에 쓰레기에⋯⋯. 짐승 똥이야 자연으로 돌아가겠지만 썩지도 않는 것들을 왜 그렇게 아무렇게나 버리는지, 특히 한국 사람들⋯⋯."

몽골 아이들과 여행을 하다가 초원에서 하루를 지냈는데, 풀밭 사이사이에 쓰레기가 널려져 있었다. 선명한 한국어로 '코××'라고 쓰여 있는 생리대였다. 그걸 보고 나는 슬그머니 그 자리에서 빠져나왔다. 정말 다급할 때 꼭 필요했을 그 물건을, 깔끔하게 버렸으면 몽골 벌판에서 그토록 낯이 뜨겁고 부끄럽지 않았을 터이다. 그 물건이 한 번만 쓰고 버리는 물건이 아니었으면 벌판에 그렇게 나뒹굴어 있지도 않았을 텐데⋯⋯.

풍요롭게 살아온 젊은 세대들은 물건이 귀하다는 것을 알기나 할까? 돈만 주면 금방 구할 수 있는 일회용품들이 물건을 귀하게 여기는 마음을 사라지게 하는 것 같다. 그들이 지금 누리고 있는 것은 평생을 뼈가 문드러지도록 아끼고 일을 하며 살았던 연장리 할머니 같은 분들 덕분임을 나는 늘 생각한다.

아픈
남편을
두고

"아픈 당신을 두고 가려니 발길이 안 떨어지네."

"견딜 만항게 걱정하지 말고 가."

남편은 누운 채 말한다. 월요일 아침이다. 남편은 쉬는 날이고 토·일요일을 집에서 쉰 나는 일터가 있는 진안으로 가야 한다. 지난 주 월·화·수 사흘 동안 남편은 강원도로 사무장 연수를 다녀왔다. 나는 진안으로 가기 전에 미리 당부를 했다.

"먹는 것 조심하고, 술 조금만 먹고 잘 다녀와."

그런데 화요일 오후에 전화가 왔다.

"허리가 삐끗했는데 엄청 아프네."

'참 이상도 하지. 집에서는 잘 지내다가 어디만 가면 꼭 아파서 오네.' 하는 생각이 들었다. 전에도 그런 적이 있어서 후배에게 그 이야기를 했더니 나름 원인 분석을 해준다.

"집에서는 언니가 먹는 것 깨끗한 것으로 잘 챙겨주고, 건강관리 잘 해주다가 어디 가면 아무거나 먹고 그러니까 그렇겠지."

그런지도 모르지. 그래서 이번에 갈 때도 걱정이 되었는데 결국 허리가 그렇게 되었다.

나는 남편이 돌아와도 집에서 기다리지 못하는 처지라 남편에게 전화를 걸어 당부했다.

"한의원에 가서 꼭 사혈부항을 떠 달라고 해요."

그리고 금요일 저녁에 집에 가니 남편은 코를 골며 자고 있다. 토요일에 성당에 혼배미사가 있어서 몹시 바쁘다고 했다. 토요일 새벽에 남편을 깨워 부항을 떠줬다. 남편은 부항기를 붙인 채 누워서 말한다.

"한의원에서 혈압을 재보니 170이나 되대 잉."

"원래 높은데다 아파서 마음이 쓰이니 더 높았겠지 뭐."

"김미경이가 이 정도면 약 먹어야 된다는데."

한의사인 김미경은 우리 성당 신자라서 서로 잘 아는 처지다. 이야기를 듣고 남편에게 물었다.

"당신 생각은 어때?"

"목요일에 집에 와서 '생로병사의 비밀'을 보니까 마침 그날 뇌출혈에 대해서 나오더라구. 거기 나오는 사람들은 다 혈압을 대수롭지 않게 여기다가 그렇게 되었다고 말하대. 그날 그거 보고 한숨도 못 잤어."

"그래서 그날 내 꿈에 당신이 나타났구나. 내가 그동안 그렇게 혈압 이야기할 때는 별로 마음도 안 쓰더니 텔레비전서 이야기하니까 정신이 번쩍 들어?"

남편은 아무 말이 없다.

그렇게 부항을 뜨고 허리를 할아버지처럼 꾸부정하게 하고 또 일찍 출근을 했다. 저녁에 미사를 보려고 성당에 갔더니 남편이 성당 사무실에서 엉거주춤하게 서서 몹시 고통스러워하고 있다.

"어제보다 오늘이 더 아프네. 앉지도 못하고 서 있지도 못하겠어."

"아픈데다가 일하고 움직이니 더하겠지."

그러자 옆에서 수녀님이 우스갯소리를 한다.

"사무장님이 아프니까 성당이 완전 피정 분위기야."

"당신은 왜 아파가지고 마누라 죄책감 들게 만들어?"

마침 곁에서 이야기를 들은 신부님께서 나를 위로해 주셨다.

"집에 있는 마누라들은 날마다 남편 허리만 주물러 준다냐?"

나는 미사 내내 마음이 아팠다. 집으로 와서 사혈 침으로 피를 뺐다. 검은 피가 엉겨서 나왔다.

그래도 어쩐 일인지 자꾸만 더 손을 못 대도록 아프다고 했다. 그러면서 자꾸 "전에 목 디스크 때랑 증세가 똑같아. 뼈가 꼭 파열되는 것처럼 아파." 하는데 가슴이 철렁 내려앉았다. 몽골에서 그 소식을 듣고 얼마나 가슴이 아프고 걱정이 되었는지, 지금도 그 생각만 하면 한쪽이 무너지는 것 같다. 그때 엄마도 없이 아이들이 얼마나 무섭고 힘들었을까 생각하면 새삼스레 아이들에게도 미안하다. 그때도 병원에서는 남편에게 수술하지 않으면 6개월 안에 척추 아래가 모두 마비된다고 했단다. 그 소리를 듣고 남편은 얼마나 불안했을까. 나는 집에 돌아오자마자 남편에게 뜸과 부항을 떠주며 목 디스크 치료에 온 마음을 쏟았다.

사혈 부항을 한 뒤 수지침 전자빔을 아프다는 곳에 대 주었다. 남편은 손을 댈 때마다 아프다고 소리를 치며 울부짖는 소리를 낸다. 전자빔을 계속 쏘아주면서도 마음이 너무너무 불안했다. '이래서 한밤중에 응급실로 가는구나' 하면서 '진통제를 맞으면 아픈 것이야 잠시 괜찮아지겠지만 근본의 치료는 안 될 텐데……. 그래도 잠깐 응급실에 가자고 할까?' 하는 생각이 들었다. 그 생각과 함께 '계속 이렇게 아프면 어떻게 하지? 진안까지 날마다 출퇴근을 해야 하나, 아니면 그만두고 여기서 다른 일을 찾아야 하나? 더 심해지면 어쩌지? 내년이면 작은아이도 대학에 가는데, 낫지 않으면 어쩌지?' 하는 온갖 불안한 마음이 다 든다.

전자빔을 쏘아주면서 줄곧 기도를 했다. 전자빔을 쏘일 때마다 아픈 곳이 달라졌다. 여기가 아프다고 해서 거기에 쏘이면 금방 또 다른 곳이 아프다고 한다. 아프다는 곳을 손으로 누르며 "여기가 아파?" 하면 "아니야 그 옆에 눌러봐." 한다.

그러는 동안 어느새 2시 가까이 되었다. 남편은 오줌이 마렵다고 했다. 돌아누워 일어나려고 하더니 "아악" 비명을 지르며 그대로 다시 눕는다. 그러고는 한쪽으로 모로 누워서 거기에 긴 등받이를 대 달라고 한다. 그렇게 누워서 도저히 일어날 수가 없다고 한다. 나도 피곤해서 몸을 못 가눌 지경이 되었다.

"당신이라도 좀 자." 남편이 말한다.

"어떻게 잠이 오겠어." 하면서 옆에 잠시 누웠다. 누웠다 일어나서 또 전자빔을 대주고 하다가 어찌어찌 잠이 들었다 깨보니 남편이 없다. 일어나 새벽미사에 간 것이다. '아 좀 나아졌나 보다.' 하고 안심이 되었다. 아침 7시 좀 넘으니 남편이 들어온다.

"좀 어때?"

"한결 나아졌어."

"어젯밤에는 일어나지도 못하더니, 일어난 걸 보니 나아지긴 했나 보네. 근데 오줌은 언제 눴어?"

"성당 가려고 일어나서 눴지."

"그때까지 어떻게 참았어?"

"붙잡고 잤지."

"남자들은 참 편리하네잉, 붙잡으면 안 나와?"

우리는 마주 보고 함께 웃었다.

잠시 쉬었다 또 일터에 가야 하니 그 시간에 전자빔을 계속 쏘아주었다. 그리고 또 허리를 꾸부정하게 하고 출근을 했다. 점심때쯤 '아프면 집에 와서 좀 쉬었다 가' 하고 문자를 보내니 '오늘은 좀 견딜 만해' 하는 답장이 왔다. 집에서 일을 하면서도 마음은 온통 아픈 남편에게 가 있다.

남편은 밤 9시 30분에 허리를 꾸부정하게 숙이고 집으로 돌아왔다. 오자마자 화장실에 다녀오더니 "똥을 눴더니 살겠네." 한다.

"얼마 만에 누었는데?"

"허리 아프기 시작하고 처음이지. 아프니까 먹어지지도 않고, 똥도 안 나오고."

나는 또 부항을 떠 주었다. 내일은 진안으로 가야 하니 이것저것 걱정이 된다.

"녹두죽 끓여놓고 갈 테니까 당분간 그것만 조금씩 먹어요. 허리는 금방 낫겠지만, 당신은 혈압이 더 걱정이야."

"알았어."

그러고는 혼자 소리처럼 "몸 한번 잘못되면 돌이킬 수 없는 것인디, 그렇게 조심하라고 했건만." 했더니 "내가 '알았어' 하면 '알면 뭐해' 할 거지?" 한다.

"맞아. 알면 뭐해. 실천을 해야지."

자정이 넘도록 그렇게 있다가 잠이 들었다. 나도 남편도 평소에는 목소리가 큰 사람들인데, 한 사람이 아프니 덩달아서 함께 조용조용 이야기를 주고받는다.

새벽 6시에 일어나 다시 남편에게 부항을 붙여주었다. 변소에 가는 남편을 보니 어제보다 훨씬 수월하게 일어난다. 부항을 떼고 허리에 좋은 운동과 자세를 알려주며 "제발 꼭 좀 해." 했더니 "알았어. 당신 덕에 살았어." 한다.

"미경이네 병원 가서 부항 날마다 떠."

그렇게 이것저것 당부를 하며 녹두죽을 끓인다. 남편은 아직 먹고 싶지 않다고 해서 혼자 녹두죽을 두어 숟가락 먹었다. 아픈 남편을 두고 일터로 가야 한다고 생각하니 가슴이 무너진다.

그토록
그리던 곳에
돌아와서

언제부터인가 내가 살던 고향마을 같은 농촌으로 돌아가고 싶었다. 삶의 근원적 의문에 다다를 때면 언제나 그곳으로 돌아가면 의문이 해결될 것 같은 마음이 들곤 했다. 그래서 시골로 돌아가서 살고 싶다는 소리를 자주 했다.

진안군에 마을 간사 제도가 있다는 소리를 들은 것이 올 2월이었다. 그러나 올해는 이미 사람 뽑는 일이 끝났다고 했다. 그래도 분명히 자리가 생길 것이라는 믿음을 가지고 언제든 기회가 오면 가리라 마음을 먹었다. 그런데 부족한 컴퓨터 공부를 더 하려고 학원에 등록하고 2주도 채 되지 않아 빈자리가 있다는 연락을 받았다. 익산에서 진안으로 오는 길, 모래재를 넘어 첫 번째 동네인 신덕마을이었다. 마을에서는 앞서 왔던 사람이 겨우

2주일 정도 있다 돌아간 터라 마음이 급해서 내가 하루라도 빨리 와 주기를 바라고 있었다.

간사로 정해진다고 곧바로 일을 하는 것이 아니라 1주일에서 2주일 정도 체험기간을 거치도록 되어 있다. 그 기간 동안 산촌생태마을 지정을 위한 현지심사가 있어서 마을에 오자마자 몹시 바빴다. 그리고 4월 1일부터 정식으로 근무를 시작하자마자 그동안 미루어 두었던 마을회관과 농촌 전통 테마마을 테마센터의 준공식이 있어서 시간이 총알처럼 흘러갔다. 그러다 좀 한가해지니까 바쁠 때 미처 눈에 뜨이지 않았거나 밀려 있던 자잘한 것들이 눈에 들어왔다.

마을 간사에게 보조금을 지원해주는 군청 직원은 내게 마을에서 일어나는 갈등의 중재자 역할을 해달라고 했다.

집성촌인 우리 마을은 여든이 넘은 할머니가 세 분, 여든 가까운 분이 세 분이 계시는데 한 분을 빼고는 모두 혼자 사신다. 그나마 다른 마을보다는 젊은이가 많다고 하는데, '젊은이'들의 나이가 모두 사십대 후반에서 오십대이고 이분들이 청년회 회원들이다. 이장님의 나이가 일흔이다. 주민등록은 26세대로 되어 있으나 실제 거주하는 세대는 12세대밖에 되지 않는다.

군청 직원의 말을 들었을 때는 '이런 마을에 무슨 갈등이 있을까?' 하고 생각했다. 그러나 한 달도 채 되지 않아 자잘한 갈등들이 눈에 보이기 시작했다. 특히 큰돈이 들어오는 사업을 앞두고 갈등이 심했다. 이해득실에 대한 각자의 생각이 모두 다르기 때문에 겉으로 말은 못해도 속으로 끙끙 앓고 있는 참이다. 게다가 집성촌이다 보니 모두 친척간이라 불만이 있어도 말도 하지 못하고 속으로만 불만을 삭이고 있다.

사람들의 이야기를 들을 때마다 마음이 복잡해지고 괜히 여기로 왔나 하는 생각이 들었다. 아무 소리 안 듣고 있을 때는 괜찮지만 서로 헐뜯는 이야기를 들을 때마다 이렇게 서로 미워하는 사람들 사이에서 견뎌낼 수 있을까 하는 절망적인 마음이 들곤 했다. 그런데 참 이상한 것은 그렇게 헐뜯던 당사자들이 서로 아무렇지도 않게 만나서 이야기하고 웃는 것이다. 그 모습을 볼 때마다 혼란스러웠다.

마을에 살면서 콩 한 쪽도 나눠 먹던 마을 공동체가 갈기갈기 찢어졌다는 생각이 들었다. 오죽하면 '마을 만들기'라는 이름으로 새로운 일을 만들어 공동체를 살려보겠다고 몸부림을 치는지 이해가 된다. 사람들은 돈이든 뭐든 자기에게 이익이 돌아오는 일이 아니면 움직이려 하지 않는다. 답답하고 막막하고 절망이 가득한 마음으로 한동안 고통스러웠다. 그 모든 것을 지켜보면서 어찌할 수 없는 무력감이 마음을 움쩍도 못하게 짓눌렀다.

이윽고 봄이 오고 앞논에서 개구리가 울기 시작했다. 너무도 고요한 봄밤에 황토방에 누워 있으면 개구리들이 온 천하를 지배하듯 울어댄다. 그 소리에 귀를 기울이고 있으면 어느 순간 개구리들이 우는 소리를 딱 멈추었다가 한 개구리가 다시 울기 시작하면 덩달아 또 울어대기 시작한다. 나는 그 소리를 들으며 그것 참 신기하네, 하고 중얼거리다 잠이 들곤 했다.

뒷산에서는 밤에 우는 새소리와 아침에 우는 새소리가 다르게 들렸다. 새소리에 눈이 떠져 밖으로 나오면 청량한 아침공기가 그렇게 투명할 수가 없다. 아무리 힘들어도 공짜로 누릴 수 있는 이 모든 것들을 포기하고 싶지 않았다. 봄 내내 산에 올라 고사리며 두릅, 취나물을 해다가 삶아 말렸다.

새벽에 일어나 산책을 나섰다가 밭에서 일하는 모습을 보고 그대로 그 밭에서 한나절이나 하루 종일 일을 거들기도 했다. 그러면서 농부들이 이렇게 힘들여 가꾼 농작물을 날마다 먹으며 빈둥거리고 있었구나 하는 자책을 느끼곤 했다. 가뭄이 들건 비가 너무 많이 오건 자나깨나 논밭 걱정하는 마을 사람들을 보면서, 이 작은 공동체에서 함께 산다는 것은 그들의 아픔과 고통을 함께하는 것이라는 생각이 들어 가슴이 묵직해지곤 했다.

동네 사람들이 가뭄에 고추 모가 다 죽어간다고 하면서 속상한 마음에 '차라리 갈아엎어 버릴까' 하는 이야기를 들으면 내 가슴이 철렁 내려앉는다. 못자리에 쥐가 들어와 모를 다 파먹는다는 소리를 들으면 내가 가서 그 쥐를 잡아주고 싶은 심정이었다.

여름 내내 해가 넘어가도록 들에서 일을 하다가 저녁이 되어 마을회관 앞으로 슬슬 나와서 두런두런 나누는 농사 이야기를 듣는 즐거움도 크다. 마을에 몇 안 되는 아이들이 학교에서 돌아와 마을회관 주변을 뛰어다니며 노는 모습도 보기가 좋다.

날이 추워지면 황토방에 불을 때고 뜨끈뜨끈 등을 지지면서 지낸다. 불 때는 일이 조금도 귀찮지 않다. 어린 시절부터 많이 했던 일이라 금방 예전에 불 때던 기억이 되살아났다. 불이 탁탁 타면서 내는 소리, 빛깔, 아궁이에서 나는 냄새……. 내 안에 깊숙이 잠들어 있던 그 모든 것이 다시 되살아나는 느낌이다. 가마솥에 펄펄 끓는 물과 솥뚜껑을 열 때 쇠 부딪치는 소리를 보고 들으면 어릴 때 쇠죽 끓이던 생각이 난다. 당시에는 좋은 줄도 몰랐고 기쁘지도 않았던 그 모든 것들이 내 안에 그대로 살아 있었다.

시골로 왔으나 아직 집을 구하지 못해 마을회관 방 하나에 궁색한 옷가지와 이불 한 채 들여 놓고 사는 것이 불안정하다. 주말에 익산 집에 가면 또 일거리가 쌓여 있다. 그럴 때마다 평생 안주라는 것이 과연 있을까 하는 생각이 들곤 했다.

농사짓는 집에서 태어나 자라면서 농사일이 너무 힘들다는 생각에 빨리 농촌을 벗어나고 싶었던 시절이 있었다. 그러다 도시에서 부대끼고 살면서 자본주의의 삶이 얼마나 소비를 부추기는지, 남모르게 죄를 지으며 살게 하는지 모른다는 생각을 많이 했다. 그럴 때마다 어린 시절 고향마을이 생각나곤 했다.

언제부터인가 농사일이야말로 자연의 이치에 따라 생명을 가꾸고 돌보는 일이라는 생각이 들기 시작했고, 그럴 때마다 농촌으로 돌아가고 싶었다. 농사란 삶의 바탕이 되는 일이지만 마치 물처럼 공기처럼 사람들은 그 중요성을 잊은 채 살아가고 있는 듯했다.

길을 잃고 헤맬 때는 그 길을 되짚어 볼 필요가 있다. 오늘날 사람들은 물건을 팔기 위해 유혹하는 소리에 헉헉거리며 그 뒤를 따라가느라 무엇이 소중한 것인지, 근원의 문제가 무엇인지 다 잊은 듯이 살고 있다. 지금까지 달려온 길이 가야 할 길에서 벗어나 있다면 다시 처음의 자리가 어디였는지 생각해 보아야 하지 않을까? 마을에 들어와 살면서 그 처음의 길이 농촌이고 농사일이 아닐까 하는 생각을 하게 되었다.

농촌에서 다시 살아보겠다는 꿈을 가지고 돌아왔으나 아직 농사일은 시작하지 못하고 있다. 그래도 여기 살면서 다시 꿈을 꾸기 시작했다. 텃밭이 있는 땅을 구해 민박집을 하면서 찾아오는 사람들에게 소박한 밥상을 차려주며 따뜻한 만남을 가지고 싶다. 또 아픈 사람이 있으면 돌보아 주고 위로해 주고 외로움을 나누며 살고 싶다.

이제 날씨가 더 추워지고 바람이 불면 어린 시절 그랬던 것처럼 황토방에 불을 지피고 뜨뜻한 온돌방에 누워 창밖으로 지나는 겨울바람 소리를 들으며 시골에 깃들어 사는 즐거움을 누릴 것이다.

마을 간사로 사는 일이 때로 마음이 몹시 불편하기도 하고, 마을사람들이 하는 이야기에 상처를 받기도 한다. 하지만 이 세상 어디인들 갈등이 없겠는가 하는 생각을 한다. 이 마을에서 8개월 가까이 산 덕에 어느 정도 마을 분들을 알게 되고 그만큼 정도 들었다. 견디기 힘든 날도 있지만, 그래도 그토록 살고 싶던 농촌으로 다시 돌아왔으니 도시로 되돌아가고 싶은 생각은 없다.

생선
세일

아침 10시, 개장을 알리자 사람들이 매장 안으로 몰려들었다. 가게 안의 직원들이 일제히 소리를 치기 시작했다.

"세일합니다! 개장 기념 세일입니다!"

어느 한 곳이 아니라 물건이 쌓인 곳마다 직원들이 각자 담당한 물건의 이름을 외쳐댔다. 방금 전까지 잡담을 나누거나 사소한 근심거리를 털어놓거나 시시껄렁한 농담을 주고받던 사람들 같지 않았다.

지난 주 방송국에서 본 아나운서도 그랬다. 다른 출연자들이 모두 자리에 앉아 있는데 뒤늦게 등장한 아나운서는 자리에 앉자마자 주변 사람들과 농담을 나눈다. '이 사람이 그 유명한 아나운서인가?' 하는 생각이 들 정도로 목소리도 평범하고 말하는 것도 너무나 일상적이었다.

그때 "시작 5초 전입니다." 하는 소리와 함께 음악이 흘러나왔다. 나는 방금 나누던 이야기 속에서 미처 빠져나오지 못했는데, 그 아나운서는 어느새 정자세로 카메라를 향했다. 그리고 누구의 신호에 따라 방송이 시작되었는지 나는 파악도 못하고 있는데, "안녕하십니까? 지아영입니다." 하는 청아한 목소리가 들렸다. 그 순간 '저 사람이 방금 전까지 나와 농담을 주고받던 그 사람인가?' 하는 생각을 하느라 좀 전에 익혀 두었던 대본을 까맣게 잊어버렸다. '아, 프로란 이런 사람이구나.' 하는 걸 느끼는 순간이었다.

사람들이 몰려드는 매장 안에서 자신의 상품을 알리기 위해 금세 자연인에서 철저한 상인으로 돌변하는 사람들 속에서 나는 또 그 생각을 했다. 아수라장 같은 인파 속에서 나는 엉거주춤 서서 어찌 할 바를 몰랐다. 내가 담당한 곳은 생선 코너였다.

몽골에서 귀국한 지 3개월째. 이제 쉴 만치 쉬었으니 일을 해야겠다고 마음을 먹었지만 사실은 막막했다. 몽골로 떠나기 전 내가 일하던 자리는 다른 사람들로 이미 채워져 있었다. 어찌 살까 걱정하면서 각오는 했지만, 돌아와서 막상 부딪치니까 생각보다 더 절망스러웠다. 그러던 차에 집 근처에 새로 문을 여는 마트에서 개장행사를 하는 며칠 동안만 일을 해보지 않겠느냐는 전화가 왔다. 일단 하겠다고 대답을 했지만, 마음속에서는 오만가지 생각이 다 오고갔다.

'전화해서 못한다고 할까?' '거기서 아는 사람을 만나면 어떡하지?' 그렇게 혼자 속을 끓이는 사이 시간은 흘러 거절할 기회도 놓쳐버리고, 오늘 이렇게 생선코너 앞에 서 있다.

개장 첫날이고, 오늘 물건들을 싸게 판다는 정보가 충분히 알려진 때문인지 사람들이 끝도 없이 몰려든다. 산더미 같던 물건들이 순식간에 팔려

나간다. 내가 있는 생선 코너에서도 살아있는 게를 몇 상자째 쏟아 붓고 있지만 그것도 순식간에 다 팔린다. '저 물건들을 사다가 어디에 쓸까?' 하는 생각을 하는 순간 몽골의 저녁풍경이 떠올랐다.

허허벌판 한가운데 몇 채의 게르와 거센 바람에 옆으로 기운 듯한 목조 집이 몇 채 늘어서 있는 골목 끝자락에 델구르(가게)가 있다. 물건들은 보잘것없다. 감자 몇 알에 쌀 몇 봉지, 봉지에 담긴 빵 몇 개, 자잘한 사탕이나 과자 그리고 술병 정도다. 동네 사람들은 저녁 무렵이 되면 불어오는 바람에 몸을 잔뜩 웅크린 채 슬슬 이 가게로 와서 300투그릭(우리 돈 140원 정도)짜리 빵 한 개를 달랑 사 가지고 간다. 그리고 채(몽골에서는 차를 채라고 한다)를 끓여 빵 한 조각씩 나누어 먹는 것으로 식사가 끝날 것이다. 조금 여유가 있는 집에서는 고기시장에서 사 온 말고기나 양고기를 삶아서 소금에 찍어 먹으며 보드카를 곁들일 것이다. 가장이 술을 좋아한다면 다른 가족이 빵이나 고기를 먹을 때 보드카로 식사를 대신하기도 할 것이다.

벌판에 사는 사람들이 가진 것이라고는 채 끓이는 도구와 불을 피우는 난로 그리고 잠자리로 쓰이는 나무 침대에 옷가지 몇 벌이 전부다. 그들은 그것만 가지고도 그 추운 겨울을 난다. 그 사람들을 보면서 내가 가진 것이 얼마나 많은가 하는 생각을 했다. 그리고 한국에 가면 죽지 않을 만치만 먹고, 벗고 살지 않을 만치만 입으며 욕심 부리지 말고 살아야지 하고 생각했다.

한국에 돌아와 처음 얼마 동안은 그랬다. 어디서든 수도꼭지만 틀면 물이 나오고, 화장실은 어쩜 그리도 화려하고 깨끗한지 가는 곳마다 감탄과 찬사를 연발하며 살았다. 이 좋은 것들을 좋은 줄도 모르고 살았구나, 반성하고 감사했다. 내가 없는 일 년 동안 남편이 살림을 도맡아 했으니 살림이 어찌 돌아가는지 관심도 갖기 싫었다.

하지만 조금 지내다 보니 슬슬 걱정이 되기 시작했다. 물가가 장난이 아니게 올라 있고, 고등학생이 둘이니 달마다 들어가는 학비가 만만치 않다. 아이들은 둘 다 기숙사에 있으니 혼자 집에 있으면서 무엇인가 가정경제에 보탬이 되는 일을 해야 하지 않을까 하는 압력에 시달렸다. 그런데 엄두가 나지 않는다. 내가 "일을 해야 하지 않을까" 하고 걱정을 할 때마다 "당신 없는 일 년도 살았는데 뭐" 하는 남편의 말이 그나마 위안이 되기는 했지만 박봉인 그도 남몰래 한숨을 쉬고 있음을 모르는 바가 아니다. 그래서 요즘 거의 입에 달고 사는 말이 "무슨 일이든 해야지"였다.

다리가 슬슬 아파온다. 이 일을 주선해준 사람은 일을 할 때는 절대 앉아서도 안 되고 손님 이외에 함께 일하는 사람들과 이야기를 해서도 안 된다고 했다. 그렇게 하루 여덟 시간 꼬박 서서 일하는 일당이 5만 원이다. 결코 적은 돈이 아니다. 내가 국제 NGO로 파견되어 한국어 교사로 일하던 몽골 청소년센터의 초등학교 박쉬(선생) 월급이 몽골 돈으로 12만 투그릭이었다. 한국 돈으로 치면 5만 6,000원 정도다. 그래서 운전을 할 줄 알고 자기 차가 있는 박쉬는 밤이면 차를 끌고 시내로 나가 택시 영업을 하기도 한다. 몽골에서는 자가용 택시 영업이 가능하다.

직원들은 손님들이 오면 얼굴을 활짝 펴고 잘도 웃는다. 나도 내 나름대로 표정을 밝게 보이려 입꼬리를 한껏 치켜 올리고 있었다. 그런데도 맞은 편에서 나를 지켜보던 사람이 "웃어요. 너무 표정이 굳었어요." 하고 충고를 하며 지나간다. 그 소리를 들으니 얼굴이 화끈 달아오른다.

아인슈타인도 말하기를 "이제껏 내 길을 밝혀주고 내가 계속해서 삶을 기쁘게 대면할 수 있는 새로운 용기를 준 세 가지 이상은 친절과 아름다움과 진리였다."라고 했다. 어찌되었든 친절해야 하는데, 표정이 풀어지지 않는다. 직원들은 사람들이 지나갈 때마다 최선을 다해 물건에 대해 설명하고 사람들을 물고 늘어진다. 참으로 치열하고 그악스럽다. 그 모습을 보면서 나는 언제 저토록 치열하게 삶과 마주서 본 적이 있었던가 돌아보았다. 그리고 이제부터는 나도 치열하게 삶과 맞서서 살아야지 하는 다짐을 새롭게 한다.

집 주변 마트라서 동네의 아는 사람은 거의 전부 온 것 같았다. 그들을 보며 나는 고개를 숙이고 있거나 모르는 척하기도 했다. 그러다 어느 순간, 삶과 당당하게 마주 서기로 한 마당에 무엇을 두려워하랴 하는 생각이 들었다. 그 뒤로는 사람들이 와도 움츠러들지 않고 "안녕하세요." 하고 인사를 먼저 했다. 의아한 듯 바라보는 사람들에게 "저 며칠 동안 아르바이트해요." 하고 말했다.

몽골로 가던 날, 바람 때문에 베이징 공항까지 회항했다가 칭기즈칸 공항에 도착하니 칠흑 같은 밤이었다. 4월이었는데도 날씨가 얼마나 추웠는지 모른다. 게다가 공항에서부터 기묘한 냄새가 나더니, 그 냄새에 익숙해지는 데도 한참이 걸렸다. 그때는 '여기서 일 년을 어떻게 살아갈까' 생각했었다. 하지만 무사히 일 년을 살고 돌아왔다. 거기서도 삶은 치열했다. 여기 돌아왔으니 여기서도 또 치열하게 살아야지.

뻘쭘하게 서 있는 것이 영 못마땅했는지 생선 코너 남자 직원이 결국 한마디 한다. "소리를 치세요. 가만히 서 있기만 하면 사람들이 옵니까?"

나는 금세 얼굴이 붉어졌다. 그러다 배에 힘을 주고 소리를 내질렀다.

"생선 세일입니다! 개장 기념 세일입니다!"

만장

오늘 아침에 49재 미사를 드렸으니 벌써 50일도 더 지났다. 세월 참 빠르다.

화요일 아침마다 그림을 그리러 가는데, 내 바로 뒤에 앉아서 그림을 그리던 젊은 엄마가 말을 건넸다.

"어젯밤에 우리 남편이 운동하러 다니는 탁구장에서 어떤 사람이 탁구 치다가 쓰러져서 심폐소생술을 했대요. 119 불러서 병원에 갔다는데, 어찌 됐는지 모르겠네. 남편이 걱정되고 심난해서 잠이 안 온다고 하더라고요."

"요즘 왜 그렇게 그런 일이 많은지 모르겠네요."

저녁에 어두운 얼굴로 들어온 남편이 또 소식을 전해준다.

"한영이 형 형수가 탁구 치다가 쓰러져서 지금 대학병원 중환자실에 있어. 수녀님들이랑 병원에 다녀왔는데, 어려울 것 같아."

"낮에 이야기 들었는데, 세상에, 그분인 줄 몰랐네. 어쩐대? 애들이 아직 어리잖아."

"고등학교 다니는 딸이 우리 성당 중고등부 회장이잖아. 수녀님한테 울면서 전화를 했다네."

탁구장에서 쓰러졌다는 분은 우리와 같은 본당 신자였다. 고등학교와 대학에 다니는 딸 셋이 있다. 우리 부부와 함께 종종 탁구를 치기도 했다. 남편이 형님이라고 부르며 가깝게 지내는 사이였다. 제발 깨어나기를 애타게 기도했지만 병원에 간 지 이틀 만에 돌아가셨다. 삼일장으로 성당에서 장례미사를 하기로 한 날 새벽에 남편 손전화기 벨이 울린다. 남편이 무겁게 전화를 받는다.

"무슨 일이에요?"

"한영이 형인데, 성당 애령회에서 출관예절하러 몇 시에 오냐고 묻네. 장례식장에서 9시 전에 나갈 수 있냐고 물었다네. 9시 지나면 돈이 더 추가된다나?"

그 이야기를 듣는 순간 울컥 화가 치밀어 올랐다. 관혼상제도 본래의 의미가 다 사라지고 너무나 상업화되었다는 것을 다시 한 번 확인하는 것 같아 마음이 씁쓸했다.

'이제 쉰을 막 넘긴, 한참을 더 살아도 되는 사람이 중년의 남편과 딸 셋을 두고 졸지에 세상을 떠났으니, 남은 사람들이 그 슬픔을 가누기에 사흘은 너무나 짧은 시간 아닌가. 그 심정이 참으로 황망할 텐데, 혼이 떠난 육신을 떠나보내야 하는 피붙이들 심정이 기가 막힐 텐데, 장례식장은 오직 돈 계산만 하고 있구나.'

남편은 일찍 출근하고 방학이라 집에 와 있는 아들이랑 장례미사에 가면서 내 느낌을 말했다.

"요즘 장례식장은 사람의 마음이나 슬픔 따위 아무 상관없이 계산속으로만 일하는 거 같아 쓸쓸해."

"왜요?"

새벽에 걸려온 전화 얘기를 해줬는데, 아들의 대답은 좀 심드렁하다.

"장례식장도 운영해 나가려면 규정이 있겠지요."

"엄마가 그걸 몰라서 하는 이야기가 아니야. 돌아가신 분 생각하니 가슴이 미어질라고 해서 엉뚱한데 화풀이하는 것 같기는 하지만, 어쨌든 모든 상황에서 돈이 가장 큰 자리를 차지하는 것 같아서 하는 소리야. 장례미사 끝나면 곧바로 화장터로 갈 텐데, 어떤 사람들은 화장터 예약 시간에 맞춰 가야 하니까 미사 빨리 끝내 달라고 하기도 하더라고. 비정한 세상이 됐어."

이야기를 하다 보니 우리 엄마 장례 치르던 날 생각이 난다.

"우리 엄마 돌아가셔서 장례 치르던 날 생각이 나네. 너도 가 봤지? 지금 산소로 이장하기 전에 옛날 엄마 집 앞산에 있던 외할머니 산소. 집에서 곧장 가면 5분이나 될라나? 거기를 상여를 매고 가는데……."

이야기를 하는데 자꾸 목이 멘다. 30년 가까이 된 일인데 생각하면 아직도 이렇게 눈물이 난다.

"돌아가시고 사흘 동안 엄마가 늘 누워 계시던 안방에 모셨어. 혼이 떠난 몸이나마 아직 엄마가 안방에 계신다는 게 그래도 위안이 되더라. 장례 날은 이틀 동안 내리던 겨울비가 그치고 눈발이 흩날렸어. 시간 같은 건 모르겠고, 어제 저녁 집 안팎을 돌았던 헛상여가 다시 안마당에 놓였어. 상여 덮개는 온통 하얀 종이꽃으로 치장을 했지. 동네 어른들은 하얀 광목천으로 지은 옷을 갖춰 입고, 머리에 두건을 쓰고, 다리에는 행전을 차고 안방으로 들어와 병풍을 걷고 엄마 관을 들어올렸어. 맨 앞에 나가던 사람이 문

앞에 놓인 바가지를 밟으니 바그락 바스라졌어.

상여 지지대 위에 엄마 관이 놓이고, 그 관을 종이꽃으로 장식한 상여 덮개로 덮었지. 어허이, 어허이, 하면서 요령잡이가 앞소리를 하고 상여를 멘 사람들이 뒷소리를 매기며 마당을 돌았어. 그 마당에서도 한참을 서성이고 서성이다 대문을 나서자 동네 사람들 모두 엄마를 배웅했지. 바깥마당에서도 한참을 서성이며 발걸음을 떼지 못했어. 우리 엄마도 돌아가시기에는 아직 이른 나이였지. 상여꾼들도 그걸 생각했을까?

어릴 때 산으로 올라가는 상여를 종종 봤는데, 어떤 행렬은 따르는 사람도 단출하고 걸음도 서두르곤 했어. 시골마을에서는 상여 나가는 것을 보는 것도 구경거리였어.

엄마 상여는 곧장 앞산으로 가는 게 아니었어. 동네 앞길 동구나무에서도 한참을 서성이고 서성였어. 엄마는 그 동구나무 아래 서서 아버지도 기다리고, 자식들도 기다리셨지. 거기쯤에서 첫 노제를 지낸 것 같아. 누군가 돗자리를 깔고 술상을 차리고 상주는 봉투를 내놓고 절을 했지. 미처 문상을 하지 못한 사람들이 여기서 문상을 하기도 했어.

상여는 다시 천천히 일어나 동네 고샅길, 엄마가 걷던 길을 한 바퀴 돌고 같은 마을에 살던 고모네 바깥마당에 내렸어. 고모는 언제 집으로 와 있었는지 슬픈 곡소리를 하며 상여를 맞이하고, 누군가 펴놓은 돗자리 위에서 큰절을 했어.

시누이 올케라지만 한 동네에서 한 식구처럼 살다가 일찍 세상을 뜬 올케가 참 가여웠겠지. 우리에게도 고모는 종종 '엄마가 아프니 너희들이 불쌍하지.' 하시며 쯧쯧 혀를 차시곤 했어. 고모는 고모네 집을 떠나는 상여를 잡고 얼굴을 상여 지지대에 부비며 울었어.

그리고 사거리에서 왼편으로 꺾어 돌아 다리가 나오고 거기서 또 노제를 지내고 거기쯤에서 내가 뒤를 돌아본 것 같아. 왼편으로 꺾어서 한참을 왔는데, 아직도 사람들의 행렬이 꺾어 들어오지 못했지. 사람들이 그렇게 많이 따라오는 줄 몰랐어. 친척 어른들, 아버지 친구들 뒤로 큰오빠 친구들이랑 작은오빠 친구들이 따라오는데, 만장 깃발을 매단 긴 장대를 한 개씩 어깨에 기대어 들고 있었어. 눈발이 조금씩 흩날리는데, 만장이 바람에 날리는 걸 보니 왠지 위안이 되더라고. 그때 잠깐 나는 울음을 그친 것 같아. 상여는 엄마가 다니던 논길이랑 밭 언덕도 돌았던 것 같아. 그때는 나이도 어리고 뭘 몰라서 왜 상여를 메고 그렇게 먼 길을 돌아 묘지가 있는 산으로 가는지 잘 몰랐어.

나는 그날 있었던 그 일들을 다 잊은 줄 알았어. 그런데 또렷하고 선명하게 방금 겪었던 일처럼 떠오르네. 요즘처럼 장례식장에서도 시간에 쫓기고 화장터에서도 서두르는 걸 보노라면 엄마가 꽃상여를 타고 산소로 가시던 그날이 조금 위안이 되네. 나도 그렇게 떠날 수 있을까? 안 되겠지?"

4부

사람을

위한
길

달리면서

어릴 적부터 나는 달리기를 잘 하지 못했다. 조금만 뛰면 숨이 차고 힘든 것이 너무 싫었다. 그런데 언제부터인가 달리기를 하고 싶어졌다. 텔레비전이나 영화의 영향을 무시할 수 없을 것이다. 텔레비전에서 마라톤이 나오면 얼마나 힘이 들까 하면서도 나도 저렇게 한번 달려 봤으면, 생각하곤 했다. 그리고 언제부터인가 "내 일생 꿈 중 하나가 마라톤 42.195킬로미터를 완주하는 것이야." 이야기하기도 했다. 그리고 내 입으로 내뱉었으니 꼭 해야지, 마음을 다지곤 했다.

어느 해 여름, 아이들과 미륵산을 다녀오는 길에 등산로 어귀 분실물 보관함에 놓였던 '익산마라톤클럽' 명함을 보았다. '익산에도 마라톤 클럽이 있었네?' 너무나 반가웠다. 하지만 명함을 가지고 있으면서도 전화를 할 수가 없었다. 너무 두렵고 여러 가지 생각이 많았다.

'정말 내가 마라톤을 할 수 있을까? 이것저것 하느라 시간도 없는데 마라톤까지 한다면 또 얼마나 바쁠까? 안 그래도 오른쪽 무릎이 아픈데 무릎이 더 아프지는 않을까? 뛰면 어지러울 텐데……'

그렇게 망설이면서 한 해가 지났다.

그러다 작년 겨울 의료보험조합에서 무료로 해주는 건강검진을 받았는데, 저울에 올라가는 순간 "비만입니다." 하는 소리가 기계에서 튀어나왔다. 순간 얼굴이 화끈 달아오르고 창피해서 얼른 나와 버렸다. 그동안 몸무게가 조금씩 불어서 걱정은 했지만 설마 비만은 아니겠지, 스스로 위안하며 지냈는데, 여지없이 비만 판정을 받게 되자 더 이상 물러설 곳이 없다는 생각이 들었다. 이제 살을 빼야겠구나, 마라톤을 해야겠구나, 그 순간 또 결심을 했다.

남편에게 마라톤을 하겠다고 했더니 한마디로 잘라 말했다.

"당신 나이를 생각해."

"내 나이가 어때서?"

발끈하긴 했지만, 사실 망설이고 주저하며 자신 없어 한 가장 큰 까닭이 나이 때문이기도 했다. 마음은 청춘이지만 마흔을 넘긴 적지 않은 나이다.

어쨌든 마라톤 클럽에 전화를 하고, 첫 번째 모임에 나갔더니 젊은 사람보다는 머리가 희끗희끗한 중년 이상이 훨씬 많았다.

봄부터 마라톤 클럽의 훈련부장 시간에 맞추어 이틀에 한 번씩 연습을 했다. 훈련부장이 어쩌나 자상하고 성실하게 가르쳐주는지, 그동안 망설이면서 보낸 시간이 아까웠다. 왜 진작 시작을 못 했을까, 몇 번이고 후회를 했다.

물론 힘이 들고 다리가 너무나 아팠다. 자고 일어나면 종아리가 뚱뚱 부은 듯이 딴딴하고 옆구리도 아팠다. 뛰는 동안에는 숨이 차는 것은 물론이고 가슴도 아팠다. 훈련부장 말로는 2개월 정도는 정말 힘이 들 거라고 했다.

연습을 시작하기 전이나 끝난 뒤에는 언제나 어디 아픈 곳이 없나 물어보곤 했다. 대부분의 사람들이 중도에 포기하는 까닭이 욕심 때문에 무리하게 운동을 하다가 부상을 당하거나 너무 힘들기 때문이라고 했다.

연습을 하면서 내 일생 꿈 중의 하나인 마라톤 완주가 가까워졌음을 느끼곤 했다.

지난여름은 유난히 무더웠다. 더우니까 연습도 게을러질 수밖에 없었다. 나는 남편에게 밤 시간에 함께 뛰자고 제안했다. 동네의 공원 주변과 공원 안의 운동장에는 한밤중에도 운동하는 사람들이 많았다. 한참을 달리고 나면 온몸이 땀으로 뒤범벅이 되고 살이 타는 듯 따갑기까지 하다. 그러나 집으로 돌아와 한바탕 찬물을 끼얹고 누우면 더위도 씻은 듯 사라지고 너무나 달콤하게 잠이 들곤 했다.

지난 9월 9일 변산에서 '해변 하프마라톤 대회'가 있었다. 나는 여름 동안 열심히 연습했으니 10킬로미터쯤이야 하는 마음으로 대회 참가 신청을 했다. 그러나 코스가 해변의 언덕길이라 오르막 내리막이 너무나 많아 정말 힘이 들었다. 5킬로미터 반환점에서부터 부상자를 싣고 가는 버스에 얼른 올라타고 싶었다. 그러나 아이들이 결승점에서 엄마가 들어오기를 기다리고 있을 생각을 하며 참고 참고 또 참았다.

달리는 동안 땀으로 뒤범벅이 되고 숨은 턱까지 차오르지만 마음은 그지없이 가라앉는다. 그때는 그 누구와도 아닌 내 자신과 싸움이다. '저 언덕만 올라가면 고비가 끝이야. 나는 끝까지 달린다.' 하면서 순간순간 고비를 넘겼다. 결승점에 가까워지자 많은 사람들이 손뼉을 쳐 주며 응원을 했다. 이제는 더 이상 뛸 힘이 없다고 생각했는데, 어디선가 다시 힘이 솟아

골인 지점까지 다시 달렸다. 그때의 성취감은 뛰는 동안의 온갖 고통을 씻어 내고도 남을 정도였다.

그리고 일주일 뒤 도민체전 예선에서 5킬로미터를 또 뛰었다. '10킬로미터도 뛰었는데 5킬로미터쯤이야' 했지만 5킬로미터는 5킬로미터대로 또 힘들었다. 먼저 시작한 사람들의 말에 따르면 풀코스는 풀코스대로, 5킬로미터는 5킬로미터대로 힘든 것은 다 마찬가지라고 한다.

어느 날 누군가 나를 보고 "여름 나기가 힘들었나 벼. 겁나게 살이 빠졌네." 한다. 나는 "정말 살이 많이 빠졌어요?" 하고 되물었다. 몸무게는 겨우 2킬로그램 정도밖에 빠지지 않았는데, 보는 사람마다 살이 빠졌다고 한다. 사실 운동을 시작하면서 몸무게를 줄이는 것이 첫 번째 목표였지만 생각처럼 살이 많이 빠지지는 않았다. 먼저 운동을 시작한 사람들은 살은 서서히 빠질 테니까 걱정하지 말라고 한다. 그 대신 잘 먹고 꾸준히 운동을 하라고 한다. 무엇보다 잘 먹으라는 말이 반가웠다. 그동안 살이 많이 찐 것이 먹는 것을 너무나 좋아하기 때문이었으니까.

이제 조금만 시간이 나면 운동화를 신고 달리러 가고 싶다. 달리다 보면 머리에 잡다하게 들어차 있는 온갖 것들이 하나씩 씻겨 내려간다. 숨이 턱까지 차오르고 온몸이 비에 젖은 듯 땀에 흠뻑 적셔지면 몸속에 있던 온갖 찌꺼기가 모두 빠져나가고 새로운 기운으로 차오르는 듯한 희열을 느끼곤 한다. 그리고 '나이 먹었다고 못할 게 뭐가 있어? 이렇게 할 수 있잖아!' 하는 자신감도 생긴다.

달리면서 순간순간 결심을 한다. 내가 숨 쉬는 한 언제까지나 달리리라 하고.

절망과 희망을
함께 느낀
통일대행진

드디어 대행진을 시작하다

지난 7월 27일은 52년 전인 1953년에 휴전협정이 이루어진 날이었다. 그날, 서대문독립공원에서 '사단법인 통일맞이'에서 주최하는 '통일대행진' 발대식에 참가했다. 전체 참가인원이 155명이라 들었는데, 출발하는 날 우리 조에만 오지 않은 사람이 여덟 명이었다. 마음과 생각은 품고 있으나 실천하기는 쉽지 않음이 여기서도 드러난다.

나도 그랬다. 대행진 참가자 모집 공고를 보고 가슴부터 떨려왔다. 언제부터인가 휴전선 155마일을 내 발로 꼭 걸어보고 싶었다. 그런데도 20일 동안 '내가 하던 일들은 어찌하고 가? 못 가지. 이 일들을 어떻게 다 미뤄 놓고 가?' 하는 마음이었다. 그런데 걸으면서도, 밥을 먹으면서도, 일을 하면서도 대행진 생각이 마음에서 떠나지를 않았다. 이번이 아니면 다시는 기회가 올 것 같지 않다는 생각도 들었다. 그래서 어떤 어려움이나 손해도 모두 감수하겠다는 결심을 하고 아이들과 함께 신청을 했는데, 아이들만 합격하고 나는 떨어졌다. 만 40세까지로 제한되어 있는 나이 때문이었다.

다행히 인원이 다 채워지지 않았는지 2차 모집공고가 났다. 다시 신청을 하면서 이번에는 더 간절하게 참가하고 싶다는 의사를 표현했다. 그 덕분인지 2차 합격자 명단에 내 이름이 들어 있었다. 그런데 준비모임에 다녀온 뒤 발대식까지 남은 보름 정도 기간에 갈 것인가 말 것인가 수없이 생각이 왔다 갔다 했다.

그 무렵 평소 건강하던 남편 친구가 몸이 좀 아파 병원에 갔다가 말기 암으로 남은 생이 6개월이라는 판정을 받았다. 그 소식을 듣고 '그분을 위해 걸으면서 희생을 바쳐야겠구나' 하는 생각과 '그래, 저렇게 아프기 전에 하고 싶은 일 하면서 살아야 해. 돈이 다 무슨 소용이야' 하는 생각이 같이 들었다.

드디어 서대문독립공원에 대행진의 깃발이 솟아올랐다. 가슴이 뭉클했다. 생각지도 않았던 눈물이 나오려 한다. 한편으로는 해방된 지 60년이 되도록 통일을 이루지 못해 이렇게 통일을 외치며 길을 떠나야 한다는 것이 서글펐다.

서대문에서 고성까지 다섯 시간 동안 버스를 타고 가서 통일전망대에 올랐다. 통일전망대는 동해안의 최북단이다. 금강산까지 가깝게는 16킬로미터 정도라 한다. 멀리 금강산으로 이어지는 철도는 금강산 열차가 다니던 동해북부선이다. 이 철도만 다시 이어지면 금강산 관광을 물길로 돌아갈 이유가 없을 것이다. 지금도 명파리 검문소를 거쳐 금강산 관광을 가는 버스들이 줄을 잇고 있다.

저녁에 숙소에 도착하니 가슴이 쪼개질 듯이 아파왔다. 첫날 빠르게 걸은 후유증인 듯하다.

둘째 날은 새벽에 잠이 깼는데, 쏟아지는 빗소리에 더 이상 잠이 오지 않는다. 온갖 걱정과 생각이 가득하다. 가끔 천둥 번개도 친다. 다행히 아침밥을 먹는 동안 비가 개고 구름만 끼어 있다. 숙소인 명파복지회관에서 걷다 보니 얼마 되지 않아 바다가 보인다. 그러나 바다는 온통 철조망으로 둘러쳐져 있다. 오전이 지나지 않아 다시 비가 쏟아지기 시작한다. 비옷을 입기 위해 잠시 쉬는 동안이 그렇게 고마울 수가 없다. 다리가 막 땡겨오기 시작한 것이다. 이날 비에 운동화와 양말이 젖은 뒤로 20일 걷는 동안 한 번도 마른 양말과 마른 신발을 신지 못했다. 그러니 발은 언제나 퉁퉁 부어 있었다.

금강산 건봉사 쪽으로 가까워질수록 비가 더욱 거세진다. 다리는 땡기지만 비가 세차게 내릴수록 투지는 점점 타오른다. 산으로 오를수록 뒤로 처지는 어린 학생들을 부축하며 걸었다. 그러나 초반이었기 때문에 가능했던 일이다. 날이 지날수록 나는 체력이 떨어지는데 학생들은 오히려 기운이 살아났다. 이것이 한창 자라는 사람과 퇴화하고 있는 사람의 차이일 것이다.

건봉사에 도착해 찬물로 씻고 나니 왠지 으슬으슬하다. 공양간에 가서 따뜻한 물을 얻어다가 발을 좀 담갔더니 훨씬 나아졌다.

굽이굽이 고갯길을 넘다

다음 날은 이번 대행진의 첫째 고비인 진부령이다. 걸어도 걸어도 오르막인 진부령고개, 거기서 나는 숨을 헐떡이며 내 자신에게 묻고 또 물었다.

왜 이렇게 걸어야 하는가? 결국 어렴풋이 얻은 답은 내 자신을 이겨내고 싶기 때문이라는 것이다. 진부령휴게소에서 점심을 먹고 다시 오르기 시작해서 정상. 그러나 정상이 끝이 아니다. 내려가는 길은 또 얼마나 고통스러운가. 발이 앞으로 쏠리면서 발톱이 곧 빠지는 것처럼 아프다. 모두들 '으윽 으윽' 신음소리를 낸다. 내려가는 내내 우리가 언제 이렇게 높이 올라왔던가 하는 생각이 떠나지 않는다. 그래도 그 고통을 다 견디고 숙소에 도착해 크게 소리를 지르니 새로운 기운이 솟는다.

강원도의 아침저녁은 벌써 가을의 기운을 느끼게 한다. 아침에는 안개도 자욱하다. 나는 아침에 걷기 시작해서 아침밥 먹는 시간까지를 기도하는 시간으로 정했다. 먼저 오늘 하루 우리 행진이 아무 사고 없이 무사히 끝나기를 기원하고, 암투병 중인 친구를 위해 단식을 하고 회복 중인 남편이 별 탈 없기를 빌었고, 이어서 고통과 어려움 중에 있는 주변 사람들 이름을 일일이 부르며 기도했다. 그런데 어느 날부터인가 나도 모르게 우리나라의 통일을 위해 간절히 기도하기 시작했다. 아마 이 기도는 통일이 될 때까지 계속하게 될 것이다.

5일째 저녁에는 각 조별로 심각한 회의를 했다. 내일 오를 을지전망대와 가칠봉OP는 너무나 힘든 코스이니 자신의 건강상태나 체력을 생각해서 행진에 참여할 것인지 말 것인지 스스로 결정을 하라는 것이다. 우리 조원 가운데 발바닥에 심한 부상을 입은 사람이 두 명이었다. 그 사람들에게 남아 있는 날들을 위해 내일 일정은 쉬는 것이 좋지 않겠느냐고 하니, 대행진 경험이 있는 한 사람이 남아 있는 날들을 다 포기하더라도 내일 일정은 포기하지 말라고 조언한다. 결국 우리 조는 한 명도 포기하지 않기로 했다.

발바닥을 심하게 다친 대학생이 잠자리에 들면서 "대학교 원서 쓸 때도 이렇게 깊이 고민하지 않았는데 정말 어떻게 해야 할지 모르겠네요." 하며 깊은 한숨을 쉬었다. 내가 봐도 그 발로 더 이상 걷는다는 것은 무리다. 더구나 내일은 해발 1,400고지라고 한다. 나도 속으로는 걱정이 되었지만 나이 어린 조원들이 힘을 잃을까 봐 겉으로는 아무런 내색도 할 수 없었다.

조원 가운데 고등학교 2학년인 해리는 둘째 날부터 울기 시작했다. 울 때마다 다른 조원들이 '해리 힘내세요. 우리가 있잖아요~' 하고 노래를 불러주며 부축을 했다. 나는 "나이가 들면 울고 싶어도 맘 놓고 울 수 없단다. 울 수 있는 네가 부럽다. 실컷 울어라. 사실은 나도 울고 싶거든." 하고 말해줬다.

그렇게 울어대던 아이가 열흘쯤 지나자 그날 걸을 일정이 23킬로미터쯤이나 되는데도 "이 정도는 껌이지 뭐." 해서 모두 다 웃었다. 그리고 "저 인제 집에 가서 공부 열심히 할 거예요. 이젠 못 할 것이 없을 것 같아요." 하는 자신감을 보였다. 내 자식을 보듯 대견했다.

출발 6일째, 죽음의 을지전망대에 오르는 길. 민통선검문소를 통과하고부터 부슬부슬 비가 내리기 시작한다. 앞은 아직 어둡다. 굽이굽이 좁게 포장된 길을 한참 오르고 나니 거의 직각으로 솟아오른 길이 보인다. 대장은 거기서 우리를 세운 뒤 모두 비옷을 입으라 했다. 그리고 다시 한 번 단단히 주의를 준다. 숨이 턱 막히는 듯했다. 거기서부터 오르는 길은 거의 숨을 쉴 수 없었다. 쉴 수도, 뒤로 처질 수도 없었다. 옆도 뒤도 돌아볼 수 없었다. 뒤에서 하나, 둘 구호를 붙여준다. 그 소리에 힘을 모으며 걸었다. 그토록 힘든 중에 우리 두 아이가 자꾸 신경 쓰인다. 간신히 한 번 뒤돌아보니 아들놈의 웃고 있는 모습이 보인다. 그걸 보니 마음이 놓인다.

전망대에 오르는 내내 비가 쉬지 않고 내렸다. 다 오르고 나니 가슴에서 무엇인가 뭉글뭉글 솟아오른다. 걱정되던 조원 두 사람 중 한 사람은 중간에 낙오하고, 또 한 사람은 다 오른 뒤에 탈진해서 쓰러졌다. 달려가서 열심히 팔다리를 주물러주자 금방 정신이 돌아왔다. 우리는 모두 얼싸안았다. 눈물인지 빗물인지 땀인지 끊임없이 볼을 타고 흘러내렸다. 을지전망대에 오르니, 아직 끝나지 않은 전쟁이 실감난다. 안개가 자욱한 가운데 철조망만 선명한 남방한계선이 바로 눈앞에 있다.

거기서 조금 내려와 다시 또 험준한 가칠봉OP를 올랐다. 이번에는 직선으로 깎아지른 듯한 산길이다. 해리가 뒤에서 또 운다. 나도 울고 싶다. 거기에 오르니 6.25전쟁 때 북한군이 목숨을 걸고 지키려 했다는 스탈린고지, 모택동고지, 김일성고지가 바로 눈앞에 보인다.

그 험한 산속에서 우리에게 설명을 해주던 군인의 모습은 정말 해맑았다. 이제 스물다섯이 되었다는 중위는, 짓궂은 젊은이들의 노래하라는 성화에 수줍게 웃다가 결국 요새 유행하는 노래를 얼굴이 빨개져서 불렀다. 여학생들은 중위와 사진을 찍으며 어깨를 감싸 안아 달라는 부탁까지 한다. 아직 끝나지 않은 전쟁이 저토록 맑고 젊은 청춘을 두 해 동안이나 이먼 전방에 붙잡아 두고 있구나 생각하니 다시 눈물이 나려 한다.

언제나 '이 순간'이 가장 힘든 순간이다

그 다음 날, 평화의 댐으로 가는 길은 가도 가도 산속이라 산안개가 피어오른다. 오천터널로 들어서기 직전 간식으로 빵과 음료수를 준다. 간식을 줄 때마다 또 얼마나 심하게 걷게 하려고 당근을 주나 하면서 먹는다. 아직도 공사 중인 평화의 댐은 아래에서 바라보는 것만으로 거대한 공룡 같다. 화석화된 공룡. 5공화국 최대의 사기극이었다는 댐을 허물 수도 어찌 할 수도 없어 다시 공사를 한다는 그곳으로 거대한 트럭들이 쉴 없이 달린다. 우리는 그 길을 또 걷는다. 우리가 걷는 이 일이 평화에 대한 의지의 실천이기를 간절히 바라는 아침이기도 했다.

평화의 댐에서 출발하여 아흔아홉 고개라는 해산령을 오르기 시작했다. 또 죽을 듯이 힘들었다. 힘들 때마다 어제의 을지전망대와 가칠봉을 생각했지만 그래도 힘들었다. 딸아이네 조는 전원이 뒤로 처졌다. 뒤에서 우는 소리가 들린다. 꼭 우리 딸아이 우는 소리 같지만 차마 뒤를 돌아볼 수가 없다. 앞서 가는 것을 보는 것은 괜찮은데 뒤에 오는 아이를 돌아보는 것은 너무 두렵다.

힘들 때마다 '지금 이 순간이 내 인생에서 가장 힘든 순간이다. 어떻게든 이겨내자' 이렇게 다짐했다. 돌아보면 힘든 순간이 어디 이때뿐이었으랴. 하지만 언제나 힘든 일을 만날 때마다 이때가 또는 이 순간이 가장 힘든 순간이라는 생각이 들었고, 그렇게 이겨냈다. 마라톤을 할 때도 가장 힘든 때가 결승점을 앞둔 곳이었다. 거기서 주저앉고 싶었지만 조금만 견디면 결승점이라는 생각으로 마지막 힘을 내어 달렸다.

굽이굽이 힘든 고개 진부령, 을지전망대도 오르고 가칠봉OP도 힘들게 올랐지만 해산령 아흔아홉 고개도 정말 힘들다.

종아리가 터질 듯하다. 중간쯤 오르자 신기루처럼 앞에 아이스박스를 놓고 앉아 있는 사람이 보인다. 이 산중에 무얼 팔겠다고 저리 앉아 있나 하면서 가까이 가보니 우리 진행요원 중 한 사람이 음료수를 나누어 주고 있었다. 거기서 스포츠음료를 하나 받아서 마지막 한 방울까지 소중하게 마셨다. 대행진을 하면서 정말 잊지 못할 일 중의 하나였다.

대행진을 하는 동안 진행팀은 물을 주는 것에 정말 인색했다. 아침에 500시시 한 병, 점심에 한 병 이렇게 제한되어 있었다. 물을 많이 마시면 탈진을 한다는 것이 이유였지만, 우리는 큰 불만이었다. 물은 마시면 마실수록 더 마시고 싶어지는 법이지만, 물이 500시시밖에 없다는 생각을 하며 절제를 하다 보니 차츰 물을 적게 마시는 것이 적응이 되었다.

중무장한 채 지키는 비무장지대

출발한 지 9일째. 우리는 휴전선 155마일의 정중앙인 승리전망대에 올랐다. 밤새 내리던 비가 그치고 새벽에는 미친 듯 바람이 불었다. 출발할 때 검은 구름이 일더니 승리전망대에 오를 때쯤 하늘이 정말 아름답다. 그러나 아름다운 산마다 철책과 군부대와 북측을 감시하기 위한 전망대가 솟아 있다.

1952년 전투에서 북한군과 남한군의 희생자가 흘린 피가 강을 이루었다는 피의 능선도 보이고, 북쪽의 오성산도 보인다. 6자회담 이후 북측과 남측의 선전문구들은 모두 철거되었지만 거기 근무하는 군인들은 긴장이 완화되었다는 생각은 전혀 할 수가 없다고 했다. 비무장지대는 말 그대로 무장을 하지 않는 곳이어야 한다. 그러나 남측도 북측도 중무장을 한 채 밤낮으로 수색조가 투입되고 있다.

전망대에서 바라보는 비무장지대는 경치가 너무나 아름답다. 남방한계선 철책선을 따라 걸으면서 비무장지대의 경치를 바라보노라면 이국의 어느 곳으로 여행을 온 듯하다. 어느 날은 우리가 걷고 있는 곳까지 고라니가 뛰어나와 모두 질겁을 하고 놀라기도 했고 뱀이 기어가는 것도 보았다.

출발 10일째 아침부터 덥다. 멸공OP에서 검문소까지 오는 동안 다리가 따갑더니 쉬는 동안 살펴보니 빨갛게 부풀어 올랐다. 이렇게 걷다 보면 쉴 수 있겠지, 쉬고 또 걸으면 밥을 먹고, 밥 먹고 또 가고 가다 보면 숙소에 도착하겠지 하는 생각도 했다. OP에 오를 때마다 길이 험하다. 통일의 길도 이렇게 험난하겠지만 혼자서는 어려운 이 길을 여럿이 함께 가니까 갈 수 있듯이 힘을 합친다면 통일인들 할 수 없으랴.

멸공OP에서 월정리역 가는 길은 넓고 넓은 철원평야를 가로지르는 길이다. 바람 한 점 없고 그늘 하나 없는 뙤약볕 아래 모두 숨을 죽이고 걷는다. 하늘에 뭉게구름이 보일 때마다 먹구름이 되어주기를 간절히 바랐지만 야속하게 바람 한 점 없다. 자연의 위대함을 다시 한 번 실감한다. 모닥불 속을 걷는 듯 뜨거운 길에서 지나간 나의 삶들이 끊임없이 돌이켜 생각났다. 어린 시절부터 방황하며 헛되게 보냈던 20대.

'그래 나는 20대를 헛되게 보낸 대가를 이렇게 치르고 있는 거야. 다들 20대 팔팔한 때에 이렇게 걷는데 나는 그 20대의 죗값을 치르느라 이 늦은 나이에 이 고통을 겪는 거야. 하지만 지금이라도 꼭 이 과정을 치러야 해. 그래야 살아갈 수 있어.'

걸으면서 나는 나 자신을 속죄하고 속죄했다.

여기 오기 얼마 전에 사소한 일로 언니와 전화로 말다툼을 했다. 그리고 내가 다시는 먼저 전화하나 봐라, 하고 헛된 다짐을 했다. 나는 철원의 모닥불 속 같은 길을 걸으며 서울 가면 언니에게 먼저 전화해야지 하고 결심했다. 그리고 나의 이 고통을 암 투병 중인 많은 사람, 특히 남편 친구에게 바치겠노라 기도했다.

철의 삼각지대가 끝나가는 지점에서 월정리 역사가 신기루처럼 보였다. 나는 거기서 생각했다.

좀 더 너그러워지고 좀 더 많이 용서하며 살아가리라. 또 살아가노라면 이 고통스런 순간을 잊고 살게 되겠지만 내 몸에 내 의식에 깊이 각인되어 있어서 한 번씩 돌이켜볼 수 있겠지.'

그날 철원평야를 지나며 옷으로 가려진 곳을 빼고 온통 화상을 입었다.

다행히 백마고지에 와 있던 자원봉사자들이 나누어준 얼음으로 문지르니 따가운 것은 훨씬 덜했다.

이렇게 자꾸 오고 가다 보면 통일이 오겠지?

11일째 아침 6시 15분쯤 강원도와 경기도의 경계선을 넘었다. 아침에 걷는데 자꾸 배에 무엇인가 뭉쳐 있는 듯한 느낌이다. 어제 백마고지에서 자원봉사자들이 준 얼음물을 마구 들이킨 것이 걸린다. 그 뜨거운 몸에 얼음물을 붓는 것은 독이나 마찬가지였지만, 그 순간 그 물을 마시지 않을 사람이 몇이나 되랴. 걸으면서 손도 이곳저곳 만지고 배도 쓰다듬어 준다. 순간순간 체력이 떨어지는 느낌이다. 이러다 포기하는 것은 아닐까 하는 위기감도 느꼈다. 오늘까지 많은 사람이 낙오했고 집으로 돌아갔다. 하지만 그 누구도 그 사람들을 실패했다 말할 수 없다.

나는 시간이 지날수록 체력이 떨어지는 듯한데 학생들은 갈수록 기운이 펄펄 나는 것 같다. 그렇게 자주 울던 해리도 이젠 울지 않는다. 숙소에 도착하면 다들 엉거주춤 걷거나 다리를 절룩이며 걷고, 다친 발을 치료하기 위해 줄을 서 있다. 그러다가도 잠을 자고 일어나면 다시 아무 일 없었던 듯이 걷는다. 아이들은 쉬는 시간만 되면 연예인 이야기에 빠져든다. 그러다가도 걸을 때는 정말 잘 걷는다. 그 아이들이 각자의 삶의 목표를 향해서도 그렇게 빛나는 힘을 발휘하며 살아가기를 진정으로 바란다.

숙소에 도착하면 나는 어서 씻고 쉬기만 바란다. 그런데 아이들은 그새 공을 가지고 운동장으로 달려가 축구를 하거나 체육관에서 농구를 하거나, 말뚝박기, 쥐잡기 게임을 한다. 노는 방법도 다양하다. 우리 두 아이도 사람들과 친해져서 내가 섭섭할 정도로 나와는 상관없이 잘 지낸다. 지나칠 때마다 어디 아픈 데는 없느냐고 묻지만, 아무렇지도 않다고 무심하게 대답한다.

오늘은 정말 힘이 들어 우리 조원들에게 부탁했다.

"내가 포기하게 되더라도 그렇게 하지 못하게 해줘."

바로 답이 돌아온다.

"선생님은 아마 그런 일은 없을걸요."

멀리서 남편도 인터넷을 통해 꼭 해낼 것이라는 믿음의 글을 보내주었다. 나에 대한 그런 믿음과 기도가 끝까지 걸을 수 있는 힘이었는지도 모른다. 순간순간 얼마나 위기를 많이 느꼈는지……. 아무에게도 말은 하지 않았지만 해산령고개를 넘어올 때 나의 한계점을 느낀 듯하다. 내 몸이 이토록 극한상황까지 내몰린 것은 처음이다.

그동안 마라톤과 자연요법과 단식으로 단련을 한 것이 모두 잘 견딜 수 있게 하는 힘이 되었다. 그래도 첫날부터 부어 오른 얼굴은 아직도 부기가 빠지지 않는다. 양쪽 다리도 퉁퉁 부어 있다. 평소에 조금씩 좋지 않았던 이곳저곳도 다 한 번씩 아픔을 겪었다. 나는 그것도 내 몸이 단련되어 가는 과정이라고 믿었다.

8월 8일 13일째 되는 날. 이날도 우리는 오른쪽의 철책선을 따라 하루 종일 언덕을 오르내리며 걸었다. 전에는 민간인이 전혀 걸을 수 없는 길이었고 올해 처음 군에서 협조하여 개척한 길이라 했다. 우리가 처음 걸었던 발걸음 덕분에 다른 사람들도 이 길을 갈 수 있겠지. 이렇게 자꾸 오고 가다 보면 통일도 오지 않을까?

저녁에는 숙소인 장파초등학교에서 이용남 현장사진연구소장의 강의가 있었다. 지금까지의 일정에서도 거의 저녁마다 행사가 있었다. 그러나 모두들 몸이 너무 피곤하기 때문에 강의하는 분이 아무리 열심히 해도 듣는 우리는 모두 좋았다. 그러나 이날은 달랐다. 미군이 주둔하고 60년, 그들의 횡포가 얼마나 극심했는가 사진으로 보여주며 열변을 토하는 이용남 선생님의 강의에 다들 정신이 번쩍 들었다. 현장사진 설명은 효순이 미선이가 장갑차에 치여 뇌수가 튀어 나온 채 죽어 있는 사진에서 극에 달했다. 우리는 그것이 보기 싫어서도 통일이 되어야 한다고 울음을 삼키며 다짐했다.

그 다음 날도 철책을 끼고 걷다가 도라산 전망대에 이르렀다. '여기서부터 개성까지 18킬로미터'라는 표지판이 있다. 우리가 한 시간에 6킬로미터 정도를 걷는 셈이니, 세 시간이면 갈 수 있는 거리다. 우리는 모두 개성까지 걸어가자고 소리쳤다. 올 10월부터는 개성까지 여행을 할 수 있을 것이라 한다. 그렇게라도 오고 갈 수 있다면 하는 생각에 대행진을 시작하고 처음으로 희망을 느꼈다.

마침내 휴전선 155마일을 동서로 가로지르다

15일째 임진각에서 아침을 먹은 뒤 자유로를 따라 계속 걸었다. 미친 듯 달리는 차들을 피해 오른쪽으로 바짝 붙어 걸었다. 저렇게 질주하는 것도 자유이고 우리처럼 이렇게 걷는 것도 자유라고 말할 수 있을까? 김남주 시인은 자유를 이렇게 노래했다.

> 만인을 위해 내가 일할 때, 나는 자유.
> 땀 흘려 함께 일하지 않고서야
> 어찌 나는 자유다 라고 노래할 수 있으랴.
> 만인을 위해 내가 싸울 때, 나는 자유.
> 피 흘려 함께 싸우지 않고서야

어찌 나는 자유다 라고 노래할 수 있으랴.

만인을 위해 내가 몸부림칠 때, 나는 자유.

피와 땀과 눈물을 나누어 흘리지 않고서야

어찌 나는 자유다 라고 노래할 수 있으랴.

자유로의 끝에서 오두산통일전망대에 올랐다. 아직도 오르막은 힘이 든다. 아니 오르막만 보면 겁이 덜컥 난다. 우리 조원들은 오르막에 이르면 어느새 내게 다가와 앞에서 끌어주고 뒤에서 밀어준다. 다들 발을 다쳤거나 조금씩 부상을 입어 힘이 들 텐데도 나이든 나를 이렇게 배려해준다.

그동안 나이를 별로 의식하지 않고 살았는데, 여기에 오니 내가 나이를 먹었구나 하는 생각이 들었다. 30대 이후도 몇 명 되지 않고 대부분 20대거나 10대다. 그리고 다들 나에게 깍듯이 대해준다. 남학생 몇은 나를 어머니라고 부르며 어리광을 떤다. 언젠가 밥을 먹으며 "내가 정말 나이가 많긴 많은가 봐, 어제 어떤 사람은 나한테 노익장이라고 하더라구." 했더니 모두 "아니에요. 여기 모인 사람이 다들 젊어서 그런 거지요." 하면서 위로를 해준다. 그게 또 그렇게 고맙다.

오두산전망대 아래에서 임진강과 한강이 서로 만나 서해로 흐르고 있다. 이제 걷는 것은 막바지다. 이때가 긴장이 풀어지기 쉬운 때라 사고가 일어나기 쉽다며 진행팀은 다시 한 번 우리를 일깨웠다.

16일째. 어젯밤에 시어머니가 교통사고로 돌아가시는 꿈을 꾸었다. 하루 종일 그 꿈이 떠나지 않는다. 물론 그런 일은 일어나지 않겠지만 대행진을 신청해 놓고 갑자기 무슨 일이 생겨 대행진을 못 가게 되면 어떻게 하지, 갑자기 시어머니가 병원에 입원하거나 편찮으신 친정아버지가 돌아가시면 어떻게 하지, 하며 노심초사했던 마음이 꿈으로 나타난 것이라 혼자 생각했다. 그토록 절실하게 나는 이 대행진을 원했다. 이제 거의 막바지에 이르러 생각하니 왠지 허망한 마음부터 든다.

숙소에 도착하니 오후 3시가 넘었다. 그제야 늦은 점심을 먹고 모두 운동장으로 나와 말뚝박기, 닭싸움, 축구를 한다. 저녁을 먹고 홀로 운동장 가에 앉았다. 대행진에 오기 전 집에서 창을 통해 불어오는 바람을 맞으며 이 바람을 낯선 곳에서 맞고 싶다는 강한 바람을 가졌는데, 그 바람 때문에 더욱 대행진에 참가하고 싶었다. 하늘에 걸린 초승달이 구름에 가렸다 나왔다 한다. 며칠 동안 흐리거나 비가 오는 날씨였던 것이 우리에게는 정말 행운이었다.

이제 남은 이틀이 길게만 느껴진다. 집에 돌아가면 복잡한 많은 일들이 기다리고 있겠지. 사람들이 자기 자리를 떠나기 두려워하는 것은 떠났다 돌아왔을 때 부딪치게 될 복잡한 일이 배로 늘어나기 때문이 아닐까 하는 생각도 든다.

오늘은 강화대교를 건너야 하는데, 그 길이 너무 위험하기 때문에 군에서 배려를 해서 육공트럭을 제공했다고 한다. 제적봉검문소 앞까지 트럭을 타고 와서 거기서 OP까지 한 시간을 걸었다. 우리 조가 맨 끝이라서 거의 뛰다시피 걸었다. 뛸 때마다 가슴이 터질 것 같다. 날은 바람 한 점 없이 덥다. 동부전선 끝에서 서부전선 마지막 OP에 다다른 것이다.

잠시 쉬면서 앉아 있노라니 155마일 철책을 따라 걸었던 지난 17일의 순간순간이 필름처럼 지나간다. 거기서 두 시간을 걸어 강화중학교에 도착했다. 내일 마니산이 남아 있지만, 여기가 우리의 최종 목적지였다. 또 눈물이 나려 하는 것을 애써 참았다. 눈물을 훔치는 몇몇 사람이 눈에 띈다. 나는 딸아이에게 다가가 그동안 많이 야윈 그애의 어깨를 힘껏 안았다.

우리 조원들이 갑자기 내게 다가와 행가래를 친다. 그동안 어쩔 수 없이 사랑하게 된 사람들이다. 덤덤해 하는 아들에게 아직도 억지로 데려온 엄마를 원망하느냐고 했더니 아니라고 고개를 젓는다. 강화도에 사는 이시우 선생님 사모님이 다가와 '통일뉴스'에 우리 세 식구 기사가 난 것을 보았노라며 인사를 한다. 오후 내내 운동장에서 말뚝박기, 수건돌리기 같은 놀이를 하며 시간 가는 줄 몰랐다.

마니산 가는 날, 밤새 모기에 시달리느라 제대로 잠을 자지 못했다. 그래서 그런지 걷기가 무척 힘들었다. 다들 오늘은 차를 타고 가는 줄 알았다며 불평이다. 마지막 하루가 정말 다들 힘든 모양이다. 아니면 이제 완주했다는 생각에 긴장이 풀린 탓인지도 모른다. 마니산 정상은 안개에 싸여 있었다. 나는 연을 날리느라 시끌벅적한 사람들 틈에 쪼그리고 앉아 몰려오는 졸음과 씨름을 했다. 이런 상황에서도 이토록 졸음이 쏟아지다니 놀라운 일이다.

이튿날은 서울 상암경기장으로 남북한 축구 경기를 보러 갔다. 거기에 크게 쓰인 "통일은 되었다" 문구를 보니 가슴이 뭉클하다. 나도 모르게 눈시울이 뜨겁다.

다음 날 아침 10시에 해단식이 있었다. 진행팀에 불만도 많았고 철없는 젊은이들 때문에 마음이 상하기도 했다. 아침에 일어나면 수북하게 쌓인 쓰레기 더미, 그리고 날마다 나오는 분실물들. 진행팀이 분실물을 찾아가라고 아무리 소리쳐도 찾으러 오는 사람이 별로 없다. 지나가다 보면 내가 대행진 준비를 하면서 몇 번이나 살까 말까 망설이다 결국 사지 못한 스포츠 수건, 비싼 브랜드의 스포츠 양말, 상표가 선명한 손가방들이 그냥 쓰레기처럼 버려져 있다. 저것들을 부모들은 망설이면서 피 같은 돈을 주고 사줬을 텐데, 하고 혼자 안타까워했다.

그래도 여기에 온 젊은이들은 의식까지 바뀌지는 않더라도 자기들 눈으로 직접 보면서 걸었던 철책선이 쉽게 마음에서 사라지지는 않겠지. 우리가 누리고 있는 평화가 얼마나 허술한 것이며 전방은 아직도 얼마나 긴장 상태인가를 눈으로 보며 생각했겠지. 그들이 통일세대가 되어 이 땅이 통일되는 데 큰 힘을 보태겠지 하는 생각을 했다.

내 발로 고통을 겪으며 걸으니 훨씬 많은 것을 보고 느낄 수 있었다. 동이 터올 때의 아름다운 하늘, 비가 갠 뒤 구름이 물러가면서 드러나는 파란 하늘, 길가의 이름 모를 들꽃, 한낮의 뭉게구름, 어디서 불어오는지 모르는 한줄기 시원한 바람, 구름이 몰려오면서 곧 비가 올 것이라고 미리 알려주는 바람결은 또 느낌이 다르다. 고통스런 행진이 끝난 뒤 몸을 씻고 숙소 주변을 어슬렁거리며 걸으면 인생은 얼마나 아름다운지, 내 일생 중 이런 시간이 또 있을까 하는 생각을 하곤 했다.

해단식 뒤 아들과 딸 모두 조별로 모임을 따로 한다며 나에게 어떻게 할 것이냐고 물었다. 나는 기다리겠으니 다녀오라고 했다. 아이들과 사람들이 모두 떠나고 언니에게 전화를 했다. 아직 감정이 남아 있는지 퉁명스럽게 전화를 받는 언니에게 나는 최대한 부드럽게 말했다. 그리고 전화를 끊었는데, 금방 다시 언니가 전화를 했다. 있는 데가 어디냐고, 지금 출발해서 갈 테니 기다리라고. 우리는 전철역에서 만나 조별모임을 마치고 돌아온 아이들과 함께 삼겹살을 먹었다. 그리고 헤어지며 언니에게 지난번 일은 내가 잘못했다고 사과했다. 언니는 웃으며 나를 살짝 때렸다. 집으로 내려오는 기차에서 잠이 쏟아지는데, 언니에게 먼저 사과를 한 것은 정말 잘한 일이라고 나에게 칭찬을 해줬다.

사람을
위한 길

4년 전 몽골에서 돌아올 때, 공항에 마중 나온 남편과 버스를 타고 오면서 말했다.

"우리 땅을 걷고 싶어. 동서로 횡단은 통일 대행진 때 했으니까, 이번에는 남에서 북으로 걷고 싶어."

남편은 한동안 아무 말이 없다가 문득 말했다.

"이번 주말에 아이들 오면 함께 이야기해 보게."

주말에 아이들이 학교에서 왔다. 남편이 먼저 이야기를 꺼냈다.

"엄마가 이번에는 땅끝에서부터 걸어보겠다는데, 너희들 생각은 어떠니?"

아이들 둘 다 소리를 높인다.

"아니 집에 온 지 얼마나 됐다고."

"아빠는 또 어쩌구."

남편은 회심의 웃음을 웃는다.

"그렇지? 거봐."

"일을 시작하면 언제 시간이 날지 모르고, 나이 한 살이라도 더 적을 때 걷고 싶은디……."

나름 항변을 해 보았지만 남편과 아이들 모두 고개를 내젓는다. 결국 나는 일 년 동안 식구들 두고 혼자 몽골에 다녀온 것이 괜스레 미안하기도 하고, 식구들이 나 혼자 돌아다니는 걸 걱정할 것 같기도 해서 마음을 접었다. 그리고 또 정신없이 몇 년을 살았다.

2005년에 동쪽 끝 고성 통일전망대에서 남방한계선을 따라 서쪽 끝인 강화도의 마니산까지 20일 동안 걷는 통일대행진에 다녀온 뒤, 우리나라의 남북을 가로질러 내 발로 걸어보고 싶다는 생각이 간절했다. 마치 숙제처럼.

한비야의 《바람의 딸 땅 끝에 서다》, 김남희의 《여자 혼자 떠나는 걷기여행》, 프랑스의 은퇴한 신문기자가 3년 동안 실크로드를 따라 걸었던 《나는 걷는다》 이런 책들을 읽을수록 걷고 싶은 마음은 더욱 간절해졌다.

운동을 하지 않던 남편의 건강이 위험 수위에 다다르자 새벽에 함께 산에 다니게 되었다. 어느 날 새벽 조심스럽게 물었다.

"올해 휴가는 땅끝에서부터 걷는 건 어때? 한꺼번에 끝까지 못 가니까 해마다 며칠씩 몇 년에 걸쳐서 걷는 것도 괜찮을 것 같아."

한동안 아무 말이 없던 남편이 답을 했다. "그것도 괜찮겠네."

나는 속으로 쾌재를 불렀다. 남편은 그렇게 말을 하고도 영 마땅찮아했다. "8월말이면 태풍이 오는디." 하기도 하고, "홍도도 참 좋은디. 보길도는 워뗘? 땅끝에서 배 타고 가는 것인디." 하면서 내가 한마디만 하면 걷기를 당장에 포기할 태도다. 그럴 때마다 "먹고 놀기만 하고 관광지에서 돈만 쓰다 오는 것이 뭐가 좋아." 하고 말했다. 남편이 가지 않겠다고 하면 혼자라도 걷겠다는 마음이었다.

《나는 걷는다》를 쓴 베르나르 올리비에가 예순두 살에 실크로드를 따라 걷기를 시작하면서 '마지막이 오기 전에 한 번 더 튀어 오르고 싶다.'라고 했던 말도 내게 늘 남아 있었다. 또 아흔 살이 넘은 노인에게 인생에서 가장 후회스런 일이 무엇이냐고 물었더니 첫 번째가 '젊었을 때 좀 더 모험을 하지 않은 것'이라고 한 말도 늘 내게 남아 있는 말이다.

휴가는 남편이 일하는 성당의 여름행사가 모두 끝나는 8월 마지막 주로 잡았다. 그 주간에 태풍이 올 것이라는 예보가 나올 때마다 남편은 "태풍이 온다는디." 하면서 은근히 걷기를 포기하기를 바라는 눈치였다. 나는 "일단 떠나야지. 태풍이 비껴갈 수도 있고. 우리가 피해 다닐 수도 있고." 하고 대꾸했다.

휴가 첫날 새벽에 화장실에 가려고 일어났는데 몸을 가눌 수도 없이 어지러웠다. 한숨 더 자고 나면 괜찮겠지, 했는데 잠자리에서 일어나서도 어지럽고 머리가 아팠다. 휴가라고 긴장이 풀려 몸살이 나려는 모양이다. 남편이 사무실에 일을 정리하러 간 사이 나는 사혈을 하고 뜸을 여러 번 떴다. 내가 몸이 안 좋다고 하면 남편은 옳다꾸나 잘 됐다, 하고 주저앉을 것이 뻔하다.

언제나 무엇인가 하려 하면 순조롭게 되는 일이 없었다. 통일대행진을 갈 때도 그랬다. 멀쩡하던 팔이 대행진 떠나기 며칠 전부터 몹시 아팠다. 나는 그냥 견디고 가려 했지만 남편은 왜 아픈지 알아보기라도 해야 할 것 아니냐며 병원으로 데려갔다. 의사는 시큰둥하게 근육통이라고 하면서 물리치료 받고 약을 먹으라고 했다. 물리치료하면서 오히려 팔에 화상을 입혀 놓아서 상처만 더 안고 대행진을 떠났다.

내 몸 아픈 것보다 이번에 걷기를 포기하면 또 언제 기회가 올까 그것이 더 걱정이었다. 남편이 돌아와 내 얼굴을 보더니 "어디 아파?" 한다.

"몸살기가 좀 있어. 더위를 먹었나?" 하고 대수롭지 않게 말했다. 남은 밥으로 대충 점심을 먹었다. 기도상 앞에서 함께 기도를 하고 손을 마주치며 파이팅을 외쳤다. 남편은 옷을 입으며 "다른 옷은 게춤(호주머니)이 없응게 조끼를 입어야 혀. 조끼는 게춤이 많아서 좋아." 한다.

나도 셔츠 위에 조끼를 입고 배낭을 하나씩 메고 땅 끝으로 향했다. 익산에서 광주로, 광주에서 땅끝으로 가는 버스 안에서 내내 비몽사몽 잠을 잤다. 어렴풋이 선잠 속에서 "해남 병원 왔어. 춤 맞으러." 하는 소리가 들려 창밖을 보니 해남터미널이다. 문득 전에 읽었던 '국수와 국시의 다른 점'이라는 재미난 글이 생각나 혼자 슬며시 웃었다. 내용인즉 '국수는 밀가루로 만들고 국시는 밀가리로 만들지라. 또 밀가루는 봉지에 담고 밀가리는 봉다리에 담지라. 또 봉지는 침으로 바르고 봉다리는 춤으로 붙이지라.' 하는 것이었다.

아들이 걱정이 되는지 날씨가 어떠냐고 전화를 했다. 서울 쪽은 내일 태풍이 온다고 해서 학교에 안 가는 곳이 많단다. 아들도 학교에 안 간다고 한다. 걱정하지 말라는 말에 아들은 "아무튼 조심하세요." 한다. '태풍예보가 내려진 판에 태풍이 오는 쪽으로 길을 떠나 여러 사람 걱정시키네' 하는 생각이 들었다.

남쪽으로 오니 벌써 추수를 끝낸 논도 보이고 밭마다 노란 호박덩이들이 탐스럽게 익은 모습이 보인다. 해남은 호박이 잘 되는 땅인가 보다. 고구마 밭도 많다.

태풍
볼라벤

폭풍 속으로

땅끝마을에 도착하니 오후 5시가 다 되어간다. 땅끝마을도 어디나 비슷한 관광지의 모습이었다. 술집, 음식점, 노래방, 모텔 따위가 다 있다. 어서 벗어나고 싶다. 비가 조금씩 오기 시작한다. 우산을 폈지만 감당을 할 수 없을 정도로 바람이 거세다. 우리는 길가에 앉아 집에서 가져온 간식을 먹으며 어떻게 할 것인가 이야기를 나누었다.

막상 땅끝으로 오니 막막하다. 언제나, 어딘가 도착하면 늘 막막했다. 몽골에 갔을 때도 그랬고, 통일대행진을 시작하기 전 강원도 고성에 도착했을 때도 그랬다. 지리산 종주를 위해 화엄사 뒷길로 접어들 때도 그랬다. 어쩌면 그 막막함을 떨쳐내려고 걷기 시작하는지도 모르겠다.

마음 한편으로는 여기 관광지에 그냥 주저앉고 싶은 생각도 든다. 하지만 내가 그런 이야기를 할 수는 없다. 그렇게 하자고 하면 남편은 얼마나 좋아할까?

우선 걷기로 했다. 우산을 접고 집에서 가져온 비옷을 입었는데, 몇 번 입었던 것이라 그런지 금방 찢어졌다. 편의점에서 비옷을 사며 813번 도로가 어디냐고 물으니 그런 건 모른다고 한다.

5시 50분부터 남창 표지판을 따라 방향을 잡았다. 김남희의 《여자 혼자 떠나는 걷기 여행》에서는 남에서 북으로 걷는 도로가 813번이었는데, 표지판을 보니 77번이었다. 오래전에 읽은 책이라 도로번호가 바뀐 것인지 알 수 없다.

오른쪽으로 바다를 끼고 걷는 길은 참 아름다웠다. 비옷 때문에 몹시 더웠지만 바람이 불어 견딜 만했다. 바람은 바다 쪽에서 불어와 우리를 자꾸 찻길 쪽으로 밀어낸다. 휴가철도 지난 평일이어서 그런지 오고 가는 차는 그리 많지 않다. 바다 쪽 전망 좋은 자리는 곳곳에 펜션과 민박집이 있다. 길을 떠나기 전 남편은 "잠은 어디서 자지?" 하고 걱정을 했다. 민박집이 많을 거라고 얘기해 줬지만 "잘 곳도 정하지 않고……." 하면서 볼멘소리를 했다.

남편은 안전하고 확실한 것이 아니면 시작하지 않으려 한다. 그래서 늘 이리저리 생각하고 재느라 결정을 못 내리는 남편에게 "날마다 돌다리만 두드리다가 언제 다리를 건너?" 하곤 했다.

2년 전쯤 지리산 둘레길을 걷다가 너무 심심해져서 "우리 그냥 천왕봉으로 가자." 하고 백무동으로 가서 지리산을 오르기 시작했다. 남편은 올라가기 전 장터목산장에 전화를 걸어보더니 "산장 예약이 다 찼다는데." 한다. 예약이 다 차도 잘 수 있다고 말했지만 남편은 가는 내내 근심을 떨치지 못하고 불편한 얼굴이었다. 하지만 그날 우리는 괜찮은 잠자리를 배정받았고, 좋은 동무들을 만나 남은 밥까지 얻어먹고 다음 날에도 아주 즐겁게 산행을 할 수 있었다.

안전하고 확실한 것이 아니면 움직이지 않으려는 남편에 비해 모험 좋아하고, 호기심 많고, 새로운 것에 도전하기 좋아하는 나를 남편은 무모하다고 비난하곤 한다. 나는 그 앞에서는 아무 소리도 하지 않지만 속으로는 '그래 나는 죽는 날까지 그렇게 살 거야. 그렇게 망설이고 주춤거리며 시간을 보내고 싶지는 않아.' 하고 생각한다.

바람은 갈수록 거세진다. 통호리를 지나 사구미해수욕장까지 오니 날이 완전히 어두워지고 비가 쏟아지기 시작했다. 민박이라고 쓰인 집을 몇 군데 찾아서 문을 두드려봤지만 재워 줄 수가 없다고 한다. 어떤 집에서는 오늘 태풍이 온다고 해서 방을 내 줄 수 없다고 한다.

겨우 한 집을 찾아 들어갔다. 이미 옷은 다 젖었고, 바람은 문을 여닫기조차 힘들 정도로 거세다. 민박집 부엌에서 배낭에 넣어 온 라면을 끓여 저녁으로 먹었다. 집에서 잘 먹지 않아 굴러다니던 라면을 넣을까 말까 하다가 혹시 하고 넣었는데 비상식량으로 중요한 몫을 했다.

일찍 잠자리에 들었지만 바람소리가 요란해서 깊이 잠을 잘 수 없다. 몽골의 바람도 생각나고 오래전에 읽었던 《폭풍의 언덕》도 생각났다. 바다가 울부짖으며 내는 바람소리 가운데 '히스크리프 히스크리프' 하는 소리가 들리는 것 같다. 남편은 병아리 소리가 난다고 중얼거린다. 휘파람 소리 같기도 하다. 그러다 무언가 깨지는 소리도 들린다. 바다 쪽으로 난 창이 흔들리는 것을 보면서 '저 창이 우리 쪽으로 깨진다면?' 하는 생각이 들어 이불을 뒤집어썼다.

얼핏 잠이 든 것 같은데, 다리 쪽이 축축하다. 남편이 일어나 보더니 창

틈으로 물이 새어 들어와 이불이 젖었다고 한다. 젖은 이불을 아예 창 쪽으로 밀어 물을 막았다. 새벽에 잠이 깼는데 전기가 들어오지 않았다. 물도 나오지 않는다. 화장실에 갈 수도 없다. 선잠이 들었다 깨니 날이 밝았다. 문을 열 수가 없어 밖으로 나갈 수도 없다. 그래도 바람이 새벽보다는 잦아든 것을 느낄 수 있었다.

아침 9시가 넘어서 남편이 간신히 문을 열고 밖으로 나갔다. 한참 지나서 들어온 남편이 걱정스럽게 말한다.

"아침밥은 먹을 생각도 말아야겠어. 지금 주인아저씨를 만나고 왔는데, 밤새 피해가 엄청났대. 비닐하우스도 다 날아가고, 10억짜리 양식장이 통째로 떠내려갔다네. 태풍 매미 때도 이렇게 피해가 크지 않았다는데, 자기 생전에 이런 바람은 처음이래. 그래도 바다에 파도가 덜 심한 건 저 앞에 보이는 섬 있지, 그 섬이 막아줘서 그렇대. 우리 아침밥 걱정하기에 괜찮다고 했어. 그냥 조용히 떠나주는 게 좋을 것 같아. 화장실은 저 옆 공중화장실로 가면 될 것 같아."

간신히 밖으로 나가 화장실에서 볼일을 보고, 고양이 세수를 하고 짐을 챙겼다. 다행히 비는 그리 거세지 않았다.

다시 남창 쪽으로 길을 잡았다. 바람이 바다 쪽에서 불어와 자꾸 찻길 쪽으로 몸이 기운다. 바다만 바라보면 무섭다. 북평면에 접어들었을 때, 바다 쪽에 사람들이 모여 있어 그쪽으로 가 봤다. 10억짜리 양식장이 떠내려간 곳이 그곳인 것 같았다.

해안에서 좀 떨어진 곳에 부유물들이 떠 있었다. 마음이 아팠다. 바다를 끼고 한참을 걸으니 '아름다운 길 끝'이라는 표지판이 보인다. 다른 때는 아름다운 길인지 몰라도 지금은 조금도 아름답지 않다. 바다가 보이지 않으니 오히려 두려움이 덜하다.

영전에 가니 길가에 조그만 경당(염경당의 준말. 천주교인들이 모여 기도하는 방이나 집)이 보인다. 우리는 거기 들어가 태풍으로 고통받는 이들을 위해 한참을 기도했다.

곳곳에 참깨가 쓰러져 있고 논에 물이 찬 곳도 있다. 전봇대도 몇 군데 넘어져 있어서 차들이 오던 길로 되돌아가는 모습도 보인다. 전봇대 쓰러진 것보다 밭작물 넘어진 것이 더 가슴 아프다.

농사짓는 집에서 태어나고 자라서 그런지 무슨 일이든 농사일에 기준을 두고 생각한다. 비가 안 오면 가뭄이 들어 어쩌나 하고, 보리타작을 할 때나 추수할 무렵 비가 오면 다 익은 곡식 썩을까 걱정이다. 먹을 것을 함부로 하는 사람들을 보면서 됨됨이를 가늠하기도 한다. 요즘 사람들이 먹을 것을 함부로 하는 것은 아마 농사짓는 것을 보지 못하고 어떤 것이든 돈만 주면 살 수 있기 때문일 것이다.

아름드리나무도 곳곳에 넘어져 있다. 남편은 혼잣소리처럼 "사람들이 우리를 보면 미쳤다고 할 거야. 이 태풍에 이렇게 걷고 있으니." 한다. 한참 걷고 나니 몹시 시장하다. 버스정류장에 배낭을 내려놓고 어제 남은 복숭아 한 개를 반씩 나누어 먹었다. 마지막 비상식량이다. 한나절쯤 지났는데 전화벨이 울린다.

"어, 전화가 되네? 엄마 괜찮아? 어디야? 사람들이 엄마 아빠 전화 안 된다고 나한테 전화했어." 아이가 다급하게 말한다.

"응 괜찮아. 여기는 태풍이 지나갔어. 아마 전화국 기지국이 망가져서 전화가 안 된 것 같아."

"그래도 조심해요." 하고 아이가 전화를 끊는다. '아이고, 하필이면 한 달 전부터 잡아놓은 휴가에 태풍이 불어 여러 사람 걱정시키는구나' 생각하며 한숨을 쉬었다.

이렇게 가다가 어디 밥 먹을 곳이나 있을까, 남편은 이런 것을 걱정하겠지. 영전을 지나 이진마을 앞에 조그마한 구멍가게가 있었다. 나는 맞은편 버스정류장에 앉아 있고 남편은 불 꺼진 가게로 들어가 작은 우유 두 개와 초코파이 몇 개를 들고 나왔다.

"가게에 있는 초코파이 다 사온 거야." 하고 내미는데, 내 손이 조금 떨렸다. 남편은 "우유 참 싫어했는데 정말 맛있네." 하면서 먹는다. 통일대행진 때 해산령고개를 넘어가면서 먹었던 음료수 생각이 났다.

땡볕 속에서 넘었던 해발 2,000고지 해산령은 가도 가도 고갯길이었다. 이 고개만 넘어가면 끝이겠지, 하고 넘어가면 또 다른 고개가 보이고……. 그렇게 오후 내내 걷고 또 걸었던 해산령고갯길. 물도 떨어진 채 땡볕과 갈증에 지쳐 '내 인내력의 한계는 여기까지인가 보다' 하고 스스로 한탄을 했다. 그때쯤 어느 고갯길에서 진행팀에서 내준 스포츠음료가 내 생에 가장 맛있는 음료수였다. 하지만 오늘 마신 우유 한 개와 초코파이도 얼마나 귀하고 소중하고 맛있는지 모른다.

우유를 마시고 일어나며 남편에게 그때 이야기를 또 했다. 아마 남편은 몇 번째 그 이야기를 들었을 것이다.

그때 큰애가 중2, 작은아이가 중1이었다. 큰애는 출발하고 하루인가 이틀인가 지난 뒤에 "엄마는 나를 왜 이런 데 데려와서 이 고생을 시키는 거야. 힘들어 죽겠어!" 하면서 도끼눈을 뜨고 나를 원망했다. 그러다 일주일쯤 지난 뒤에는 "엄마, 너무너무 재미있어. 나 내년에 또 올 거야. 언니들하고 약속했어." 하며 나를 찾지도 않고 모둠의 동무들과 재미있게 지냈다.

'그래 어떤 일이든 나쁘기만 하거나 좋기만 한 것은 없단다. 인생이란 그런 것이지.' 하고 나는 생각했다.

잠을 자고 일어나면 다시 샘솟는 기운

이진 마을을 지나 얼마 되지 않아 드디어 남창이다. 여기도 태풍이 할 퀴고 간 상처가 심하다. 식당이 몇 군데 보이기는 하지만 문을 닫았다. 한 군데 문을 연 곳이 있어 들어갔더니 점심시간이 지난 지 한참인데도 사람들로 북적인다. 한참을 기다려 밥상을 받았다. 주인아주머니도 그제야 점심을 먹으려고 앉는다.

"여기는 그래도 전기가 들어오네요."

"여기도 저쪽이랑 다 안 들어와요. 우리 집도 저쪽은 안 들어오고 여기 식당도 이쪽만 들어와요. 전봇대가 여기저기 다른 모양이지."

"아이고 덕분에 저희가 점심을 먹네요. 아침부터 굶었는데."

"아니 지금이 몇 신데 아침도 못 드시고."

"해남 사구미에서부터 걸어오는데, 전기도 안 들어오고 물도 안 나오니까 밥 먹을 데가 있어야지요."

"아니 이 태풍에 해남서부터 오셨어라."

"휴가 날짜를 잡아 놓은 것이라 어쩔 수 없이 길을 떠났는데, 태풍을 만났네요."

"그나저나 부럽소. 여행도 다니고 할라고 돈 버는 것인디, 한번 떠나지를 못하니."

주인아주머니와 이야기를 주고받는 동안 남편은 성당에 전화를 하고 있었다. 이윽고 전화를 끊은 남편이 "수녀원 지붕 동판이 날아갔다네. 가야 되는 거 아냐?" 한다.

"지금 간다고 당장 어찌 할 수도 없는 거잖아."

"그게 당신과 나의 다른 점이야. 지금은 천재지변이야."

처음부터 내켜하지 않았지만 막상 남편이 이렇게 말을 하니 가슴이 쿵 내려앉는다. 속으로 '이럴 줄 알았어. 그래서 혼자 오려 했는데.' 싶다.

밥을 다 먹고 그 자리에 잠깐 누웠다 일어났다. 바람은 확실히 잠잠해졌지만 비는 여전히 내린다. 더워서 비옷도 입을 수가 없다. 그냥 비를 맞으며 걷기 시작했다. 밥을 먹어서 그런지 몸이 무겁다. 오른쪽 골반이 아파오기 시작한다. '그래, 오래 걸으면 이렇게 아픈 곳이 생기지. 그건 다 잊어버리고 좋은 것만 기억에 남아서 그렇게 또 걷고 싶었구나.' 하고 생각했다.

남편은 말없이 앞서서 걷는다. 성당 소식을 들은 뒤로 눈치가 보여서 남편을 보내고 혼자 걸을까, 하는 생각도 했다. 남편은 화를 내겠지. 길을 떠나며 마음으로 '싸우지 말자' 하고 결심했다. 그 마음을 다시 새겼다.

한참 부지런히 쫓아가 남편과 나란히 걸었다. 남편이 휴우, 한숨을 쉰다.

"힘들어?"

"왜 걷는지 모르겠어. 당신이 걷자고 하니까 걷는 거야."

"내년에는 나 혼자 걸을게." 대답하고 내처 걸었다.

나는 골반이 아파오면서 자꾸 뒤처진다. 남편은 앞서서 걷기만 한다. 하지만 나는 굳이 그를 따라 잡으려 하지 않고 내 기운에 맞추어 걷는다. 버스정류장이 있는 곳마다 쉬고 싶지만 남편은 쉬지 않고 걷는다.

점심 먹고 해남 북일면 신월리 못 미쳐 작은 가게가 있는 곳까지 쉬지 않고 걸었다. 가게 앞 평상에 배낭을 내려놓고 앉았다.

"당신은 아픈 데 없어?"

"없어."

남편은 여전히 무뚝뚝하다. 가게 주인아저씨가 "휴가 날짜를 잘못 잡았구랴." 하니까 남편은 "한 달 전부터 잡아 놓은 날짜라 어쩔 수 없었지요 뭐." 한다.

물 한 병을 사들고 다시 걷는다. 신월리를 지나니 강진군 표지판이 나온다. 조금 전까지 땅끝이라는 안내 글이 있었는데 강진군으로 들어서니 그게 없다. 왠지 섭섭하다. 바람은 조금씩 잠잠해지는 것 같다. 비는 조금씩 그치지 않고 내린다. 길에는 은행나무에서 떨어진 은행 알이 수북하다. 과수나무가 있는 밭 옆을 지날 때면 떨어진 과실을 바라보며 나도 모르게 신음소리가 나온다.

비가 내리니 날이 금방 어두워지는 것 같다. 아침 10시쯤 사구미를 출발해 거의 40킬로미터 가까이 걸었다. 남편은 걸으면서 '잘 곳이 있을라나 모르겠네' 하고 혼잣소리를 한다. 아직 도암까지 가려면 5킬로미터 정도 남았다는 표지판을 지나쳐 왔는데 1킬로미터쯤 걸었을까 저 앞에 조금 큰 마을이 보인다. 남편은 "어떤 표지판이 맞는 거야? 표지판마다 거리가 다르니 어떤 게 정확한지 알 수가 있어야지." 한다.

어떤 집에 불빛이 보인다. '전기가 들어오나?' 생각하며 마을로 들어서니 상점마다 도암이라는 글자가 들어가 있다. 문이 열린 식당에 가서 여기가 도암이냐고 물으니 그렇다고 한다. 밥을 먹을 수 있냐고 하니까 전기가 조금 전에 들어와서 밥은 못 먹는다고 한다. 혹시 민박집이나 잘 곳이 있느냐니까 강진까지 가야 한다고 한다. 난감해졌다. 그때 어떤 분이 지금 강진으로 가는 길인데 함께 가자고 한다.

"이분이 강진까지 태워다 주신다는데?"

남편의 눈빛은 차를 타고 싶은 마음이 너무나 간절해 보인다. 나는 별로 내키지 않았지만 고개를 끄덕였다. 옷도 배낭도 젖은 데다 다리가 아파 차에 오르는데도 힘이 들었다.

혼잣소리로 "여기 어디 다산초당도 있는데" 했더니 그분이 그쪽으로 차를 돌린다. 날이 너무나 어둡고 곳곳에 나무 쓰러진 것이 보여 다산초당 앞에서 차를 돌렸다. 그분은 강진터미널 앞에서 우리를 내려주고 갔다. 건너편에 김영랑 생가가 보인다.

가까운 식당에서 저녁을 먹고 찜질방으로 들어갔다. 걸을 때는 다리가 아파도 참는데, 목적지에 도착하면 한 발짝도 떼기가 힘들다. 짐을 내려놓고 어기적거리며 목욕탕으로 들어가서 몸을 담근 뒤 잠을 자려고 찜질방으로 들어갔는데, 몸이 그렇게 피곤한데도 잠이 오지 않는다. 이 태풍 속에서도 찜질방 맞은편 고기 집은 사람들로 넘쳐나고, 고기 굽는 냄새에 와자하게 무슨 구호인가를 외치는 소리도 들린다. 사람들 떠드는 소리, TV 소리, 먹는 소리에 밤새 시달리다가 새벽에 일어났다. 그래도 피로가 풀려 다시 걸을 힘이 생긴다. 아무리 피곤해도 잠만 자고 나면 새로운 기운이 생기니 얼마나 감사한 일인지 모른다.

6시에 길을 나섰다. 날은 조금 흐리지만 천지가 고요하고 잠잠하다. 태풍이 지나간 들녘에서 농작물을 돌보는 부지런한 농부들이 보인다. 그래도 강진 들녘은 벼가 많이 쓰러지지 않아서 참 다행스럽다. 어디서 요깃거리라도 사려 했지만 작은 가게 하나 눈에 띄지 않는다. 골반 아픈 것이 어제보다는 좀 덜하다. 남편은 발가락이 아프다고 한다. 어제 발가락에 물집이 잡혔다고 해서 사혈 침으로 따주겠다고 했더니 아프다고 싫다고 했다. 아픈 걸 엄청 참지 못하는 사람이니 고통이 꽤 심할 것이다. 들 가운데와 낮은 산 가까이에 올망졸망 들어앉은 정겨운 마을들이 보인다. 한 시간을 걷다가 버스정류장에서 배낭을 내려놓았다.

남편은 "먹을 걸 좀 샀어야 했는데." 하면서 물만 마셨다.

"당신이 왜 걷는지 모르겠다고 했잖아. 내 생각에는 가다가 이렇게 쉬려고 걷는 거야. 왜 걷느냐고 묻는 것은 왜 사냐고 묻는 것과 같은 것 같아." 하고 말해도 남편은 아무 말이 없다.

강진에서 장흥으로 가는 국도는 이차선이 일직선으로 뻗어 있다. 가도 가도 끝이 보이지 않는다. 배도 고프고 지루하다. 국토대행진 때 철원평야를 걷던 것이 생각난다. 해는 쨍쨍하고, 곧은길에 다리가 불에 덴 듯 따끔거렸다. 곳곳에 있던 초소의 군인들이 우리에게 호스를 들이대고 물을 뿌려주던 것이 생각난다. 그때도 죽을 것처럼 고통스러웠는데 죽지 않고 살았다. 몽골에서 영하 50도까지 내려가는 추위에서도 죽지 않고 살았다. 내가 겪으며 살았던 그런 일들이 지금 내가 살아가는데 자양분이 되고 있다. 엄살떨지 않고 살아가는 힘이 되고 있다.

남편은 버스정류장에서 신발을 벗고 배낭을 베고 누운 채 "우리 몸 중에서 발이 가장 고생하는 것 같아." 한다.

"정말 그래. 그런데도 발은 푸대접을 받잖아. 그런데 영화 '아웃 오브 아프리카'에서 메릴 스트립은 발을 찬미하는 시를 썼지."

한참을 그렇게 누워 있다 일어난다. 장흥에 가까워질수록 곳곳에 태풍의 흔적이 심하게 드러난다. 장흥 들머리 학교에 아름드리나무가 몇 그루나 쓰러져 있다. 실내체육관은 지붕이 폭삭 주저앉아 있다. 곳곳에 건물 벽이 무너져 있고, 시내에도 나무가 쓰러진 곳이 보인다. 마치 전쟁터를 지나는 것 같다.

세 시간이나 걸어서 몹시 배가 고팠다. 시장으로 들어가니 수선스러운 대로 밥집들이 문을 열었다. 국밥 한 그릇을 단숨에 먹고 나니 몸이 무겁고 잠을 자지 못해 몹시 졸리기까지 했다. 흙탕물이 빠르게 흘러가는 탐진강 다리 아래로 갔다. 물살에 떠내려 왔는지 젖은 나무판자가 눈에 뜨인다. 거기에 비옷을 깔고 누웠다. 깜빡 잠이 들었는데 탱크소리 같은 요란한 소리가 난다. 소스라치게 놀라 일어나 보니 차가 지나가는 소리다. 잠깐 자고 일어났는데 몸이 가뿐해졌다. 다시 시장으로 들어가 바나나 한 다발과 사과

두 개를 샀다. 배낭에 넣으니 몹시 무겁다. 남편 배낭에 반을 덜어 넣었다.

장흥교도소 뒷길로 접어들었다. 교도소 담도 무너져서 모자를 눌러 쓰고 똑같은 옷을 입은 사람들이 소리 없이 일하는 모습이 보인다. 해가 나기 시작하자 몹시 덥다. 배낭에서 모자를 꺼냈다. 배낭이 무거워 버스정류장이 있는 곳마다 쉬면서 바나나를 꺼내 먹었다. 속이 든든하다. 남편은 배낭이 무겁다고 바나나 산 것을 탓했다. 내가 "바나나가 싸잖아." 했더니 "수박도 싸던데 한 덩이 사지 그랬어." 하고 볼멘소리를 한다. 남편은 점점 말이 없어져 간다.

어느 만치 걸어가자 옛길은 없어지고 자동차 전용도로만 있다. 차들이 미친 듯이 달리는 도로의 하얀 차선 안쪽으로 한 사람씩 걸어야 한다. 언제부터인가 사람을 위한 길은 사라지고, 자동차가 좀 더 빨리 달릴 수 있도록 만든 길만 있다.

자동차 전용도로에다 계속 오르막길이다. 곳곳에 산 쪽에서 물이 넘쳐 우리가 걷는 길로 흐른다. 남편은 절뚝거리며 자꾸 뒤처진다. 한참을 오르자 호계터널 안내판이 보인다. 터널 안은 깜깜하다. 터널 벽에 전등이 있지만 태풍 때문에 정전이 되었는지 불이 꺼져 있다. 터널 안에서 차들이 달리는 소리는 꼭 영화에서 본 지옥의 사자들이 울부짖는 소리처럼 들린다. '정전이 되어 주유소들도 문을 닫았는데 차들은 어떻게 저렇게 많지?' 하는 생각이 들었다.

터널은 길었다. 작은 시멘트 벽돌로 만들어진 길을 남편이 앞서고 내가 뒤따라간다. 통일대행진 때 한 신문기자가 우리를 따라 걸었는데, 터널 안에서 발을 헛디뎌 넘어졌다. 가까이 온 그분에게 "괜찮으세요?" 했더니 "괜찮아요." 했다. "카메라는 안 망가졌어요?" 했더니 "넘어지는 순간 본능적으로 카메라부터 감싸 안았어요." 하고 대답했다.

나중에 남편은 이 터널이 너무나 힘들었다고 말했다. 발가락도 그때 더 심하게 아프기 시작했다고 한다. 남편은 눈이 안 좋은데 터널 들어오기 전까지 선글라스를 끼고 있었다. 터널에 들어서니 어두운데다 선글라스까지 끼고 있어서 더욱 어두웠다고 했다. "그럼 나보고 앞에 가라고 하지 그랬어." 하니 아무 대답이 없다. 눈도 잘 안 보이고 발까지 아픈 남편은 얼마나 힘들었을까. 왜 남자들은 힘들면 힘들다고 말을 못할까. 참 안타까웠다.

자동차 전용도로로 올라와 850미터와 500미터짜리 두 개의 터널을 지날때까지 거의 두 시간 동안 쉬지 못하고 걸었다. 쉴 곳도 없었다. 그 사이에 팔은 빨갛게 부풀어 올랐다. 장동면 표지판을 보고 옛길로 내려 걸었다. 마을 쪽으로 들어가니 태풍 복구 작업을 하느라 어수선하다. 물을 좀 얻으려고 주유소에 들어가니 안에 앉아 있던 할머니가 고개를 쌀쌀하게 내젓는다. 주유소 옆 화장실을 들렀다 나왔더니 주인아저씨가 화를 내며 사납게 대한다. 그러면서 말끝에 "속 편한 양반들이구먼. 이 태풍에 놀러나 다니고." 한다. 안 그래도 태풍 때문에 속이 문드러졌을 사람들 생각하며 발걸음이 너무나 무겁고 '계속 가야 하는 거야, 집에 가야 하는 거야?' 수시로 갈등하고 있었는데 그 소리를 들으니 온몸에 힘이 다 빠져나간다.

윌리엄 도일 신부님이 자신의 수첩에 적어 놓고 늘 실천했다는 말이 생각났다.

'어린아이들에게 부드럽고 솔직하게 참을성을 가지고 대할 것. 불친절과 분노 또는 야박한 말을 입에 올리지 말 것. 남에게 나의 괴로움이나 근심걱정이나 일이 많다고 말하지 말 것. 작은 수고에 대해 위안을 찾지 말 것.'

그 글을 나도 수첩에 적어놓고 수시로 읽으며 실천하려 애쓰고 있다. 주유소 아저씨는 전기가 들어오지 않아 주유소 문을 열지 못하니 속이 상했겠지, 하고 생각하며 마음을 달래려 애썼다.

작은 가게에서 물을 한 병 사서 그 자리에서 마시고 한 병을 사 들고 다시 걷기 시작했다. 한참을 걷다가 마을을 벗어난 곳에 나무그늘이 있어 짐을 내려놓고 주저앉았다. 3시가 다 되어 가는데, 점심 먹을 곳도 없어 밥도 못 먹고 30킬로미터 가까이 걸었다.

"인심 참 사납구먼."

남편의 말을 받아 내가 말했다.

"원래 이렇게 혼란스러울 때 민심이 흉흉한 거 아녀?"

"이런 때일수록 서로 도와주고 너그럽게 대해야 하는 건디."

"아 그럼 우리나라가 벌써 통일이 됐지."

이렇게 이야기를 주고받으며 남은 바나나와 사과로 점심을 대신했다.

"이 바나나 없었으면 어쩔 뻔했어. 비상식량 역할을 톡톡히 했네."

쉬었다 다시 걸으려면 한참 동안 더 힘이 든다. 남편은 오르막이나 평지는 덜한데 내리막은 많이 힘들다고 한다. 발가락이 앞으로 쏠리니 그렇겠지. 장동면을 벗어나니 보성군 표지판이 보인다. 보성이 가까워질수록 차밭 안내가 많이 보인다.

보성읍내로 들어가는 들머리 버스 정류장에 앉아서 읍내로 갈까 차밭으로 갈까 한참을 망설였다. 남편은 "거기 가면 또 여기까지 나와서 벌교로 가야 하는 거 아냐?" 하면서 차밭으로 가는 걸 내켜하지 않았다. 나는 전에 아이들과 함께 차밭에 왔던 것이 생각나 다시 한 번 가고 싶었다. 한참을 앉아 있다가 길옆 가게로 들어가 차밭으로 가는 길을 물었다.

태풍
덴빈

어제 차밭으로 와서 저녁을 먹고 일찍 잠자리에 들었다. 여기도 어제 하루 종일 전기가 들어오지 않다가 저녁 무렵부터 들어왔다고 한다. 그 덕분에 저녁도 먹고 몸도 씻을 수 있었다. 차밭 주변은 전과 달리 곳곳에 펜션이 들어서면서 소박하고 고요한 모습은 사라지고 관광지가 되어 있었다. 민박집도 비쌌다. 지금은 그래도 성수기가 지나서 싸게 받는 것이라고 한다.

　새벽 5시에 잠이 깼다. 빗소리가 들린다. '어라 비가 오나?' 창문을 열어보니 바람이 거칠고 비가 세차게 내린다. 남편을 깨우니 TV부터 켠다. 또 다른 태풍 덴빈이 오고 있다는 뉴스가 나오고 있었다. 그래도 출발을 하려고 준비를 했다. 배낭에 남아 있던 라면을 끓여 먹었다. 어제 빨아 널어둔 옷은 축축한 채 그냥 입었다. 문을 열고 나가던 남편이 도저히 안 되겠다며 도로 들어온다. 꼼짝없이 발이 묶였다. 일단 좀 쉬면서 날씨를 지켜보기로 했다. 남편의 발가락을 살펴보았더니 왼쪽 새끼발가락이 검붉게 부풀어 올랐다. 나는 물집이 생긴 것을 사혈 침으로 터트려서 이렇게 성이 나진 않았다. 사혈 침으로 발가락을 건드리니 남편은 아프다고 소리를 지른다.

"진작 사혈 침으로 터뜨리자고 했잖아. 말도 진짜 되게 안 들어."

나는 구시렁거리면서 남편의 발에서 검은 피를 짜냈다.

방에 있는 게 지루해서 비옷을 입고 밖으로 나갔다. 배낭 없이 걸으니 자꾸 걸음이 휘청거린다. 차밭 안으로 들어가려 하니 문을 지키던 사람이 못 들어가게 막는다. 고압선이 태풍에 넘어져서 전류가 어디로 흐를지 모르기 때문이라고 한다. 우리는 발걸음을 다시 방으로 돌렸다. 남편은 "괜히 신발하고 양말만 버렸네." 하고 투덜거린다. 어찌나 투덜거리는지 별명을 '투덜이 영감'이라고 붙여줬다. 오전이 지나면서 비가 좀 잦아들었다. 비옷을 입은 사람들이 오고 가는 것이 보인다. 1시 넘어서 길을 나섰다. 태풍 덕분에 한나절 잘 쉬었다.

차밭을 한 시간 가까이 벗어나자 비가 그쳤다. 비옷을 벗고 모자를 썼다. 내 모자는 테두리가 너덜너덜하다. 다른 모자도 있는데 어디 갈 때면 꼭 이 모자를 쓴다. 가볍고 아무렇게나 구겨져 있다가도 뒤집어쓰면 모자 구실을 톡톡히 한다. 남편이 내 모습을 보고 놀란다.

"그 모자를 쓰면 머리통이 꼭 도토리 같아."

"그래서 싫어?"

"누가 싫다고 했어? 내가 도토리를 얼마나 좋아하는데. 도토리묵도 맛있고."

길을 떠나고 처음으로 남편이 우스갯소리를 한다. 평소에는 그렇게 우스갯소리도 잘하는 사람이 걷는 내내 불퉁거려서 불편했다. 우리는 앞서거니 뒤서거니 하면서 "달나라와 영국 중 어디가 더 멀게? 해군 제독보다 더 높은 것은?" 뭐 이런 시답잖은 얘기를 지껄이고 낄낄거리며 걸었다.

기러기재를 막 넘어서니 멀리 보이는 산등성이에 무지개가 걸려 있다. 얼마 만에 보는 무지개인가. 몽골에 있을 때 아이들과 함께 홉스골 가는 길에 보고 처음인가. 그때 멀고 먼 여행길에 비몽사몽이었는데, 저녁 무렵 차 안에서 아이들이 '솔롱고, 솔롱고' 하면서 웅성거렸다. 무지개를 몽골말로 솔롱고라 한다. 아이들이 내게 붙여준 몽골 이름도 솔롱고였다. 왜 그러나 하고 나도 아이들이 바라보는 창밖을 보니 멀리 벌판 한가운데로 무지개가 떠 있었다. 참으로 신비롭고 아련했다. 그 순간 집과 우리 아이들이 너무나 보고 싶었다.

무지개를 바라보며 힘든 줄도 모르고 기러기재를 넘었다. 쇠실 마을에 백범 김구 선생 은거지 안내판이 있다. 김구 선생께서 임시정부가 있는 중국으로 가기 전에 쇠실 마을에 한 달가량 머물렀다고 한다. 나는 걸어가면서 산 아래 쇠실 마을 쪽으로 자꾸 눈길이 머물렀다. 나라를 걱정하던 김구 선생의 혼이 여기 어디쯤 지금도 머물러 있을까.

절룩이는 남편이 안쓰러워 자꾸 걸음을 멈추니 걱정하지 말고 앞서 걸어가라고 한다. 내가 이렇게 아프면 남편은 아마 차 타고 집에 가자고 했을 것이다. 남편에게 그 말을 했더니 아무 말이 없다. 남편은 계속 뒤처진다. 나는 갈수록 걸음이 빨라진다. 대행진 때도 그랬다. 나이 어린 학생들은 처음에 있는 힘껏 걷다가 지쳐서 며칠 지나자 하나 둘씩 포기하고 집으로 가기도 했다. 나는 우리 아이들과 함께 강화 마니산까지 걷고 그해 광복 60주년 기념 남북 축구대회장에 가서 목이 터져라 '조국통일'을 외치며 응원했다. 그때는 곧 통일이 될 것 같은 기운이 느껴졌다. 얼마나 가슴이 벅찼는지 모른다.

나는 무슨 일을 시작하면 시간이 좀 지난 뒤에야 일의 감을 잡거나 제

속도를 내게 된다. 일단 어느 정도 적응이 되면 그때부터 뒷심이 붙어 나도 모르는 힘이 나온다. 나는 걸을수록 힘이 나는 것을 느꼈다. '통일이 되어 이대로 백두산까지 걸을 수 있다면 얼마나 좋을까' 하는 생각을 하며 앞서 걷다가 절룩이며 걸어오는 남편을 기다리곤 했다. 남편은 내 걱정하지 말고 계속 걸으라고 손짓한다.

어느덧 벌교 10킬로미터 전방이다. 이번 걷기의 목표를 처음에 보성까지로 생각했다. 태풍을 뒤따라 온 덕에 바람에 밀려 생각보다 훨씬 더 많이 걷게 된 셈이다. 남편은 그 때문에 발가락이 아픈지도 모르겠다. 하루에 40킬로미터는 아무래도 무리였다.

저녁 6시가 넘으니 어스름이 깔리기 시작한다. 나는 이 풍경을 참 좋아한다. 여행 중에도 가장 좋아하는 풍경이다. 어쩌면 이 풍경 때문에 여행을 하고 싶어 하는지도 모르겠다. 지난 며칠 동안 비와 태풍 때문에 보지 못했던 풍경이 지금 내 눈앞에 펼쳐지고 있다. 걷는 동안 겪었던 고통이나 아픔은 다 잊고 이 풍경 때문에 또 걷기를 그리워할지도 모르겠다.

운동화
한 켤레

저 높은 봉우리를 내가 넘어왔구나

익산역에 내리니 발이 너무 아파 한 발도 걸을 수가 없다. 남편에게 택시를 타자고 하니 놀란 눈으로 나를 바라보다가 택시를 잡는다. 차에 오르면서 남편이 말했다.

"죄송합니다, 꼴이 이래서. 땀 냄새가 나도 조금만 이해해 주세요."

"산에 다녀오시나요?"

"아니요. 벌교에서 남원까지 걷고 남원에서 기차 타고 오는 길이예요."

"아니, 이 땡볕에 뭐하러 그렇게 사서 고생을 하세요. 그래."

택시기사 아저씨는 우리를 안쓰러운 눈으로 바라본다. 남편은 택시에서 내려 집으로 가면서 말했다.

"안 걸어본 사람이 그 마음을 어찌 알겠어. 아 얼른 집에 가서 씻고 선풍기 틀어놓고 누워 있고 싶어."

8월 19일. 하루 한 번밖에 다니지 않는 벌교행 기차를 탔다. 지난해 걷기가 끝나고 먹었던 꼬막정식 생각이 간절해 벌교역에 내리자마자 음식점으로 가서 막걸리 한 사발을 곁들인 늦은 점심을 먹었다. 빗방울이 떨어졌다.

"우리가 움직일 때마다 비가 오네. 시원하고 좋지 뭐." 하면서 걷기 시작했다. 조금 걸으니 빗물인지 땀인지 온몸이 젖기 시작한다. 오늘의 목적지는 송광사 들머리다. 시작이 늦었으니 조금 무리가 되는 거다. 음력 열사흗날이니 달이 뜨겠지. 달빛 아래에서 걷는다면 더 좋을 거라고 생각했다.

벌써 이삼 년이 지났나 보다. 혼자 지리산 종주에 나선 적이 있다. 첫날 노고단 대피소에서 자고 둘째 날 세석 대피소까지 갔다. 새벽 2시에 오줌이 마려워 화장실에 가는데, 세상에, 달빛이 온통 세석평전을 황홀하게 비추고 있었다. 나는 서둘러 준비를 하고 그 길로 산을 타기 시작했다. 아름다운 달빛에 취해 두려움도 아무런 생각도 들지 않았다. 그런데 산 그림자에 달빛이 가려진 곳은 깜깜했다. 그 어둠 속에 서서 가만히 지켜보고 있으면 다시 길이 훤하게 보였다. 장터목 대피소쯤 오니 달빛이 사위어지고 어슴푸레 날이 밝아오기 시작했다. 거기서 내가 걸어온 길을 뒤돌아보았다. 아! 저 높은 봉우리를 내가 넘어왔구나. 그제야 두려운 마음이 들었다. 그 때의 그 달빛은 그 뒤로 자주 나를 비추어 주었다. 오늘도 그런 달빛을 기대할 수 있을까?

채동선로를 따라 추동에서 외서까지 한 시간이 넘도록 오르막길이다. 오르막길을 걷는 동안 빗방울이 멎었다. 추동, 외서, 율어 모두 처음 오는 길이지만 낯익은 지명이다. 이 일대가 소설 《태백산맥》의 무대다. 책을 읽는 동안 안타깝고 가슴 아프게 하던 책 속의 인물들이 내 발 아래 다시 살아 숨을 쉰다. 관음사라는 표지판을 보며 '저기 계시던 스님이 독립운동을 도우며 어떤 과부랑 사랑에 빠지기도 했다지? 그게 저기 저 절인가?' 싶다.

오르막길이 끝나고 내리막길에 들어서자 저녁 어스름이 깔리기 시작한다. 조용하던 들판에서 두런두런 사람 소리가 들린다. 뜨거운 한낮이 지나 들에 일하러 나온 사람들의 발소리다. 여기가 전국 최고의 딸기묘목 단지라는 표지도 보인다. 길도 참 아름답고 저녁 무렵이라 덥지도 않고 이렇게 언제까지라도 걸을 수 있을 것 같다. 신덕 금성마을을 막 지나자 또 빗방울이 떨어지기 시작한다. 그래도 걸을 만해서 한참을 더 걸었는데, 어느 순간 막 쏟아지기 시작한다. 하늘 한쪽이 훤한데 비는 내린다. 버스정류장이 보여 거기로 들어갔다. 남편은 나무의자에 벌렁 드러누웠다.

"여기서 그냥 자다가 새벽에 걷지 뭐."

"모기한테 다 뜯길라고."

그렇게 두런두런 이야기를 주고받는데 오토바이 한 대가 버스정류장 옆에 선다.

"여기서 송광사까지 얼마나 먼가요?"

"버스 막차가 아직 있을 건디. 버스 타면 잠깐 가요. 송광사 가시오?"

"거기까지 가야 잘 데가 있을 것 같아서요. 걸어가는 길인데 비가 오네요."

"이게 약비요, 약비. 근 한 달 만에 오는 비요."

"어디 가시는 길인가요?"

"다슬기 잡을라고요. 이 옆 냇가 물이 좋아요."

"이 밤에요?"

그러고 보니 낮은 둑 옆으로 훤하게 물이 흐르는 곳이 보인다.

"다슬기는 야행성이라 밤에 잡아요. 오늘 밤새 잡으면 한 양동이 잡겄제."

"허리 아프시겠네요."

"산에서 허리에 좋은 약초 캐다 먹어 괜찮아요. 여기는 산중이라 맨 약초요."

이야기를 주고받는 동안 비가 좀 뜸해졌다. 우리는 다시 걷기 시작했다. 비가 내리지만 달이 있어서 그리 어둡지는 않았다. 하지만 자꾸 걸음이 빨라진다. 남편이 나를 앞세운다. 위험하기 때문에 나를 보호하려는 것이다. '그래도 약비가 내리니 얼마나 다행이야?'

부지런히 걸어 이읍쯤까지 왔는데 비가 또 쏟아진다. 비를 피해 버스정류장으로 들어갔다. 가까운 마을은 깜깜하게 숨을 죽이고 있다. 여기 어디 잘 데가 있으면 좋을 텐데, 생각하고 있었더니 버스가 온다. 버스를 타고 송광사 들머리로 가서 민박이라고 불이 켜져 있는 집으로 뛰어 들어갔다.

빗소리를 듣다가 깨어보니 새벽이다. 옷이며 신발, 배낭은 아직 축축하다. 5시 30분에 길을 나섰다. 송광사 앞길을 지나 주암 쪽으로 들어서니 길 양쪽으로 가로수가 우거지고 경사가 아주 완만해 걷기가 정말 좋았다. 이렇게 그늘이 풍성하면 한낮에도 걸을 만하겠구나, 하는 생각이 들었다. 어디나 그렇듯 농사짓는 분들은 부지런하다. 허리가 굽고 주름이 가득한 노인들이 느린 걸음으로 들로 나가거나 경운기를 타고 지나간다. 경운기 지나가는 것을 보니 박노해 시인이 쓴 시 한 편이 생각났다.

경운기를 보내며

11월의 저물녘에

낡아빠진 경운기 앞에

돗자리를 깔고

우리 동네 김씨가 절을

하고 계신다.

밭에서 딴 사과 네 알

감 다섯 개

막걸리와 고추장아찌

한 그릇을 차려 놓고

조상님께 무릎 꿇듯 큰 절을

하신다.

나도 따라 절을 하고 막걸리를

마신다.

23년을 고쳐 써 온 경운기 한 대

야가 그 긴 세월 열세 마지기

논밭을 다 갈고

그 많은 짐을 싣고 나랑 같이

늙어왔네 그려

덕분에 자식들 학교 보내고

결혼시키고

고맙네 먼저 가소 고생 많이

하셨네

김씨는 경운기에 막걸리

한 잔을 따라 준 뒤

폐차장을 향해 붉은 노을 속을

떠나간다.

박노해 시인의 시는 읽을 때마다 가슴이 울컥한다.

할머니 한 분이 할아버지가 운전하는 경운기 뒤에 타고 가면서 언제까지고 우리에게서 눈을 떼지 않으신다. 저분들 일을 좀 도와 드리다 가면 좋을 텐데, 생각만 그렇게 하면서 걸었다.

운동화 한 켤레

길은 아름다웠다. 주암호의 물이 보이지 않을 정도로 길가의 숲이 무성하다. 한 번 쉬고 내처 세 시간을 걸었다. 배도 고프고 기운도 떨어진다. 생각해보니 어제 벌교에서 꼬막정식을 먹고 아무것도 먹지 못했다. 밤에 민박집에서 배가 몹시 고팠지만 먹을 것도 없고 사러 나가기도 귀찮아 그냥 잠을 청했다. 주암면 소재지에 들어서니 공사차량들이 오고가고 좁은 도로가 번잡스럽다. 한국바둑고등학교 안내판도 보인다. 다리를 건너니 음식점이 눈에 뜨인다. 몇 군데를 가 보았지만 문 열린 곳이 없다. 아직 음식점 문 열기는 이른 시간이다. 지난해에도 그래서 아침을 꼬박 굶었다.

한참을 다니다 문이 열린 김밥 집으로 들어갔다. 김밥도 먹고 다슬기 해장국도 먹었다. 식당 주인이 우리 행색을 보더니 묻는다.

"벌써 어디 등산 다녀오세요?"

"아니에요. 그냥 걷는 중이에요."

"무슨 뜻을 가지고 하시나요?"

"작년에 해남부터 걷기 시작했어요. 강원도 고성까지 걸어가려고요. 우리 땅을 동서와 남북으로 걷고 싶었어요."

"우리는 생각은 하지만 감히 실천하지 못하는 일을 하시네요. 꼭 기록으로 남기세요."

식당 주인은 부러운 눈빛으로 우리를 바라본다.

밥을 먹으니 기운은 나는데 따가운 햇살이 내리쬐기 시작한다. 정겨운 마을들이 멀어졌다 가까워졌다 한다. 아침부터 조금씩 아프던 골반의 통증이 점점 심해진다. 주암에서 비상용으로 산 뿌리는 파스를 쓸 때마다 무릎과 발목에 뿌린다. 햇살은 점점 뜨거워진다. 길가에 가로수 한 그루 없는 길을 두 시간 가까이 걸어 석곡까지 왔다. 앞서서 아무렇지도 않은 듯 걸어가던 남편도 지친 표정이 역력하다. 김밥 집 아주머니가 담아준 물이 뜨뜻해졌다. 시원한 물을 한 잔 마시고 싶은 마음이 간절했지만 석곡면 소재지로 들어갈 때까지 두 시간이 되도록 쉴 만한 곳을 찾지 못했다. 앞서가던 남편이 어떤 집 담벼락에 털썩 주저앉는다. 나도 따라 앉았다. 남편 얼굴이 벌겋게 익었다.

"그러게 선크림 좀 바르라니까."

"바르면 뭐해. 5분도 안 돼 땀범벅이 될 텐데. 그럼 수건으로 문질러 다 지워질 텐데."

"나도 마찬가지야. 그래도 나는 당신처럼 얼굴이 그렇게 익지는 않았잖아."

남편은 "시원한 콩국수나 냉면 하는 데 없나?" 하면서 건물 사이로 들어간다. 조그만 면소재지라 냉면집도 콩국수집도 없다. 흑돼지 주산지인지 흑돼지 고깃집 간판만 여기저기 보이는데, 이 뜨거운 날에 고기가 익는 상상만 해도 속이 메슥거린다.

남편이 물을 사러 가게로 들어간 사이 나는 옆에 있는 제과점으로 들어갔다. 팥빙수 그림이 보이니 그거라도 먹어야겠다 싶어 주문했다. 남편이 들어와서 차가운 물만 들이킨다. 밥 먹고 싶은 생각도 없어 빵 두어 개를 물과 함께 먹으니 금방 배가 부르다. 빵집 아주머니도 식당 주인처럼 묻는다.

"여행 오셨어요?"

"네 어제 벌교에서부터 걷고 있어요."

"이 더위에요? 아이고."

빵집 아주머니의 눈이 걱정스럽게 바뀐다.

"저기 대황강가에 쉴 곳이 있던데, 거기로 가서 좀 쉬다가 가게." 하면서 일어서는데 빵집 아주머니가 빵을 주섬주섬 담아준다.

"가다가 드세요. 해남에서부터 걸어오시는 분들이 우리 집에 종종 들러요. 참 대단하세요."

"고맙습니다."

우리는 대황강가 원두막에 올라가 벌렁 누웠다. 바람이 솔솔 불어와 꿈같은 낮잠을 잤다. 실컷 잔 것 같은데 1시가 좀 넘었다. 남편은 이제야 배가 고픈지 비닐봉지에 담긴 빵을 먹기 시작한다. 1시 50분에 석곡을 출발했다.

오늘 목적지는 곡성이다. 아침에 출발한 송광사에서 곡성까지는 40킬로미터가 넘는다. 다소 무리가 되겠지만 이번 휴가 때는 3일밖에 걸을 수가 없어 조금이라도 더 많이 걷고 싶은 마음이다. 날은 덥지만 한 번씩 구름이 지나간다. 소나기라도 한 줄기 내려 주면 좋으련만. 작년에는 그토록 비바람이 치더니만. 그래도 이 더위에 어떤 논에서는 벼가 누렇게 익어가고 있다. 이른 밭작물을 거둔 밭에 김장밭을 말끔하게 다듬어 놓은 것도 보인다. 가뭄이 들면 참깨가 잘 된다던데, 곳곳에 참깨를 베어 세워 놓은 것이 보인다. 그런 풍경을 보며 왠지 안도감이 든다.

아무리 세상이 시끄러워도 절기에 따라 농사를 짓고 거기서 나온 것들을 우리가 먹어야 산다. 저렇게 땅을 일구며 살아가도록 두면 가난하면 가난한 대로 살아갈 텐데, 곳곳에 패이고 할퀸 상처가 보인다. 구릉이 완만하고 경치가 좋은 곳에는 어김없이 골프장이 보인다. 땅을 일구어 먹고 사는 사람들에게 자본주의니 세계화니 하는 것이 무슨 상관이 있을까? 개발의 미친 바람은 무엇 때문일까? 소설가 공지영이 표현한 대로 '어디에나 있고, 무엇이든 할 수 있으며, 누구에게도 다는 온전히 소유되지 않는, 딱히 실체가 없으면서도 분명히 존재하며 모든 인간에게 막대한 영향을 끼치고 있는, 때로는 삶과 죽음을 무자비하게 가르는, 신의 속성을 고스란히 가진 지상의 유일한 그것. 그리하여 쉽게 신과 대치되고 혼동되며 천국의 입구로 가는 입장권이라고 불리는 그것.' 세상 사람들이 그 하나 때문에 기꺼이 삶을 송두리째 바치는 돈 때문이겠지. 그런 저런 생각을 하며 뜨거운 길을 걷고 또 걷는다. 앞서 걷던 남편 발걸음이 조금씩 흔들린다. 그늘이 보이니 들어간다. 그늘로 들어간 남편은 신발을 벗으며 말했다.

"이 신발은 오래 걷기에는 안 좋은 것 같아."

"딸랑구가 사 줬다고 좋다고 신고 오더니……. 당신은 체중이 있어서 바닥을 지탱하기가 힘들어서 그럴 거야."

남편은 걷기가 힘들어지니 운동화 타령을 한다. 이 정도는 봐줄 만하지. 작년에 함께 걸을 때는 얼마나 마음을 불편하게 했던가. 그래서 휴가날을 잡아 놓고 "당신, 작년처럼 불평할 거면 휴가 나랑 함께 안 가도 돼." 하고 다짐을 받아 놓았다.

몇 년 전 남방한계선을 따라 20일 동안 걷고 난 뒤 남편에게 큰소리를 쳤다.

"나는 운동화 두 켤레만 있으면 이 세상을 살아갈 수 있을 것 같아"

그런 자신감이 살아가면서 나이 들면서 자꾸 흔들리고 쪼그라지고 주 눅 들어 가고 있었다. 날마다 생기 있게 살겠다고 맹세하지만 무거운 삶 앞 에 사그라지는 모습을 확인하며 서글퍼지곤 했다. 그 옹골진 마음을 다시 회복할 수 있을까, 종종 생각했다. 이 뜨거운 길을 걸으며 나는 그렇게 쪼 그라들고 주눅 든 마음이 좌악 펼쳐지는 것을 느낀다. "그래 나는 이렇게 뜨겁게 살아가고 있어." 소리칠 수 있다. 지나간 시간도 다가오는 미래도 상 관없이 오직 이 순간에만 충실해야 함을 이 뜨거운 길 위에서 또 생각하고 생각한다. 섣부를 수도 없고 성급할 수도 없이 오직 한 발 한 발 걸어야 하 는 이 무연한 길 위의 시간들.

'힘든 건 아무것도 아니야. 힘든 건 이겨내면 돼. 그런데 마음이 쪼그라 드는 것은 정말 견딜 수 없어.'

삼기가 가까워지자 작은 공장들이 보이고 차를 타고 퇴근하는 사람들 이 보인다. 차 한 대가 서더니 어디까지 가는지 태워주겠다고 한다. 그냥 걸 어가겠다고 차를 보냈다. 석곡에서 세 시간 걸어 삼기 삼거리까지 왔다. 길 옆 가게로 들어가 물을 사고 화장실에도 들렀다. 물을 그렇게 많이 마시며 걷는데도 오줌이 마렵지 않다. 워낙 땀을 많이 흘리기 때문이다. 옷은 이 미 땀에 젖었다 말랐다 해서 소금기가 버석거린다. 어딜 다녀오냐는 가게 할아버지 물음에 송광사에서 여기까지 걸어왔다고 하니 "송광사에서 여기 가 80리 길이다. 하긴 우리도 차 없을 때는 걸어다녔지. 한나절 넘는 길이 여." 하신다.

가게 안 시원한 선풍기 바람을 한참 쐬다가 밖으로 나왔다. 거기서부터 곡성 가는 길은 한동안 오르막이다. 조금 힘이 들지만 견딜 만하다. 햇살도 이제 등 뒤로 물러났다. 30분 정도 오르막이고 이어서 내리막이다. 앞서 걷는 남편 걸음걸이가 더욱 절룩인다. 내리막길을 거의 다 와서 남편이 그늘로 들어선다. 신발을 벗으며 "이제부터 가장 힘든 시간이야. 곡성이 눈앞이니." 한다.

"맞아, 마라톤도 결승점 2킬로미터 남겨 놓고 많이 포기한다잖아. 교통사고도 목적지 거의 다 와서 가장 많고."

"아까 삼기까지는 물집이 안 생겼는데 물집이 생겼어." 하며 양말을 벗는데 왼발 새끼발가락에 물집이 잡혔다.

"운동화는 전에 우리가 맨 처음에 샀던 것이 가장 좋은 것 같아."

"그때 당신이 비싸다고 안 산다고 하는 걸 내가 사 줬잖아. 내년에 걷기전에 좋은 걸로 내가 사 줄게." 하고 일어서는데 남편도 나도 몹시 힘들다. 남편이 "쉬었다 다시 걸을 때 훨씬 더 힘들어." 하고 말한다. 나도 마찬가지다. 말을 안 할 뿐.

곡성 안내 표지판이 보이면서 기차마을 표지판도 보인다. 기차마을에 가서 잘 수 있겠지, 하는 희망으로 걷고 또 걷는다. 곡성이 저 앞에 보이는데도 좀처럼 가까워지지 않는다. 평소에 무리를 하면 오른쪽 무릎이 좀 아파 걱정을 많이 했는데, 무릎이 안 아픈 대신 왼쪽 발목과 오른쪽 팔이 너무너무 아프다.

곡성이 가까울수록 걷기가 더 힘들어진다. 아까 삼기에서 잘 곳을 찾았어야 했나? 이번 휴가에는 3일밖에 걸을 수 없어 급한 마음으로 오늘 많이 걸어야 한다고 했던 것이 아무래도 무리가 된 것 같다. 기차마을 가까이에서부터 달이 떠오르기 시작했다.

"그렇다고 제가 여기서 포기하겠습니까?"

곡성이 작은 도시여서 그런지 밤이 되어도 불을 밝혀 놓은 곳이 보이지 않는다. 기차마을에 도착했을 때는 더 이상 걸을 수 없을 지경으로 온몸이 처졌다. 레일 펜션이라고 쓰여 있는 몇 군데에 불이 밝혀져 있었지만 '저기는 비쌀 거야' 하는 생각에 들어가 볼 생각도 하지 않고 도로 걸어 나오기 시작했다. 배가 너무 고프다. 물만 많이 마셨지 점심도 제대로 먹지 못한 셈이다.

'아 정말 힘들구나. 집에 가면 이 순간들이 많이 생각나겠구나.' 살아가면서 힘이 들 때면 종종 이렇게 걷거나 등산을 하다 힘들었던 때를 떠올려보고, 지금이 그때보다 힘든가 하고 견주어보는 버릇이 있다. 참 이상하게 가장 힘들었던 순간들이 가장 많이 생각난다. 작년에 태풍을 맞으며 걷던 날들이 그 뒤 얼마나 자주 생각나던지. 여름이 끝나고 어느 날 일기에 '여름에 그렇게 걷지 않았다면 지금 무슨 힘으로 살아갈 수 있을까?' 하고 쓴 적이 있다.

절룩이며 걸어가는 남편에게 "당신 나 만나서 고생 많이 한다. 나 아니면 절대 이렇게 걷지 않을 텐데." 했더니 "나는 절대 이렇게 사서 고생 안 하지." 한다. 그래도 작년처럼 투덜거리거나 불평하지 않아 얼마나 마음이 편한지. 이 어두운 밤에 나 혼자 여기를 걷는다면 얼마나 막막하고 두려울까. 함께 걸어주니 참 고맙구나.

곡성역 앞쪽으로 불이 환한 곳이 있어 무작정 걸어가 보니 장례식장이었다. 다시 불이 켜져 있는 곳을 향해 가 보니 조그만 식당이다. 들어가 주인을 부르니 밥이 없단다. 시간이 9시가 다 되었다. 그 옆에 더 작은 식당에서 사람 소리가 난다. 무조건 들어가 밥을 좀 달라고 했다.

옆에 앉아 술을 드시던 분 중 한 분의 말씀이 문득 귀에 들어온다.

"나는 그 다음 칸의 희망을 믿는다고, 그 외판원이 이 칸에서는 물건을 못 팔았지만 다음 칸의 희망을 믿는다고 했잖아."

이 작은 동네에서 이런 대화를 듣다니, 무척 반가웠다. 몇 년 전에 월간 '작은 책'에 실렸던 글의 한 대목을 이야기하고 있는 것이다. 지하철역에서 외판원이 칫솔을 팔며 했다는 말이다.

"자 여러분, 칫솔 네 개 팔았습니다. 얼마 벌었을까요? 팔아서 4,000원 벌었습니다. 제가 실망했을까여? 안 했을까여? 예, 쉬일망했습니다. 그렇다고 제가 여기서 포기하겠습니까? 다음 칸 갑니다!"

우리는 밥을 기다리는 동안 연신 물을 마시면서 오늘은 어디서 자야 하나 고민을 하고 있었다. 그때 옆자리 계신 분 가운데 한 분이 묻는다.

"등산 다녀 오시나요?"

"아니요. 걷기여행 중이에요. 새벽에 송광사에서 출발해서 여기까지 왔어요."

"아니 거기서 여기까지 걸어서요?"

"예."

"무슨 뜻을 두고 그렇게 걸으시나요?"

"작년에 해남에서 걷기 시작해서 올해는 남원까지 걸으려고요."

"어디, 서울까지요?"

"아니 고성 통일 전망대까지요."

술을 마시던 세 분의 시선이 모두 우리를 향한다.

"여기 어디 민박할 곳이 있나요?"

"민박은 없고 레일 펜션이 있는데 비쌀 거예요. 혹시 체육관 같은 데도 괜찮으면 거기로 안내해 드릴 수는 있는데요."

"그래 주신다면 정말 고맙지요. 저희 그런데서 많이 자 봤어요."

"언제요?"

"전에 남방한계선을 따라 20일 동안 걸은 적이 있는데, 학교 체육관에서 많이 잤어요."

이야기를 주고받는 동안 밥이 나왔다. 남편은 정신없이 먹는데 나는 영 밥맛이 없다. 그래도 몇 술 뜨니 기운이 난다. 밥을 먹고 체육관 안내해 주겠다는 분을 따라 나서는데 또 다른 한 분이 "사장님 저분들 밥값이 얼마예요? 내가 내 드릴게. 우리가 못하는 일을 이렇게 하시니 밥이라도 사 드려야지." 하면서 밥값을 낸다. 남편이 극구 말렸지만 소용없었다.

체육관에 도착하니 사람들은 이 더위에도 탁구를 치고 있었다. 지은 지 얼마 되지 않았는지 시설도 아주 깨끗했다. 그분이 이 체육관의 책임자라고 하셨다. 밖에 달이 밝았지만 몸이 너무 피곤해 안내해 준 음향실로 들어갔다. 거기에 긴 의자 두 개를 붙여 놓으니 훌륭한 잠자리가 되었다. 몸을 씻은 뒤 남편 왼쪽 새끼발가락에 커다랗게 물집 잡힌 곳을 살폈다. 자세히 보니 그 발가락만 좀 튀어 나왔다. 작년에 고생을 많이 해서 그런지 올해는 순순히 나에게 발을 내밀었다. 사혈 침으로 찌르고 진물을 다 짜냈다.

막 자리에 누우려는데 아까 그분이 문을 두드린다. 그리고 "피곤하실 텐데, 꿀물 좀 드시고 주무세요." 하면서 꿀물 두 잔을 놓고 나간다. '참 고마우신 분이네. 우리가 뭐간디 저렇게 친절을 베푸실까. 작년에는 태풍이 불어서 그랬는지 인심이 참 사나웠는데 올해는 참 고마운 분들을 많이 만나네.' 하고 두런두런 이야기를 주고받다 잠이 들었다.

한참 잔 것 같은데 눈을 뜨니 5시다. 남편을 깨워 준비를 하고 밖으로 나가려니 안전장치가 되어 있어서 문을 딸 수 없었다. 할 수 없이 어제 그분을 깨웠다. 그분이 일어나 문을 열어 주고 밖으로 한참을 걸어 나와 남원 가는 길을 일러준다. 일러준 대로 가다 보니 메타세콰이어 길이 나온다. 참 아름다운 길이다. '이런 길을 왜 꼭 새벽에 만나는 거야. 한낮에 만나야 좋은데' 하면서 두 팔을 벌리고 심호흡을 하면서 걷는다. 남원까지는 26킬로미터. 어제에 비하면 아주 짧은 거다.

"오전에 갈 수 있을 거야."

남편의 말에 왠지 아쉬워진 내가 한 마디 보탰다.

"한비야 씨는 이렇게 걸어서 백두산까지 갔다는디."

남편도 지지 않는다.

"백두산까지 어떻게 걸어가?"

"중국까지 비행기 타고 갔겠지. 백두산에서 부모님 생각하며 그렇게 울었대. 나도 고성 통일전망대 가면 정말 눈물이 날 것 같아."

날이 밝아오니 그 아름다운 길을 차들이 미친 듯이 달리기 시작한다.

길을 걷다 보면 꼭 작년에 걷던 길 같은 느낌이 들곤 한다. 어디나 도로의 형태가 비슷비슷해서 그런 것일까? 메타세콰이어 길이 끝나니까 공사하느라 파헤쳐진 다리가 나온다. 무작정 그 길로 들어섰는데, 다리 끝에 모래 언덕과 반대편 쪽 흙이 채워지다 말고 갈라져 있다. 난감해져서 길을 돌아가야 하나 걱정하다가 아래를 보니 물이 흐르지 않는다. 그 길을 건너기로 했다. 한참을 걸어 내려가 엉금엉금 언덕을 기어 올라갔다. 아직 이른 아침이라 공사가 시작되지 않아 다행이었다.

한 시간쯤 걸으니 해가 뜨기 시작한다. 메타세콰이어 길을 지나니 가로수 하나 없는 길이다. 어디나 그렇지만 부지런한 할머니들은 벌써 들에서 일을 하고 계신다.

할머니 한 분이 "어디로 놀러가?" 하신다. "그냥 걸어가요 할머니." 하고 웃어 주었다.

'정겨운 저 할머니도 나중에 생각나겠지.'

남원 표지판이 보이면서 춘향골 포도 안내판도 자주 보인다. 아침으로 포도를 먹을까?

한참을 걸어도 쉴 곳이 마땅치 않다. 금지 지나서 포도밭으로 들어가 포도를 배가 터지게 먹었다. 그리고 또 걷고 걸었다. 땡볕에 땀이 줄줄 흐른다. 아 그늘, 그늘이 간절해. 남원이 멀리 보이는 곳에 작은 숲이 보인다. 마음속으로 '오늘 목표는 저기다.' 하고 이를 앙다물고 걷고 또 걸었다. 달리 다른 방도가 없었다. 그저 견디면서 걷는 수밖에.

작은 숲이 보였다. 아무 말도 하지 않았는데 남편도 그곳으로 향하고 있었다. 가까이 가 보니 나무 몇 그루가 서 있을 뿐인데, 멀리서 보니 숲으로 보였다. 우리는 그 그늘로 가서 숨을 몰아쉬면서 두 손을 마주 부딪쳤다.

5부

히말라야

이야기

히말라야에
간다

2014년 10월 27일 월요일 아침 9시 45분, 카트만두행 비행기를 탔다. 드디어. 우리는 그토록 어렵게 떠난 여행길인데, 다른 사람들은 아주 태연하고 당연한 듯 묵묵히, 조용조용히 그 커다란 비행기를 빽빽이 채우고 있다.

'이 사람들이 모두 히말라야에 가나?'

우리는 정말 오래도록 준비하고 벼르고 벼르던 일인데, 그들에게는 카트만두행 비행기에 오르는 것이 그저 일상인 듯이 느껴졌다.

'어쩌면 이 사람들도 우리처럼 오래도록 꿈꾸던 일인지도 몰라.'

새벽녘 공항에서 출국 수속을 위해 끝도 없이 줄 서 있는 사람들을 보고 깜짝 놀랐다. 온 나라 사람들이 여행길에 나선 것 같았다. 모두 우리처럼 힘들게 오랫동안 준비하고 벼르고 벼르다 떠나는 길이겠지. 어쨌든 나는 히말라야에 간다.

　아침 9시 45분 비행기를 타려면 늦어도 새벽 3시 30분에는 공항으로 가는 버스를 타야 했다. 어제 저녁, 일을 끝내고 9시쯤 남편 사무실로 가니 남편은 서류를 책상 여기저기 잔뜩 늘어놓고 일을 하고 있었다. 낮에는 신자들 성지순례 가는 길을 안내하고 그 뒷바라지를 하느라 멀리 충청도까지 다녀왔다. 이제 2주일 동안 사무실을 비워야 하니 정리해야 할 일이 적지 않을 것이다. 게다가 안식년을 맞아 아일랜드로 공부하러 갔던 남편의 형 신부님이 낮에 공항에 도착해서 밤에 익산으로 오신다고 하니 그분도 어머니 댁으로 모셔다 드려야 한다.

　영화나 드라마 같은 데서 비행기를 타러 허겁지겁 뛰어가는 장면이 자주 나오곤 하는데, 그걸 볼 때마다 '에이 저건 과장이 좀 심한 것 같다.' 생각하곤 했다. 그런데 지금 우리가 맞닥뜨린 상황이 꼭 그렇다. 정말 새벽 3시 30분에 버스를 타고 공항으로 갈 수 있을까 싶었다. 10월 27일을 출발일로 정하기까지도 열 번은 날짜가 바뀌었다.

　성당에서 사무장으로 일하는 남편은 집안일이나 개인의 일보다는 성당일이 먼저이기 때문에 처음에는 남편과 함께 가는 것을 엄두도 내지 못했다. 성당에서 2주일이나 휴가를 내는 것이 어려웠기 때문에 지레 포기하고 나 혼자 갈 여비를 조금씩 모으고 있었다.

　그런데 1월에 바뀐 본당 신부님이 내가 히말라야에 가려고 준비하고 있다는 이야기를 듣고는 말씀하셨다.

　"둘이 같이 가지 그래?"

　나는 믿을 수가 없어서 몇 번이고 확인을 했다.

　"정말요? 정말 함께 가도 돼요?"

"나는 빚을 얻어서라도 여행을 가라고 권하는 사람이야."

그렇게 신부님의 확인을 받고 나는 남편에게 신부님 마음 변하기 전에 서둘러 날을 잡아 비행기 표를 끊어 놓자고 했다. 그런데 본당 행사와 다른 일들에 우선순위가 밀리고 밀려 날짜가 몇 번이나 바뀌었다.

10월 초 어느 날, 얼굴이 핼쑥해져서 들어온 남편이 다리를 후들후들 떤다. 말도 더듬는다. 남편이 진정하고 이야기를 할 때까지 기다렸다. 어디서 한참 울고 온 것 같았다. 간신히 진정하고 전해들은 이야기는 정말 끔찍했다. 절친한 후배가 아내를 목 졸라 죽이고 본인도 목숨을 끊으려 칼로 목을 찔렀는데 아들이 119에 신고해서 간신히 살아났다고 한다. 공무원으로 갖가지 취미생활을 즐기며 사는 모습이 참 부러웠던 사람이다. 그런데 후배는 남모르게 우울증을 앓고 있었다고 한다.

후배의 형이 남편에게 장례 절차를 의논하러 왔었다고 한다. 남편은 몇 번이고 "그 착한 애가 어찌 그럴 수 있어? 우울증이 그렇게 무서운가 그래." 하고 혼잣소리를 했다. 나는 그날 저녁 미사에 가서 울고 울고 또 울었다. 도대체 어떻게 이런 일이 우리 가까이에서 일어날 수 있는가. 무섭고 무서웠다. 죽은 영혼이 너무나 가여웠다.

남편은 장례식장에서 밤을 새고 다음 날 늦게 집에 돌아왔는데, 현관에서 앞이 안 보인다고 한다. 가슴이 덜컥 내려앉았다. 불안한 밤을 보내고 아침 9시에 병원으로 갔다가 저녁 6시에 돌아왔다. 병원에서는 포도막염이라면서 몇 가지 약을 줬다. 병원에서 주는 약만 쓰고 앉아 있을 수 없어서 다음 날 아침 남편을 태우고 전주로 이침을 맞으러 갔다. 운전은 내가 했다. 다행히 이침을 맞은 남편이 앞이 좀 보인다면서 돌아오는 길에는 본인이 운전을 하겠다고 한다. 마음이 조금 놓였다.

남편이 눈이 아프다는 소리를 듣고 딸아이가 위로를 해준다.

"아빠 눈은 히말라야에 다녀오면 다 나을 거야."

딸도 이제 조금 철이 들어 아빠가 얼마나 일에 시달리고 스트레스를 받는지 잘 알고 있는 것이다.

"너도 그렇게 생각하니? 엄마도 그렇게 생각해."

남편이 히말라야에 간다는 소식을 듣고 뒤에서 수군대는 사람들이 있었다.

"사무장이 뭔 돈으로 히말라야를 간다냐. 우리도 못 가는디."

"사무장이 어떻게 2주일이나 사무실을 비운다냐."

그런 말을 들을 때마다 남편은 너무나 괴로워했다. 나는 그런 남편에게 말했다.

"돈이 생기면 빵을 사 먹거나 밥을 사 먹는 사람도 있고 책을 사는 사람도 있잖아. 우리는 평생 좋은 옷도 입어 본 적 없고, 맛있는 음식도 사먹지 않고 아끼며 살았잖아. 내가 없는 돈에 히말라야를 가고 싶어서 얼마나 아끼고 아끼며 살았는데. 그러니까 남들이 그렇게 말하면 당신이 큰 소리로 말해. 우리 마누라가 애면글면 모아 놓은 돈으로 가는 거라고."

물론 그게 사실이기도 했다.

남편의 눈이 잘 안 보인다는 것을 아는 식구들과 주변 사람들은 모두 히말라야에 가는 것을 말렸다. 나도 한편으로 불안하지 않은 것은 아니었다. 그러나 '사람은 언젠가는 누구나 죽는다.'는 생각이 늘 마음 한편에 자리 잡고 있었다. 그래서 얼마나 오래 살까를 궁리하지 않고 지금 이 순간을 충실하게 살아가려고 노력한다. 지루함과 원망과 탄식에 삶을 탕진하지 않으려 애쓰며 산다. 그리고 어디선가 읽었던 '배는 항구에 있을 때가 가장 안전하다. 그러나 배는 그러라고 만들어진 게 아니다.'라는 말도 자주 생각했다. '세상의 두려움이 내면의 두려움보다 크지 않다.'라고 했던 사티쉬 쿠

마루의 말도 있지 않은가.

남편은 이침을 맞으며 조금씩 상태가 좋아지는 것 같았다. 내가 하도 신경을 쓰면서 아침저녁으로 "눈은 좀 어때?" 하고 물으니 "잘 보이면 그때 말해 줄 테니까 그때까지 좀 기다려." 하고 역정을 낸다. 그 상황에서도 남편은 일에 치여 짐을 쌀 여유조차 없다.

나는 히말라야 관련 책을 쌓아놓고 닥치는 대로 읽었다. 소설가 정유정의 《히말라야 환상방황》은 산에서 고생한 이야기를 어찌나 실감나고 자세하게 써 놓았는지 책을 읽는 내내 '내가 그 힘든 산행을 견뎌낼 수 있을까? 괜히 간다고 했나?' 하고 마음이 무거워졌다. 산악인들과 모험가들 사이에서 오랜 고전으로 자리 잡고 있다는 《럼두들 등반기》는 1만 2,000미터라는, 상상조차 할 수 없는 높은 산을 오르는 과정이 너무도 능청스럽게 그려져 있어서 사람이 어떤 상황에서도 결코 잃지 말아야 할 것 가운데 하나가 유머감각이 아닐까 하는 생각이 들게 했다. 그래서 아메리칸 인디언 부족들에게 전해지는 속담에 '죽고 난 뒤에 사람들이 가장 먼저 하는 말이 내가 왜 그렇게 진지했던가라는 한탄'이라고 하지 않았을까?

그리고 또 한 권이 있다. 동아일보의 이훈구 기자가 6개월에 걸쳐 파키스탄 히말라야와 인도 히말라야에서 네팔 히말라야까지를 취재하고 기록한 《히말라야 길을 묻다》다. 사진까지 생생해서, 하루 빨리 히말라야에 가서 그 풍경을 내 눈으로 확인하고 싶은 마음이 간절하도록 만든 책이다.

나는 왜 이렇게 히말라야에 가고 싶은 것일까? 언젠가 TV에서 어떤 높은 산을 향해 한 사람이 홀로 걷는 모습을 보았다. 높은 산을 뒷그림으로 하고 등에 짐을 잔뜩 지고 걸어가는 모습을 멀리서 찍은 그림이었다. 그 산이 어디인지 모르지만 나는 그 그림을 보면서 '삶이란 저런 것일 거야. 저 높은 산을 누구의 도움도 없이 홀로 올라야 하는 것 같은 것 아닐까?' 하고 혼자 생각했다.

　그 이미지는 오래도록 내게 남아 있다. 언젠가 히말라야에 가야지, 하고 생각할 때도 그 이미지가 가장 먼저 떠올랐다. 힘들고 어려운 길이겠지만 다른 사람들도 가는 곳이니 나도 갈 수 있겠지. 또 히말라야에 가고 싶다고 생각할 때마다 다른 여행지는 나이가 좀 더 들어서도 갈 수 있겠지만 히말라야는 힘이 있고 다리가 조금이라도 더 튼튼할 때 가야 할 것 같은 조바심도 숨길 수 없었다.

　히말라야라는 이름만 떠올리면 불가능한 그 무엇, 고통스런 그 무엇, 정복할 수 없는 그 무엇, 이런 말들이 먼저 떠오른다. 그럴 때마다 마음 깊은 곳에서 투지 같은 것이 불쑥 솟아올라 언젠가 히말라야에 가야지, 하고 다짐하곤 했다.

　그리고, 드디어 거기에 간다.

카트만두에서
올레리까지

현지 시간으로 오후 2시가 넘어서 카트만두에 도착했다. 서울의 여행사에서 공항에 도착하면 최대한 빨리 입국소속을 끝내고 밖으로 나가서 네팔 가이드를 만나라고 알려주었다. 3시에 출발하는 국내선을 타야 한다고 했다. 그러나 카트만두 공항은 서울과는 너무나 달랐다. 입국수속을 위해 길게 늘어선 줄이 줄어들지를 않는다. 모든 일을 사람 손으로 하기 때문이다. 컴퓨터에 익숙한 우리가 바라보기에는 답답하기 이를 데 없다.

남편은 초조한 기색이 역력하다. '여행 와서까지도 저렇게 조급하게 굴어야 하나' 하는 생각이 들었다. 나는 줄이 가장 짧은 곳으로 가서 입국수속을 하고 짐을 찾으러 아래층으로 내려갔다. 그런데 우리보다 30분 전쯤 먼저 내려간 사람들도 아직 짐이 나오지 않아 기다리고 있었다.

기다리고 기다려 짐을 찾아서 밖으로 나오자마자 남편이 내 손을 잡고 마구 뛰어간다. 낡은 승용차 한 대가 시동을 켠 채 기다리다가 우리가 타자마자 출발을 했다. 국내선 출발시간은 이미 지났지만 다행히 지연이 되어 탈 수가 있다고 한다.

우리를 안내하기로 한 네팔인 '기솔'은 한국말을 아주 잘했다. 정말 다행이다. 한국에서 7년이나 살면서 경기도 일대의 가구공장에서 일을 했다고 한다. 오기 전에 여행사에서 주는 일정표는 대충 읽어보긴 했지만 일이 어찌 되는지 자세히 알지도 못한 채 포카라행 국내선을 탔다.

국내선은 20명 정도 탈 수 있는 작은 비행기다. 비행기 앞에서 귀엽고 예쁘게 생긴 네팔 아가씨가 어쩌나 생글거리며 '나마스테' 하고 인사를 하는지 조그만 비행기가 주는 불안감이 싸악 사라졌다. 무슨 일 당하면 저 아가씨랑 함께 당하는 거니까, 하는 밑도 끝도 없는 동지의식이 한순간에 생겨버렸다.

우리가 타자마자 비행기는 곧바로 이륙했다. 안내인 기솔이 창밖을 가리킨다. 늘 그림으로 보면서 동경하던 눈 덮인 장엄한 산이 눈앞에 펼쳐졌다.

'정말 히말라야구나.'

국내선은 금방 포카라에 내려앉았다. 포카라는 한적한 시골마을 같았다. 공항에 내리니 이름을 알 수 없는 꽃향기가 은은하게 코끝을 자극한다. 호수 위에 있는 숙소는 사람이 밧줄로 끌어 잡아당기는 뗏목 같은 목선을 타고 들어갔다. 가슴 아프게 돌아가신 전직 대통령이 여기 와서 묵었던 적이 있다고 한다. 호수와 산을 끼고 낮게 자리 잡아 조용하고 한적하다. 분위기가 맘에 들어 산에 안 가고 여기서 쉬다 가고 싶다는 생각이 들었다. 무엇인가 팽팽하던 것이 스르르 풀어지는 느낌이다.

이제 떠나온 것인가.

밤이 되었다. 밥을 먹으러 밖으로 나가야 한다는데, 천둥이 치더니 비가 쏟아진다. 짐을 쌀 때 "무슨 우산까지 가져가?" 하는 남편의 구박을 받으며 혹시나 하고 접는 우산 작은 것 한 개를 짐 속에 넣었었다. 나는 의기양양하게 그 우산을 꺼냈다. 기솔은 '손님을 환영하는 행운의 비'라고 하면서 산행에 행운이 가득할 것이라고 덕담을 해줬다.

포카라에 있는 한국 식당으로 갔다. 우리 돈 1,000원을 내고 와이파이를 켜니 속보로 '가수 신해철 사망'이라는 소식이 떴다. 가슴이 철렁 내려앉았다. '어쩌자고 그리 젊고 노래 잘하고 신념 있는 가수가 허망하게 세상을 떠날 수 있을까. 아까운 사람들은 모두 일찍 떠나는구나.' 그 소식을 들으니 입맛이 싹 달아났다.

숙소로 돌아왔다. 다음 날 나야풀에 9시 30분까지 가야 하니 7시부터 호텔에서 주는 아침을 먹으라고 한다. 밤새 빗소리를 들은 것 같다. 잠을 깨니 5시다. 우리나라와 시차가 3시간 15분이라고 하니, 그 시간에 잠이 깨는 것이 당연하다.

손전화로 시계를 보던 남편이 낮은 신음소리를 낸다. "아이쿠 돌아가셨구나." 나는 직감으로 본당 신부님의 어머님이 돌아가신 것을 알아챘다. 연세가 많아서 몇 달 전부터 호스피스 병동에 계셨는데, 두어 달 전부터 몇 번이고 임종의 고비를 넘기셨다. 우리가 출발하는 날짜도 그래서 몇 번이나 바뀌야 했다. 만약 어제 새벽에 돌아가셨다면 우리는 출발할 수 없었겠지만, 우리가 출발한 날 저녁에 돌아가신 것이다. 여기서는 돌아갈 수 있는 비행기도 없다. 카트만두에서도 한국행 비행기는 금요일에나 있다. 남편은 한국 여기저기 전화를 한다. 마음이 편치 않다.

밖으로 나와 호숫가로 갔다. 멀리 설산이 보인다. 해발 6,993미터의 마차푸차레라고 한다. 일찍 나와 있던 기솔이 8,000미터 이상의 높은 산 14개를

'히말라야 14좌'라 하는데, 그 가운데 8개가 네팔에 있다고 알려준다. 그 말을 하는 기술의 눈이 반짝 빛난다. 우리는 그 가운데 MBC(마차푸차레 베이스캠프)를 거쳐 ABC(안나푸르나 베이스캠프)까지 산행을 할 예정이다. 남편이 심난한 표정으로 식당으로 걸어오면서 "이젠 돌아가신 분을 위해 기도하는 길밖에 없지 뭐." 한다.

호텔 식당의 아침은 서양식 뷔페다. 기술이 많이 먹으라고 신신당부한다. 우리는 아침을 안 먹은 지 오래 되었고 입맛도 별로 없어 커피 한 잔과 빵 한 조각만 먹었다. 필요 없는 짐은 가방과 함께 호텔에 맡기고 천으로 만든 가벼운 카고 백에 짐을 두 개 나눠 담은 뒤 배낭을 한 개씩 멨다. 우리 짐을 들고 함께 갈 포터는 어제 나야풀에 와 있다고 한다. 출발하기 전에 '우리는 신부님 댁에 문상을 갈 수 없으니 네가 퇴근 후에 상복으로 갈아입고 가족을 대표해서 문상을 가라' 하고 딸애에게 긴 문자를 보냈다. 이젠 산으로 간다.

포카라 시내를 거쳐 한 시간 이상 차를 타고 달렸다. 포카라는 아직 개발하기 전의 한국 지방도시 같은 느낌이다. 시외로 나가니 벼들이 누렇게 고개를 숙였다. 여기도 추수철이다. 어제 그렇게 비가 쏟아지더니 아침에는 맑게 갰다. 교복을 입고 나풀나풀 뛰어서 학교로 가는 아이들이 정겹다. 길가에서 소가 어슬렁거리는 모습이 자주 눈에 뜨인다. 인도의 영향일까, 네팔에서도 소고기를 먹지 않는다고 한다.

나야풀은 어제 내린 비 때문인지 길이 질척거리고 사람과 차와 동물들로 온통 아수라장이다. 어떻게 만났는지 기술이 젊은이 둘을 우리 앞으로 데려온다. 우리와 함께 13일을 함께할 포터들이다. 둘은 형제라고 한다. 네팔 이름을 말해줬지만 잘 알 수가 없어서 우리는 그냥 폰과 딥이라고 부르기로 했다. 특별한 의식도 없이 여기서 출발이라고 한다. 좀 싱겁다. 뭔가 비장한 각오나 다짐의 말이라도 해야 하는 것 아닌가?

나는 등산화 끈을 단단하게 매고 돈을 내고 화장실에 다녀왔다. 그리고 길가 상점에서 슬리퍼 한 개를 사서 짐 속에 넣었다.

얕은 시내를 옆으로 끼고 걷기 시작했다. 싱거울 정도로 평탄한 길이다. 어디서부터 왔는지 거의 누더기 차림의 사람들이 지친 모습으로 지나간다. 산에서 내려오는 사람들 같다. 그 모습을 보니 조금 두렵다.

'잘 할 수 있겠지? 늘 시작은 두려웠으니까. 안 그런 척했을 뿐이지.'

걷기 시작하니 땀이 나기 시작한다. 꼭 우리나라의 늦가을 날씨 같다. 큰 다리를 건너 초소같이 생긴 체크 포스트에서 기술이 돈을 주고 통행증을 끊어왔다.

산을 오르는 내내 길가에 상점들이 있고 사람들은 그 앞에서 당구치기 같은 것을 하고 있다. 상점들은 작고 깔끔하다.

'저 작은 곳에서 생계를 위한 일을 하며 살아가는 거겠지.'

벼 베는 사람들을 볼 때마다 남편은 손을 흔들어 준다. 이제야 좀 여유를 찾은 것인가. 체격에 비해 무거운 짐을 짊어지고 가는 포터들을 볼 때마다 남편과 나는 안타깝고 가슴이 아팠다. 우리 둘의 짐을 다 합한 것보다 더 많은 짐을 포터 한 사람이 지고 가는 게 흔하다. 우리가 포터들 짐 지고 가는 모습을 너무 안타까워하니까 기술이 한 마디 던진다.

"저 일이라도 할 수 있는 것이 다행이지요. 포터 일이 다른 일보다 수입도 낫고. 그런데 저렇게 짐을 지고 높은 곳을 오르내리니 다들 관절이 안 좋아요."

기술에 따르면, 폰과 딥은 우리 짐이 너무 적어 심심하다고 하더란다. 우리가 선택한 여행사에서는 짐을 1인당 15킬로미터 이하로 제한하고 포터도 1인당 한 명씩 함께하는 것이 규정이었다. 그것도 그렇지만 나는 여행할 때

짐을 어떻게든 줄이는 것이 최선이라고 생각하며 준비를 한다.

'불편하면 불편한 대로 사는 거지 뭐. 그게 여행이지.'

낮 12시 10분에 수다메 로지(lodge: 산장)에서 점심을 먹었다. 해발 1,380고 지라고 한다. 점심으로 달걀을 섞은 볶음밥을 주문하면서 향신료를 빼 달 라고 말했다. 볶음밥이 접시가 넘치도록 가득하다. 그런데 밥이 푸슬푸슬 해서 힘이 없다. 한 접시를 다 먹었다. 점심 먹고 또 걸어서 티케둥가 로지 까지 왔다. 오후 2시다. 오늘 목적지는 여기까지라고 한다.

비가 쏟아지기 시작한다. 빗소리가 깊은 골짜기에 가득 찼다. 비를 피해 길가 로지로 들어갔다. 눈앞에 90도로 경사진 계단길을 색색의 비옷을 입 고 오르는 사람들이 보인다. 내일 아침에 저 계단길을 오를 일이 아득하다.

"오늘 아직 이르니 저기를 올라가는 게 어때요?"

기솔에게 물었더니 무리가 되지 않겠느냐고 조심스러워 한다. 히말라 야는 고도가 높아 무리하지 않는 것이 최선이라는 말을 참 많이도 들었다. 한참을 쉬며 따뜻한 생강차를 한 잔 마셨다. 그리고 오늘 계단길을 올라가 기로 했다.

로지에서 출발해 두 시간 반을 오르막 계단만 올랐다. 비옷을 입고 계 단을 오르니 온몸에 땀이 흥건하다. 비옷을 벗으면 비가 오고, 입으면 비가 그치기를 반복했다. 비옷을 입었다 벗었다 하는 것도 큰 일이다.

2,150미터의 올레리마을에 도착했다. 올레리길 끝자락에서 밑도 끝도 없 이 내 삶도 이렇게 가파른 길을 넘어온 것이려니 하는 생각이 났다.

돌아보면 고비마다 참 가파르기도 했다. 남편과 결혼하겠다고 했을 때, 온 식구들이 반대를 하며 나를 집에서 나가지 못하게 했다. 몰래 집을 빠져 나가 항공사 전산실에 근무하던 여동생에게 제주도 가는 비행기표 한 장만

끊어달라고 부탁했다. 주머니에는 1만 2,000원인가 있었다. 제주도에는 자신의 남편 직장을 따라 와 있는 친구가 있었다.

그때는 결혼만 하면 그걸로 끝이라고 생각했다. 그러나 살아갈수록 "어떻게 살려고 그 사람하고 결혼하려고 하니? 세상 사람이 다 네 맘 같은 줄 아니?" 하시던 아버지 말씀이 두고두고 생각났다. 아무 대책도 없이 제주도 성당에서 결혼을 하고 큰애를 낳았다. 전망 좋은 것만 생각하고 바닷가 언덕 위에 얻은 방은 얼마나 춥고 바람에 흔들리던지. 그래도 돌이켜보면 불행하지는 않았다. 그렇게 살아가는 것이겠거니 하고 살았다.

오늘 총 13킬로미터를 걸었다고 한다. 올레리 마을에 오니 다닥다닥 붙은, 나무로 지은 집들이 꼭 몽골 울란바타르 시외 같다는 생각이 들게 만든다. 깊은 계곡의 산 사이로 신비하게 보이는 설산이 히운출리라고 한다. 히운출리는 푼힐에 오를 때까지 내내 보였다 안 보였다 하면서 여정을 함께한 정겨운 봉우리다.

히말라야는 해발 3,200미터를 넘어야 겨울에 눈이 온다고 한다. 우리가 산행하기에 가장 좋은 때를 잘 맞추어 왔다고 한다. 때를 잘 선택하면 히말라야에서 사계절을 모두 체험할 수 있다는 말을 들은 적이 있는데, 우리가 바로 그 행운을 누리게 될 것 같다.

올레리에는 먼저 도착한 사람들로 로지가 거의 빈 곳이 없었다. 기솔이 여기저기 돌아다니다 한 곳으로 들어갔다.

푼힐
전망대

언덕 위에 간신히 붙어 있는 작은 나무 집이 오늘 우리가 묵을 곳이다.
어찌나 위태롭게 서 있는지 바람이 세게 불면 날아갈 것 같다. 우리 방은
2층이다. 삐걱거리는 계단을 올라가며 남편에게 일렀다.

"당신 발뒤꿈치 들고 걸어. 잘못하다가 계단 무너지겠어."

그래도 방 안에는 나무침대와 깨끗한 이부자리까지 있다. 엄청나게 추
운 방에 나무침대 하나 달랑 있던 몽골 여행에 비하면 얼마나 좋은가. 이
만하면 천국이지. 방 맞은편에 화장실도 있다. 그 맞은편에는 따뜻한 물
이 나오는 세면장이 있다. 세숫대야라도 하나 있으면 좋으련만 하다가 '뭘
더 바라' 하고 생각하며 땀에 젖은 옷이랑 비옷을 펼쳐놓고 손발을 씻었다.

씻고 나니 갑자기 추위가 느껴져 온몸이 떨린다. 옷을 하나 더 입었다.
아래층에서 차를 마시러 오라고 기술이 소리친다. 양말을 신지 않은 채 그

냥 내려갔다가 얼른 올라와 수면양말을 신었다. 그래도 춥다. 로지에 여행자가 많아서 밥 먹는 시간을 조절해야 한단다. 가이드도 없이 혼자 큰 배낭을 짊어지고 온 중국 젊은이는 로지 주인과 말이 통하지 않아 어쩔 줄 모르고 중얼거리며 왔다 갔다 하고 있다. 우리는 6시까지 기다렸다가 만두 몇 개로 저녁을 때웠다.

저녁을 먹고 마당에 나가 산 쪽을 바라보니 골짜기 사이로 거대한 눈산이 보인다. 눈산은 흡사 달빛이 그쪽만 비추는 것처럼 하얗게 빛난다. 무엇인가 나를 압도하는 듯 한 경외감이 든다. 안나푸르나 남봉이다. 그 눈산이 '너희가 아무리 잘난 척하고 까불어봐야 아무것도 아니야' 하는 듯 우리를 내려다보고 있다.

날은 완전히 어두워졌는데 하얀 빛은 너무나 강렬하다. 기술에게 저쪽에만 해가 떠 있는 거냐고 물으니 눈산에 해가 비치면 붉은빛이라고 알려준다. 설산 자체로 밤에도 저렇게 강렬하게 빛을 발하며 웅장하게 서 있구나. 두렵다. 그래서 히말라야인가.

방으로 올라와 책을 펼쳤지만 피로가 몰려와 읽을 수가 없다. 여기 시간으로 7시 좀 넘었는데 자꾸 졸린다. 집에서라면 잘 시간이라 그런가. 이불을 뒤집어쓰고 누웠다. 이불 속에 침낭을 하나 더 덮었는데도 추워서 내의를 꺼내 입었다. 잠이 쏟아지는데, 옆방에서는 끊임없이 기침소리가 들린다. 독일 사람이라는데 몸이 아파 일행과 떨어져 혼자 남았다고 한다. 걱정스럽다. 아래층에서 사람들이 이야기하는 소리를 들으며 잠이 들었다.

4시 넘어 잠이 깼는데 잠이 영 다시 오지 않는다. 10월 29일, 수요일이다. 일어나서 옷을 하나 더 껴입고 화장실에 다녀왔다. 다리도 그리 아프지 않고 몸 상태도 나쁘지 않다. 여기저기서 닭 울음소리가 들린다. 배가 고프다.

아침으로 구운 밀가루 빵과 달걀 두 개, 토마토 수프를 먹었다. 손바닥만 한 마당에 서서 어제 그 산을 바라보니 웅장하게 그대로 서 있다. 아침에 보니 더 가깝고 현실감이 있다. 마당 한옆에 있는 부엌을 보니 온통 그을음투성이에 물은 검은빛이다. 남편이 "저 부엌을 봤으면 밥을 못 먹었을 거야." 한다. 나는 "여기 사는 사람들 다 그렇게 먹고 살아. 나도 몽골에서 흙탕물에 밥 해먹고 살았어. 우리나라도 거기에서 벗어난 지 얼마 안 됐고." 하고 말했다.

8시에 로지를 나섰다. 어제 계단을 많이 올라온 덕에 오늘은 그래도 좀 수월하다. 좁은 오르막길로 사람도 오르고 짐을 실은 조랑말도 간다. 군데군데 말똥이 있어서 조심하지 않으면 밟게 된다. 단체로 여행을 온 아이들이 우리 일행과 앞서거니 뒤서거니 하면서 함께 걷는다. 부모가 없는 아이들이 포카라에서 모여 사는데, 함께 여행을 온 것이라고 한다. 나이가 스무 살 가까이 됐다는데, 키가 우리나라 중학생 정도다.

나와 눈이 마주친 아이가 가방에서 과일 하나를 꺼내 건넨다. 차마 받을 수가 없다. 간식으로 가져왔던 과자를 주머니에서 꺼내 그 과일과 함께 줬다. 아이는 한사코 거절하다가 수줍게 웃으며 받는다.

해발 2,600미터인 번탁티에서 점심을 먹었다. 어제부터 점심은 볶음밥이다. 볶음밥이 가장 무난하다. 향신료인 마살라를 빼 달라고 부탁했다. 밥을 먹기 시작할 때부터 비가 온다. 어제 이 시간에도 비가 많이 와서 계속 가야 하나 말아야 하나 고민했는데, 오늘도 비가 온다. 기솔 말이 지금 비가 오면 안 되는데, 올해는 많이 온다고 한다. 비가 오니 을씨년스럽고 춥다. 비가 온다고 가지 않으면 추위만 더할 뿐이다. 비옷을 입고 계속 오르막을 올랐다. 고라파니에 도착하니 비가 갠다.

고라파니는 푼힐로 가는 길목이라 등산객이 많다. 미리 로지를 예약하지 않으면 낭패를 본다고 하면서 기솔이 포터 중 형인 폰을 미리 보냈다. 비에 젖어 무거운 몸을 이끌고 로지에 도착했다. 로지의 식당에 있는 난로 는 일찍 도착한 사람들이 양말이며 빨래를 걸쳐 놓고 자리를 차지하고 있 어 낄 자리가 없다. 단체로 온 한국인 등반객도 보인다. 한국말이 가장 크 게 들린다.

해가 지려면 더 있어야 하니 밥때도 멀었다. 로지에서 할 일도 없다. 우 리는 기솔에게 푼힐 전망대에 다녀오면 안 되겠느냐고 물었다.

"내일 새벽에 일출 보러 가야 하는데 오늘도 가시게요?"

"딱히 할 일도 없고……."

오늘 푼힐을 올라갔다 오면 내일 새벽에 안 가도 되지 않을까 하는 마 음도 있었다. '새벽에 추워서 어떻게 가? 오늘 가고 내일은 늦게까지 자야 지' 하고 생각했다.

"그럼 가시죠 뭐."

기솔이 선선히 길을 안내한다. 좁은 오르막 산길을 오르고 또 오른다. 길 양옆으로 눈이 조금 쌓여 있다. 점심 지나고 산 아래에 비가 올 때 여기 는 눈이 내린 모양이다. 한 시간을 걸어 푼힐 전망대에 올랐다. '푼힐 전망대' 라는 안내판 아래 3,210m라고 쓰여 있다. 전망대 아래에는 구름이 잔뜩 끼 어 있어 아무것도 보이지 않는다. 아까 만났던 아이들이 올라와 있다가 반 갑게 웃어준다. 한국에서 왔다고 하니 '이민호 이민호' 한다.

"이민호가 누구야?"

"꽃보다 남자!" 아이들이 합창을 한다. '아, 그 드라마에 나온 배우를 말 하는구나.'

기솔 말이, 아이들이 한국 드라마를 무척 좋아한다고 한다. 몽골 아이 들도 그랬지. 아이들은 우리와 사진을 찍으며 까르르 까르르 웃는다. 어디나 아이들 웃음소리는 참 듣기 좋다. 아이들은 여기서 왔던 길로 다시 내려간다고 한다. 히말라야 등반을 푼힐 전망대까지만으로 짧게 잡아 오는 사람들도 많다고 기솔이 말해준다.

남편이 아이들과 장난을 치고 노는 동안 나는 전망대로 올라갔다. 혼자서 있던 젊은 남자가 나를 보더니 묻는다.

"한국에서 오셨어요?"

"네."

"여행 어떠세요?"

"아직 히말라야에 왔다는 실감은 나지 않는데요, 어제 저녁 로지 마당에서 히말라야 남봉을 보고 깜짝 놀랐어요."

그러고는 다음 말을 해야 하나 말아야 하나 망설이고 있는데 그가 먼저 말을 꺼낸다.

"마음이 겸손해지죠."

문득 '범상치 않은 젊은이구나' 하는 생각이 들었다.

로지에 내려오니 전기가 나갔다고 한다. 사람들이 북적이니 저녁도 늦는다. 기솔이 부엌에 가서 일손을 돕고 있다. 손전등을 켜고 늦은 저녁을 먹었다. 저녁을 먹고 나니 또 졸린다. 불이 없으니 책도 읽을 수 없다. 달리 할 일도 없다. 부엌 옆 물이 나오는 곳에서 한참을 기다려 발을 닦았다.

그 어두운 곳에서 포터들이 늦은 저녁을 먹고 있다. 언제나 손님이 우선이기 때문에 가이드와 포터들은 손님들 식사가 모두 끝난 뒤에야 밥을 먹을 수 있다고 한다. 이 원칙은 철저해서, 이걸 어기면 이 세계에서 떠나야 한다. 어디서나 눈에 보이지 않게 존재하는 돈의 위력을 새삼 느꼈다.

어두운 방에서 손전등을 켜고 옷을 갈아입었다. 옆방에 한국인 등반객이 있는지 밤이 깊도록 한국말로 나누는 이야기 소리와 웃음소리가 그치지 않는다. 언제 잠이 들었는지 모르게 잠이 들었다 깨었다. 새벽 1시다. 다시 자려고 애를 쓰다가 3시에 일어났다. 사람들이 일어나서 움직이는 기척이 느껴진다.

사실 어제 오후에 푼힐에 간 것은 아침에 일찍 일어나기 싫어서였다. 그런데 일찍 잠에서 깨어나니 할 일도 없다. 남들 다 푼힐에 간다고 나서는데 안 간다고 할 수도 없다. 가져온 옷가지 가운데 가장 두꺼운 것으로 단단히 챙겨 입었다. 4시에 숙소를 나와 푼힐을 향해 오르기 시작했다. 깜깜한 길 위로 손전등 불빛만 보인다. 그 빛을 따라 밀리듯이 오르고 또 오른다. 전망대에 도착해서도 깜깜한 산 아래를 바라보며 얼마를 기다렸다.

어느 순간 산 아래 설산의 전경이 뿌옇게 드러나기 시작한다. 어제 오후에는 구름 때문에 보지 못했던 광경이다. 뿌옇던 눈산들이 하얗게 빛을 발하기 시작하더니 동쪽 끝 산꼭대기가 붉은빛으로 변했다. 한순간에 세계 각국의 언어로 된 감탄사가 터져 나온다. 곧이어 빛의 파노라마처럼 장엄한 광경이 펼쳐진다. 내가 알고 있는 언어로는 어찌 표현할 수 없는 아름다운 풍경이다.

'이걸 못 볼 뻔했구나. 그래서 사람들이 푼힐, 푼힐 하는구나.'

기솔은 우리 사진을 열심히 찍어준다. 나는 해가 떠오르는 쪽으로 남편을 돌려 세우고 "저 해를 바라보며 눈을 낫게 해 달라고 기도해요." 했다. 기솔이 그 말을 듣고는 "안경을 벗고 해를 바라보세요. 눈이 좋아진대요." 한다. 나 또한 남편의 눈이 낫기를 간절하게 기도했다.

햇살이 눈산 위로 펼쳐지는 모습을 바라보며 푼힐을 내려오기 시작했다.

'언제 다시 저 아름다운 모습을 볼 수 있을까? 그동안 휴지도 아껴 쓰고 다시 쓰면서 절약하고 살았던 데 대한 충분한 보상을 받는구나.'

나는 자꾸 산 쪽을 바라보느라 계단을 헛딛곤 했다.

위험한
히말라야

2015년 4월 25일, 네팔에 지진이 일어났다. 나는 가슴이 덜컥 내려 앉았다. 가이드 기솔에게 전화를 걸어도 받지 않는다. 속이 타들어가는 것 같다. 처음에는 몇백 명이 희생되었다고 하다가 천 명으로 늘었다가 몇천 명이 행방불명이라고 한다. 아, 어쩌나. 그 맑은 눈동자의 착한 사람들을. 페이스북으로 기솔에게 별일 없냐고 물어보니 다음 날인가 답장이 왔다. 여동생과 조카가 하늘나라로 갔다고 한다. 우리가 네팔에 있을 때 기솔은 2월에 아이 아빠가 된다고 좋아했는데, 어린 아기는 다행히 무사한 모양이다.

히말라야에 있는 동안 오후만 되면 쏟아지던 비를 맞으며 "지금 이렇게 비가 오면 안 되는데 비가 오네요." 하던 기솔의 말도 생각났다. 그것도 지진의 징조였던가.

며칠 동안 네팔을 어떻게 도와야 하나, 고민 고민했다. 언론에서는 세계

각지에서 보내는 구호물품이 어찌된 영문인지 이재민들에게 전달되지 않고 있다는 보도가 나오고 있었다. 어디든 백성이 가난하게 사는 나라는 정치가들이 썩어 빠져서 백성들은 말라비틀어져도 그들은 배가 남산 만하게 나오고 얼굴에 기름기가 번질번질하다.

지진으로 먹을 것도 입을 것도 없는 네팔 사람들 생각을 하니 밥 먹는 것도 편치가 않고 한숨만 나온다. 그렇다고 그들을 위해 어느 연예인처럼 몇억 원을 척 내놓을 처지도 못 되니 남몰래 한숨만 쉴 뿐이다.

그런데 지난 주에 어버이날이라고 집에 다니러 온 아들이 가방에서 두툼한 봉투를 꺼내준다.

"어버이날 선물이에요"

"아니 웬 선물?"

받아들고 보니 봉투가 제법 두둑하다.

"웬 돈이여?"

"군대 있는 동안 적금 들었다고 했잖아요. 그거 만기됐다고 해서 찾았어요."

"그걸 왜 우릴 주냐? 너 쓰지."

"그냥 엄마 아빠 드리고 싶었어요."

우리는 한동안 아무 말도 할 수 없었다. 괜히 가슴이 아프고 눈이 뜨겁다.

"아들! 우리를 이렇게 감격시키면 어쩌냐. 그게 어떤 돈인데……"

그러다 문득 네팔 사람들 생각이 났다.

"이 돈 엄마 쓰고 싶은 대로 써도 되지?"

"그럼요, 엄마 쓰시라고 드린 건데요 뭐."

나는 남편 몫은 떼서 남편에게 주고, 내 몫의 돈은 다음 날 아들 이름으로 네팔을 위해 긴급구호자금을 모으는 믿을 만한 단체에 보냈다.

1968년 통일혁명당 사건으로 구속되어 무기징역을 선고받고 20년 20일 동안 옥살이를 했던 신영복 선생님은 이런 말씀을 남겼다.

"엄청난 아픔이나 비극도 꼭 그만 한 크기의 기쁨에 의해서만 극복되는 건 아니고 작은 기쁨에 의해서도 충분히 견디어진다는 것입니다. 사람의 정서라는 게 참 묘해서, 그렇게 살게 돼 있는 거지요."

그 말씀으로 나 스스로를 위로했다.

사람이 사람을 안다는 것이 이런 것인가. 내가 히말라야를 다녀오지 않았다면 이번의 네팔 지진도 마음은 아프지만 한 나라 건너 일어난 남의 일이라 생각하고 성당에서 구호자금 모을 때 돈이나 조금 내고 말았을지 모른다. 그런데 네팔에 지진이 일어났다는 소식을 듣는 순간 2주일 동안 만났던 기술과 폰, 딥이 가장 걱정되었고, 말로만 들었던 그들의 가족, 이름은 모르지만 골짜기에서 "나마스테" 하고 인사를 하며 눈을 맞추었던 네팔의 아이들이 못 견디게 떠올랐다.

히말라야 산 속에 있을 때, 어디 먼 데서 들려오는 거대한 울림 같은 소리를 들은 적이 있다. 기술에게 무슨 소리냐고 물었더니 어디선가 눈사태가 일어나는 소리라고 한다. 기술은 아무렇지도 않게 말했지만 그 순간 싸늘한 기운이 온몸을 타고 지나갔다. '이 깊은 골짜기에서 눈사태나 산사태를 만난다면 죽을 수밖에 없겠구나.' 생각했다. 그리고 나이 쉰이 넘으면서 시작한 '선종을 위한 기도'를 습관처럼 드렸다.

2014년 10월 30일 목요일 아침, 날씨는 맑았다. 아침을 먹고 고라파니 마을의 뒷길로 들어섰다. 끝없는 오르막이다. 오늘은 아침에 올라갔던 푼힐 전망대 높이만치 올라갔다가 다시 내려가야 한다. 걷는 내내 왼편으로 설산이 펼쳐져 있다. 그 산에 자꾸 눈길이 머물러 걸음이 뒤처지곤 한다. 나무들이 울창한 숲길을 지나고 나니 햇살이 쨍한 길이 나온다. 어느 순간 남편이 선글라스를 벗더니 감탄사를 쏟아낸다.

"눈이 맑아졌네. 눈이 이렇게 맑을 수가 없어."

그러고 보니 잠시 남편의 눈을 잊고 있었다.

"당신 눈 다 나았나 보다. 푼힐 전망대에 떠오른 해가 당신 눈을 치유했나 보네."

마음 한편에 걸려 있던 무거운 마음이 스르르 내려간다. 어쩌면 병원에서 처방받은 약이 효력이 있었는지도 모른다. 하지만 나는 푼힐 전망대에 떠오른 아침 해가 남편을 치유했다고 믿고 싶다.

'정말 히말라야에 오기를 잘했어. 눈이 아프다고 징징거리며 날마다 병원에 들락거리고 있었으면 얼마나 허망했을까.'

얼마를 올라 해발 3,150미터에 있는 데우랄리 로지에 닿았다. 꽤 큰 장이 섰다. 네팔 민속품도 많았지만 히말라야 산을 넘어 온 티베트 사람들도 많다고 한다. 남편은 맑은 소리가 나는 구리로 만든 종을 자꾸 쳐본다. 참 듣기 좋은 소리가 난다. 은으로 만든 차숟가락 한 개와 포크 한 개를 사고, 간식과 물을 조금 먹고 아쉬운 마음으로 길을 재촉하는 기솔을 따라 나섰다. 또 골짜기 사이로 구름이 밀려든다.

데우랄리 로지를 지나니 끝도 없이 내리막길이다. 깎아지른 경사에다 어제까지 내린 비로 길이 축축하고 미끄러워 더욱 조심스럽다. 그 길을 올라가는 사람들과 마주치면 길 한편에 서서 기다렸다가 가야 한다. 그들은 우리와 반대방향에서 트레킹을 시작한 사람들이다.

히말라야로 오기 전 라운딩 코스에서 눈사태가 일어나 100여 명의 사람이 희생되었다는 소식을 들었다. 그 소식을 들은 주변 사람들이 우리를 걱정하며 히말라야에 가는 것을 말렸다. 기술에게 물어보니 그때 희생된 사람 중 시신 마흔한 구를 찾았고, 나머지는 눈이 녹아야 찾을 수 있다고 한다. 네팔의 포터들이 많이 희생되었고, 이스라엘 등반객 희생이 많아 그들을 담당했던 여행사는 문을 닫았단다.

네팔 포터들이 희생되었다는 이야기를 듣는 순간 슬리퍼를 신은 채 이마에 잔뜩 짐을 메고 지나가는 앳된 네팔 소년을 오래도록 바라보았다.

'저렇게 무거운 짐을 지고 가다가 눈사태가 나자 그냥 눈 속에 묻혔겠지. 산다는 게 무엇인가. 그 소년들은 여행자의 짐을 나르고 그들이 주는 돈으로 어쩌면 식구들 모두의 생계를 책임지고 있었을지도 모른다. 또는 우리 포터 딥처럼 열심히 일해서 돈을 모아 도시 학교에 가려는 꿈을 꾸며 이 험한 산을 오르내렸을지도 모르지. 그러다 눈사태를 만나 아무런 말 한 마디 못하고 그냥 숨이 끊어졌겠지. 삶과 죽음이 종이 한 장 차이일 뿐이라는 말이 맞는지도 모르겠다. 우리가 살아있다는 것은 숨을 쉬고 있는 것일 뿐, 숨이 끊어지면 죽음의 길로 가는 거겠지.'

내리막길의 거의 끝까지 와서 깊고 깊은 골짜기에 다다랐다. 길모퉁이를 지나니 조그만 나무집 두어 채가 보인다. '여기도 사람이 사는구나.' 로지는 적고 등반객은 많아서 기술은 부지런히 어디서 점심을 먹어야 할지 찾아다닌다. 화장실에도 서양 사람들이 길게 줄을 서 있다. 나는 길바닥에 철푸덕 앉아서 무릎보호대부터 풀었다. 높은 산이니 무릎이 아플 거라 지레 겁을 먹고 강하게 무릎을 조이는 보호대를 샀더니 너무 강하게 조여 아픈 것보다 더 힘들다. 발목도 조금씩 아프다.

류머티즘을 오래 앓다 돌아가신 엄마 때문인지 나는 무릎이 아프면 덜컥 겁부터 난다. 다른 모든 병도 다 마찬가지지만 관절염은 사람을 못쓰게 만드는 병이라는 것을 엄마를 지켜보며 뼈저리게 느꼈다. 처음에는 다리만 절룩이다가 온몸의 관절들이 부어오르고, 약의 부작용 때문인지 피부가 검 푸르게 변했다. 결국 돌아가시기 전 몇 년은 거의 누워만 계셨다. 객지에 있 다가 집에 가면 아파서 신음하는 엄마를 보는 것이 너무나 고통스러워 도 피하듯 집을 나서곤 했다.

한번은 집에 와서 자다가 새벽녘에 일어나보니 옆에 누워 계시던 엄마 가 안 보였다. 어딜 가셨나, 비몽사몽간에 생각하고 있는데 한참 있다가 부 엌에서 아침밥을 준비하는 큰 올케에게 당부하는 엄마의 목소리가 들렸다.

"이거 푹 삶아서 쟤 좀 먹여라. 객지에서 밥이나 제대로 먹는지 원."

엄마는 기운이 없을 때는 마늘 많이 넣고 닭 한 마리 고아 먹으면 그게 최고의 몸보신이라 생각하셨다. 그래서 새벽에 30분도 넘게 걸어야 하는 시 장까지 가서 닭을 한 마리 사 오신 것이다. 그 아픈 다리를 절룩이며 시장 까지 걸어갔다 오셨단 말인가. 그 생각에 가슴이 미어지듯 아팠지만, 고맙 다고 말했는지 그걸 내가 먹었는지는 생각이 안 난다.

동네 사람들은 굿을 한번 해보라고 아버지를 부추겼다. 오래 고민하던 아버지는 결국 굿을 하기로 했다. 집안은 굿하는 사람과 구경꾼들과 음식 만드는 사람들로 날마다 북새통이었다. 굿을 시작하고 나흘째 되는 날 세 살짜리 조카가 병이 났다. 큰 올케가 굿 시중을 드느라 아이를 돌볼 겨를 이 없었던 탓이었으리라.

아이는 청주 병원을 왔다 갔다 하다가 한밤중에 대전의 충남대 병원 응 급실까지 갔다. 그러나 의사는 이미 늦었다며 고개를 저었다. 아이가 병원 에서 죽으면 수속이 복잡해지니 숨이 끊어지기 전에 서둘러 데리고 나가 라고 했다. 아버지가 숨이 끊어질락 말락 하는 아이를 포대기에 싸서 데리 고 왔다. 아이는 앞산에 묻었다. 벌써 30년도 더 된 일인데 왜 이렇게 가슴이 아픈지······.

아이를 묻고 오니 엄마가 "내가 죽어야지, 왜 어린것이 죽었냐." 하며 울고 울고 또 울었다. 그런 엄마를 보며 큰오빠는 "엄마 병 우리 애가 다 가지고 떠났으니 엄마만 얼른 털고 일어나시면 돼." 하고 함께 울었다. 나는 종종 아이가 놀던 뒤뜰 포도나무 아래에서 소리도 내지 못하고 울음을 참으려 애쓰던 큰오빠를 훔쳐보았다. 차라리 소리를 내서 울지. 그 모습에 가슴이 더 미어졌다.

나도 이제 살아갈 날보다 살아온 날이 더 많아서 그런지 지난일이 한가지 떠오르면 자석에 쇳가루 붙듯이 줄줄이 거기에 엉킨 이야기들이 떠오른다. 세월이 지날수록 엄마에 대한 기억이 더욱 절실하지만, 특히 무릎이 조금이라도 아프면 가슴이 저리도록 엄마 생각이 난다.

나는 무릎과 발목에 뿌리는 파스를 치이익 뿌리고 또 뿌렸다. 아직 무릎이 성해서 이 험한 산을 오를 수 있는 것이 얼마나 고마운지, 무릎을 쓰다듬으며 "고마워요. 미안해요."를 몇 번이고 반복했다.

날마다 먹던 볶음밥이 질려서 오늘 점심은 라면으로 택했다. 중국 라면이 이 골짜기까지 들어와 있다. 간식으로 먹으려고 가져온 누룽지도 같이 끓여 달라고 해서 푸짐하게 잘 먹었다. 점심을 먹자마자 남편은 그 자리에 누워 코를 곤다. 나는 때로 아무 곳에나 누우면 잠이 드는 남편이 부럽다.

골짜기에 구름이 자꾸 몰려오니 기솔이 몹시 서두른다. 끝도 없는 내리막이다. 설산은 그 어디에도 보이지 않고, 깊고 깊은 숲이 끝도 없다. 중간중간 크고 작은 폭포들이 물줄기를 떨어뜨린다. 그 험하고 가파른 길을 사람들은 오르고 또 오른다. 나이 어린 포터들이 어마어마한 짐을 이마로 메고 올라가는 모습이 안쓰럽고 안쓰럽다. 어떤 아이들은 슬리퍼를 신었다.

기솔은 그 아이들이 오히려 슬리퍼를 더 편안해 한다고 말해주었다. 비가 오거나 물을 만나면 신발이 너무 무겁기 때문이라고.

나는 이렇게 다른 사람을 희생시키며 여행을 해야 하는가 하는 생각에 마음이 무거웠다. 하지만 이렇게 포터 일이라도 할 수 있으면 그나마 다행이라고 한다. 달리 할 일이 없기 때문이다. 그 험한 길을 짐을 실은 나귀가 종종 지나간다. 높은 길 아래쪽으로 나귀가 다니는 길이 따로 있다. 우리가 걷는 내내 똥이 있어서 조심하지 않으면 밟기 쉽다.

한참을 내려와 골짜기를 올려다보니 어마어마하고 경이롭다. 거기를 올랐다 내려왔다는 것이 믿기지 않을 정도다. 남편은 나를 볼 때마다 빙글빙글 웃으며 말한다.

"김 여사 장해. 환갑이 낼 모렌디. 당신 나 아니면 여기 못 오겠다. 보호자 없이는 너무 위험하겠어."

짜장면
집과
김밥 집

남편은 기솔 옆에 바짝 붙어 산을 오르며 궁금한 것을 자꾸 묻는다. '가이드가 한국말을 잘 몰랐으면 어쩔 뻔했어?' 하는 생각이 들 정도였다. 어느새 기솔은 남편을 형님이라고 부르기 시작했다.

깊고 깊은 골짜기를 다 내려와 맞은편 골짜기를 바라보며 내려온 만큼 올라가야 오늘 쉴 곳이 있다고 하는 기솔의 말에 나는 한숨을 푹 내쉬었다. 그러나 어찌할 수가 없다. 뒤돌아 갈 수도 없다. 그래도 오르막길이 푼힐이나 올레리길만큼 가파르지는 않다. 남편은 이 길을 꼴레리길이라고 한다. 7년이나 한국에서 살았다는 기솔도 그 말을 듣고 "아, 올레리 꼴레리~." 하면서 알아듣는다.

"거의 다 왔습니다. 이제 30분만 가면 됩니다." 하고 기솔이 말하니까 남편은 "짜장면 집 아니야?" 하고 말한다. 기솔은 "아닙니다. 이번에는 김밥 집입니다. 김밥은 미리 말아놓잖아요." 한다.

남편과 기솔은 이제 정말 가까워져서 우스갯소리도 주고받는다.

어제부터인가 우리가 힘들어 할 때마다 기솔은 "거의 다 왔습니다. 조금만 힘내십시오." 하고 말했다. 그러자 남편이 "그거 짜장면 집이지?" 했다. 기솔은 "예? 무슨 짜장면 집이요?" 하고 못 알아듣는다. "야, 한국 사람들이 짜장면 집에 배달시켜놓고 늦는다고 전화하면 무조건 '예예 금방 갑니다.' 하고 말하잖아." 하고 남편이 일러주니까 그제야 기솔은 "아아~" 하고 알아듣고 한참을 웃는다. 그 뒤로는 산을 오르며 짜장면 집이냐 아니냐가 주된 이야깃거리가 되었다. 한국말 잘하는 기솔과 우스갯소리 잘하는 남편이 쿵짝이 잘 맞아 때로 힘든 것도 잊고 한참 낄낄거리며 웃었다.

몇 번을 쉬었다 오르다 하며 고개를 넘고 조금 더 가니 마을 집에서 연기가 피어오르는 것이 보인다. 마을까지 한참 계단을 올라갔다. 따다파니 마을이다. 마을에는 일찍 도착한 사람들로 북적인다. 여기저기 왔다 갔다 하던 기솔이 여기는 쉴 곳이 없으니 다음 마을로 가자고 한다. 길가에 털썩 주저앉아 있다가 힘겹게 다시 몸을 일으켰다. 길은 또 내리막인데, 계단도 아니고 우거진 숲 사이로 흙길이 이어진다. 그 우거진 숲의 나무들이 영겁의 세월을 견디었구나, 생각하게 한다. 한국의 지리산이나 계룡산이나 강천산이나 내장산의 길처럼 편안하고 걷기가 좋다.

우거진 나무는 네팔의 나라꽃 '달리구란스'라고 한다. 겨울철인 2월이나 3월에 이 길을 걸으면 하얀 눈 위에 빨간 꽃이 떨어져 정말 아름답다고 한다. 기솔에게 한국에도 빨간 동백꽃이 겨울에 피었다 진다고 말해줬다.

네팔에 오니 자꾸 몽골 생각이 나고 몽골 말도 생각난다. 한국에서는 잊은 듯이 살았는데, 비슷한 사람들을 만나니 자꾸 그때 생각이 나는 모양이다. 있는 듯 없는 듯 내 옆에 붙어 가면서 은연중에 나를 보호하고 있는 포터 딥에게 나도 모르게 몽골말로 물어보곤 한다.

폰과 딥은 형제간인데도 영판 다르다. 형인 폰은 느긋하고 일도 설렁설렁 하는 것 같다. 반면에 딥은 재빠르고 성실하고 말이 없다. 일행 가운데 내가 가장 걱정되는지 산행 내내 내 옆에 그림자처럼 붙어 있다. 일행이 저만치 앞서가는 듯해 걱정스러운 마음으로 뒤돌아보면 딥이 가방을 멘 채 내 뒤에 바짝 붙어 있곤 했다. 딥은 한국말을 모르고 나는 네팔말을 모르지만, "아 딥이 있었네." 하면 아무 말 없이 하얀 이빨을 드러내며 웃는다. 깡마르고 키가 껑충하고 착한 딥.

기술은 30분이면 간다고 했는데 한 시간 이상을 걸어 쥬일레 마을에 도착했다. 언덕 위에 세워진 2층집이 예쁘다. 시멘트를 온통 붉은색에 가까운 꽃분홍색으로 칠했다. 여기서는 씻을 수도 있다고 한다. 해가 떨어져 추워지기 전에 씻겠다고 했더니 남편은 왜 그렇게 씻지를 못해 안달이냐고 지청구를 한다. 서양 사람들 뒤에 줄을 서서 한참을 기다리다 뜨거운 물로 씻을 수 있다는 목욕탕에 들어서니 순간온수기에서 물이 쫄쫄 나온다. 목욕을 포기하고 대충 머리를 감고 발을 씻었다. 그것만으로도 살 것 같다.

부엌을 보니 난로가 있고, 그 주변 빨랫줄에 빨래를 말리는 게 보인다. 나는 얼른 바지를 벗고 땀에 젖은 위 속옷을 벗어 빨았다. 남편은 그냥 입지 뭐하러 빨래를 하냐고 자꾸 지청구다. 그러거나 말거나 빨아서 난로 위에 걸었다. 옷을 워낙 조금 가져와서 오는 날부터 비 맞고 땀에 찌든 옷들이다. 다음에 올 때는 옷을 좀 넉넉히 가져와야지, 자꾸 다짐한다.

뜨거운 난로 앞에 앉아 머리를 말렸다. 얼마 만에 만나는 뜨거운 불인지, 참 좋다, 참 좋다, 정말 좋다 하고 몇 번이고 남편에게 말했다. 남편은 뜨거운 불 앞에 앉으니 자꾸 잠이 온다고 한다. 서양 사람들은 술을 마시기 시작한다. 고산병을 피하려면 첫째 술을 마시지 않아야 한다고 귀가 따갑도록 들었는데, 서양 사람들은 우리랑 다른가 싶다.

네팔 아이들은 옹기종기 모여 카드놀이를 한다. 남편은 "손목 때리기라도 하지" 하고 아이들이 알아듣거나 말거나 말해준다. 아이들은 바라보고 그냥 웃는다. 남편은 "우리도 화투라도 가져올걸 그랬나? 민화투라도 하게." 그러더니 마당으로 나간다.

남편이 마당을 어슬렁거리는 모습을 창밖으로 바라본다. 저렇게 한가하고 여유 있는 듯한 남편의 모습을 보는 것이 처음인 것 같다. 늘 일에 쫓기고 시간에 쫓기는 모습에 때로 안쓰럽다 못해 짜증만 부렸다. 그리고 그 끝에 늘 덧붙이는 말이 "돈이나 많이 벌면서 그러면 몰라."였다.

남편은 10남매 가운데 일곱째다. 결혼하고 제주도에서 큰애를 낳고, 큰애 백일 때 아이를 데리고 어머니 집에 왔다. 어머니는 남편에게 제주도에서 고생하지 말고 집으로 들어와 살라고 말씀하셨다. 남편의 형님 가운데 교구 신부님이 한 분 계신데, 그때 마침 로마 유학을 마치고 본당으로 발령이 났다. 어머니는 그 신부님이 걱정되어 집을 우리에게 맡기고 도와주러 가고 싶어 하셨다.

남편은 많은 고민을 했다. 우리는 다음해 '신구간'에 사글세방을 옮겨야 했다. 제주의 이사철은 신구간이다. 제주 사람들은 그 기간에는 육지에 내려와 있던 신들이 모두 하늘로 새로운 소명을 얻으러 올라가는 터라 동티가 나지 않는다는 믿음이 있다. 새 집을 얻어 나가야 하는데, 나는 큰애를 낳느라 직장에 나가지 못했기 때문에 돈이 하나도 없었다.

서울에서 세무사 시험공부를 몇 년 할 때 제주가 고향인 친구와 친하게 지냈던 덕분에 나는 제주에서도 금방 일자리를 구할 수 있었다. 회사에 다니면서 결혼을 하고 큰애를 가졌다. 아이를 낳고도 일을 할 생각이었다. 일을 하지 않을 수 없는 형편이었다. 아이를 봐줄 사람도 미리 말해두었다. 그런데 아이를 낳으니 마음이 달라졌다. 서울 언니 집에서 아이를 낳고 23일 만에 제주로 내려온 나는 그날부터 아이를 안고 성당에 나가 미사를 드렸다. 마음이 너무너무 복잡했다. 어린 핏덩이를 남에게 맡기고 일을 해야 하는 내 처지가 한없이 서글프고 갈피를 잡을 수 없었다.

그런데 어느 날 기도 중에 어떤 울림이 왔다. 이 어린것을 어찌 남에게 맡기나. 직장이야 이 아이가 크면 다시 다닐 수 있지만 이 아이에게는 이 시기가 다시 돌아올 수 없는 때가 아닌가.

그 생각이 들자 더 이상 망설이지 말고 직장을 포기해야겠다는 마음이 들었다. 그 이야기를 했더니 회사 사람들이 집에까지 찾아와 사표를 내지 말라고 말렸다. 제주에서는 꽤 큰 규모의 회사였는데, 세무회계 일을 할 수 있는 사람이 꼭 필요했던 것이다.

큰애가 올해 스물다섯이니 25년 전 일이다. 나는 그애에게 "너 아니었으면 엄마는 지금 그 회사 이사가 되었을지도 몰라." 하고 이야기한 적도 있다. 지금 생각해도 그때 아이를 생각해서 직장을 그만둔 건 정말 잘한 일이다.

수도원에서 나온 남편은 할 수 있는 일이 하나도 없었다. 그때 제주에서 디자인학원을 다녀 출판사에 다니고 있었는데, 월급이 30만 원이었다. 저축을 할 수 있는 형편이 아니었다.

고민 고민하다가 다음해 2월에 어머니가 계신 김제 집으로 이사를 왔다. 시동생 둘과 막내 시누이가 함께 살았는데, 모두 대학교 2학년이었다. 어떤 날은 도시락을 일곱 개를 싸야 했다. 힘든지 어떤지 생각할 겨를도 없이 하루하루를 살았다.

그때 어머니를 보면서 남편의 많은 것을 이해할 수 있었다. 신부님 계신 본당에 계시다가 한 번씩 집에 오시면 어머니는 나에게 그동안 살아오신 이야기를 풀어 놓으시곤 했다. 열여섯 살에 정신대에 끌려가지 않으려고 일찍 시집을 와서 열아홉 살 때부터 마흔세 살까지 자식 열을 낳은 이야기는 소설 같았다. 나는 그때부터 남편에게 측은한 마음이 들었다. 위로 형들에게 치이고 동생들도 돌봐야 하고 본인도 살아남아야 했겠지.

그래서 그런지 남편은 참 성실하고 책임감이 강하다. 아마도 10남매 틈바구니에서 자라면서 생긴 생존본능이 아닐까 싶다. 그나마 다행인 것은 그 어려운 환경에서도 우스갯소리를 잘하는 것이었다. 남편은 주변 사람을 즐겁게 하는 것을 자신의 의무라도 되는 것처럼 살아간다. 그래서 사람들이 남편을 좋아하는지도 모르겠다. 얼마나 다행스런 일인지 모른다.

남편이 마당에서 바라보고 있는 쪽으로 히말라야의 해가 지고 있다. 한국에서는 언제부터인가 보기 힘들어진 붉은 노을이 정말로 아름답다. 남편은 그 노을을 언제까지나 바라보고 서 있다. 참 아름다운 풍경이다. 언제 다시 저런 모습을 볼 수 있을까. 어둑해지자 안으로 들어온 남편이 "참 좋다." 하고 말한다. 그 말 속에 그가 느끼고 온 그 모든 것이 함축되어 있는 것 같다.

"나도 그래."

저녁은 기솔이 한식 트레킹하는 사람들에게 얻어온 김치에다 우리가 가져온 고추장을 넣고 비벼 먹었다. '한식 트레킹'이란 한식 요리사와 함께 한식 재료를 가지고 다니면서 하는 산행을 말하는데, 그 비용이 꽤 많이 든다. 한편으로 이해는 하지만 그렇게까지 해야 하나 싶다. 하지만 그 덕분에 우리가 이 깊은 히말라야 골짜기에서 김치를 먹는구나 하는 생각도 든다.

한식 트레킹 일행은 우리보다 조금 앞서 와서 우리가 묵으려고 했던 따다파니 마을에 숙소를 얻었다. 기솔은 포터 폰을 시켜서 김치를 얻어오라고 했다. 남편은 음식이 질리기 시작했는데 다행이라며 잘 먹는다. 여러 가지로 우리를 위해 애쓰는 기솔이 참 고맙다.

밥을 먹고 나니 할 일이 없다. 심심풀이 삼아 우리가 가져온 고추장 포장지에 쓰인 글을 읽던 남편이 깜짝 놀란다.

"아니 이럴 수가!"

"왜요?"

"여기 이것 봐. 이 고추장 원재료 고춧가루가 중국산이네."

"뭘 새삼스럽게 그래요?"

"다른 데서 산 것도 아니고 전주에서 가장 유명하다는 비빔밥 집에서 산 거잖아!"

히말라야에 간다고 했더니 먼저 다녀온 사람이 다른 건 몰라도 고추장은 좀 가져가라고 말해줬다. 어느 날 전주에서 비빔밥을 먹을 일이 있었는데, 그 비빔밥에 들어간다는 고추장을 팔고 있었다. 좀 비싸지만 유명세가 있으니까 하는 맘으로 샀던 것이다.

남편은 계속 투덜거린다.

"구멍가게 같은 우리 집 떡볶이에도 고춧가루는 익산에서 나오는 가장 좋은 걸로 쓰는데 말여."

"내가 혼자 하니까 인건비도 안 들고, 가게도 후미진 곳이라 월세도 싼 편이니까 그럴 수 있지. 거기는 워낙 큰 곳이고 직원도 많잖아."

"그러니까 더욱 전주에서 나오는 농산물로 음식을 해야지."

아닌 게 아니라 나도 남편 말을 들으니 마음이 씁쓸하다. 모를 때는 그냥 먹었는데 어쩐지 고추장 맛이 들큰하다 했다.

그 음식점은 화려하고 큰 건물에 종업원들도 예쁜 한복을 입고 실내도

멋지게 차리느라고 정작 가장 중요한 원재료는 좋은 것을 쓸 수 없겠지. 사람들이 속이야 어떻든 겉모양만 근사한 곳을 찾아다니니 어쩔 수 없다고 해야 할까? 우리는 정말 중요한 것은 뒤로 미루고 멋지고 화려하고 겉모양만 뻔드르르한 것에 현혹되면서 살아가고 있는 것이 아닐까?

저녁을 먹고 잠시 마당으로 나가니 너무 춥다. 금방 들어왔다. 해만 떨어지면 너무너무 춥다. 다시 들어와 난로 앞에 앉으니 잠이 솔솔 온다. 술을 마시던 서양 남녀는 난로 가에서 노골적으로 애정행각을 한다. 네팔 아이들이 그걸 바라보며 웃는다. 내가 괜히 민망하다. "9시까지는 버티다 자야지." 하고 말했지만 8시까지 간신히 앉아 있다가 방으로 들어와 침낭을 펴고 누웠다. 남편은 금방 코를 곤다.

돌계단
1,800개

10월 31일 금요일. 맑고 바람이 부는 날이다. 밤새 꿈자리가 어지러웠다. 큰오빠, 작은오빠, 언니가 차례로 보였다. 나를 걱정하고 있나? 거의 한 번도 깨지 않고 자다가 화장실 가는 발소리에 깨어보니 5시 30분이다. 잠시 어지럽다가 괜찮아진다. 목이 좀 칼칼해서 얼른 일어나 뒷목과 앞목에 파스를 붙였다. 문을 여니 눈부신 흰빛이다. 달이 떴나, 하고 하늘을 보니 달은 없고 눈부시게 동이 트고 있다. 동이 트는 쪽 옆으로 설산 두 봉우리가 보인다. 마차푸차레와 히말라야 남봉이다. 어제는 우리가 걷는 왼쪽으로 보이더니 지금은 반대편에서 설산이 보인다. 하루 동안 참 많이도 걸었구나.

내가 부엌에서 이 글을 쓰는 동안 남편은 마당을 어슬렁거리고 있다. 저런 모습은 처음인 것 같다. 무엇인가 심심하고 한가한데 어깨는 가벼워 보인다. 마당에 사람들이 나오니 어제 저녁에 주방일을 돕던 아가씨가 나와서 헝겊으로 덮어놓았던 좌판을 펼친다. 다른 곳과 별반 다를 것 없는 기념품들이다. 사람들이 구경만 하고 사지를 않으니 기솔에게 뭐라고 하소연을 한다. 무슨 말이냐고 물으니 오늘 포카라로 내려가야 해서 돈이 필요하다고 한단다. 그 말에 마음이 약해져 몇 가지 물건을 샀다. 이 물건을 다 짊어지고 산을 내려가야 한다니, 저 여린 몸이 안쓰럽다. 그 아가씨는 로지를 돌면서 이렇게 물건을 파는 대가로 머무는 동안 로지의 일을 도와준다고 한다.

밀가루로 구운 빵 한쪽과 달걀 두 개로 아침을 먹었다. 아침을 먹고 짐을 정리하는 동안 옆방의 덩치 큰 서양 여자 두 사람의 포터 둘이 우리를 보며 인사를 한다. 그 여자들 짐은 어마어마하게 많다. 가녀린 두 소년이 짊어지기에는 정말 무거워 보인다. 여기까지 오는 동안 몇 번이나 우리와 마주쳤는데, 그때마다 그 아이들은 우리를 보고 웃어주었다. 웃는 모습이 정말 잘생기고 착해 보인다. 그 아이들을 보며 '너희들만 보면 기분이 참 좋아. 그런데 그걸 어떻게 표현할 수가 없구나.' 하는 마음이 들어 에너지바 한 개씩을 줬다. 내가 아이들에게 무엇인가 줄 때마다 기솔은 "아직 갈 길이 먼데." 하면서 걱정스러워 한다.

나는 "없으면 없는 대로 가는 거지 뭐." 하고 말했다.

8시 30분에 쥬일레를 출발했다. 어제 올라온 길을 끝도 없이 내려간다.

"내려가는 것 좋아하지 마. 또 그만치 올라가야 하니까." 하고 남편이 말한다. 산비탈 밭에 아직 수확하지 않은 조가 보이고, 밀은 싹이 나고 있다. 열매는 다 따고 빈 옥수숫대만 남아 있는 것도 보인다. 소가 쟁기를 끌며 밭을 가는 모습도 보인다. 이렇게 밭에서 농사를 지을 수 있으니 그래도 여기가 몽골보다는 낫구나, 싶다.

한참을 내려와 긴 출렁다리를 만났다. 기솔 말이 올해 완공된 것이라고 한다. 이 다리가 생기기 전에는 골짜기 끝까지 내려갔다가 다시 올라가야 했단다. 다리 중간에서 아래를 내려다보니 끝이 아득하다. 맑은 물이 넘쳐 흐른다. 눈이 녹아 흐르는 물이겠지.

다리를 건너자마자 오르막이다. 그래도 올레리길보다는 좀 완만하다. 오르다 쉬다가 하면서 호흡을 조절한다. 쉬는 곳마다 조그만 집들이 있고, 나그네가 쉴 수 있도록 탁자랑 의자가 있다. 날씨는 맑고 화창하다. 의자에 앉아 골짜기에서 불어오는 바람을 맞고 있으니 정말 좋다. 이렇게 좋을 수가 없어, 하는 생각이 든다.

남편은 "지금도 기억하고 있어요. 10월의 마지막 밤을~" 하며 노래를 흥얼거린다. 오늘이 10월의 마지막 날이구나. 날짜도 시간도 멈춰 버린 듯한 지금이 참 좋다.

길을 걷다 나귀가 짐을 싣고 가는 것을 종종 만난다. 그럴 때마다 길을 비켜 나귀가 먼저 지나가기를 기다린다. 짐을 잔뜩 짊어진 포터들을 만날 때도 그들이 먼저 지나가도록 비켜준다.

앞서가던 남편이 로지에서 쉬고 있는 아이들을 가리킨다. 예닐곱 살쯤 되어 보이는 서양 남자아이 둘이다. 누가 형이냐고 물으니 쌍둥이라고 한다. 엄마는 어디 있냐고 물으니 유럽에 있다고 한다. 그럼 아빠 혼자 아이들을 데리고 여행 중이냐고 물으니 그렇다고 한다. 아이들에게 어디서 왔느냐고 물어보니 체코에서 왔단다. 아이들 아빠에게 정말 훌륭한 아빠라고 엄지손가락을 치켜세워 주었다. 짧은 영어로 프라하에서 해마다 5월에 열리는 음악축제에 꼭 가고 싶다고 했더니 긍지에 찬 얼굴로 활짝 웃으며 정말 좋은 축제니 꼭 오라고 말한다. 거기서 다시 만나자고 공염불 같은 약속을 하고 헤어졌다.

"참 대단한 아빠네."

"당신 혼자 몽골 가고 없을 때 내가 아이들 둘 데리고 다니면 사람들이 엄마는 어디 있냐고 물었어."

"그때 우리 아이들은 다 컸잖아."

남편은 일 년 동안 혼자 집안 살림했던 것을 기회만 되면 생색을 낸다.

길가에 소 두 마리가 누워 있다. 가까이 다가가 보니 새끼와 어미 물소다. 어미 몸에서도 피가 나고 입에서도 피가 난다. 언덕에서 새끼가 굴러 떨어지니 어미도 함께 굴러 떨어졌다고 한다. 기솔 말이 아랫마을 소가 풀 먹으러 올라왔다가 사고를 당한 것 같다고 한다.

소가 떨어졌다는 쪽 산비탈은 경사가 급하다. 거기서 풀을 뜯다가 굴러 떨어진 모양이다. 기솔이 다가가서 새끼를 어루만지며 뭐라고 하니 간신히 일어선다. 아, 다행이다. 그런데 어미는 아무리 구슬러도 일어나지 못한다. 기솔 말이 다리를 다친 것 같다고 한다. 나는 자꾸 뒤돌아보며 걸었다. 어미 소의 운명이 가엾구나.

배가 슬슬 고파온다. 시간은 10시가 조금 넘었는데 한국 시간으로는 오후라서 그런 모양이다. 살던 곳에서 이토록 멀리 있지만 몸의 생체시간은 그동안의 삶의 방식을 잘도 기억하고 있구나. 기솔이 오늘 점심은 김치찌개를 먹을 수 있다고 한다. 남편 얼굴이 밝아진다. 언덕만 넘어가면 촘농인데, 기솔은 먼저 가서 김치찌개를 주문해 놓겠다고 서두른다.

계단을 오르고 올라 촘농에 도착했다. 처음 온 곳인데도 너무나 낯이 익다. 네팔의 산속 마을 사진에서 가장 많이 보았던 곳이 이곳인 것 같다. 마을 풍경이 너무나 익숙해서 정말 잘 아는 곳에 온 것 같다. 히말라야에 가고 싶다고 생각할 때마다 떠오르던 풍경 가운데 한 곳이다.

도착하고 금방 김치찌개가 나왔다. 한 술 먹어보니 맛이 기대 이상이다. 김치 빛깔이 빨갛지도 않은데 잘 익어서 적당히 신맛이 난다. 신맛이 도는 시원한 국물을 먹으니 속이 확 풀어지는 느낌이다. 김치찌개를 먹으니 며칠 동안 내 안에 채워지지 못한 무엇인가가 모두 해소된 것 같다. 때때로 '우리는 먹기 위해 살까, 살기 위해 먹을까' 뜬금없는 의문을 품곤 했다. 오늘 김치찌개를 먹으며 '그래 우리는 먹기 위해 사는 거야' 하고 결론이라도 내려지는 것 같았다.

우리가 밥을 먹은 곳 말고도 '한국 음식 있습니다. 김치찌개, 백숙' 이런 안내문이 붙은 집이 많다. 기솔 말이 한국 사람들이 많이 오니까 한국 음식을 연구해 돈을 꽤 번 사람도 있다고 한다.

"도대체 한국 사람들이 얼마나 많이 오기에 한국말로 된 안내판이 있는 거야?"

"우리가 올 정도니 얼마나 많이 오겠어. 한국에 영어로 안내문 붙여 놓은 것이나 여기에 한국어로 안내문 붙여 놓은 것이나 뭐가 달라."

이런 이야기를 주고받으며 찌개에 밥을 말아 맛있게 먹었다. 남편이 기솔에게 국물 더 없냐고 했더니 없다고 하며 미안해 한다.

밥을 먹고 둘 다 그 자리에 누웠다. 한 시간 정도 쉬었다 간다고 한다. 잠시 잠이 들었던 것 같다. 일어날 때마다 다리가 절룩여진다. 걷기 시작하자마자 곧바로 돌계단이다. 기솔이 어제부터 촘롱에서는 1,800개의 계단을 내려가야 한다고 말했다. 한참 내려가다가 기솔에게 1,800개의 계단이 시작된 거냐고 물으니 처음부터 시작된 것이라고 말한다.

마을 중간쯤에 '저어머니 베이커리'라고 영어로 써 있는 것을 보는 순간 '독일 사람이 와서 빵집을 하는 모양이네, 정말 맛있겠다.' 하는 생각이 들었다. 얼른 "우리 여기서 빵 좀 사 먹자." 하고 가게로 들어가 보니 네팔 사람이다. 순간 피식 웃음이 나왔다. 한국에서도 흔히 볼 수 있는 '이태리 정통 아웃도어' 이런 말이 생각났다. 순간적으로 어쩜 이렇게 착각을 할 수가 있을까.

계단이 그래도 가파르지는 않아서 다행이다. 내려가도 내려가도 끝이 없다. 그 길을 오르는 사람들은 힘겨운 모습을 숨기지 못한다. 동양 사람들은 대부분 젊은 사람들인데 서양 사람들은 70~80대는 되어 보이는 사람들도 종종 있다. 어떤 서양 할아버지의 뒤쪽을 보니 뒤에 매달린 끈을 꼭 붙잡고 오는 또 한 사람이 있다.

기솔이 어떤 아주머니를 만나 아주 반가운 듯 한참 이야기를 나눈다. 한국에 함께 갔던 친구의 어머니라고 한다. 지금은 MBC(마차푸차레 베이스캠프)에서 로지를 하고 있다고 한다.

"참 기솔도 여기서 로지 하나 하면 좋겠네." 했더니 그건 안 된다고 한다. 로지는 히말라야 현지 사람들만 할 수 있도록 허가를 해 주기 때문이다. 순간, 아무나 로지를 할 수 있게 허가를 내 준다면 한국 사람들이 가장 먼저 와서 할 거라는 생각이 들었다.

계단을 다 내려와 또 출렁다리를 만났다. 다리를 건너 우리가 내려온 길을 돌아보니 아득하다. '저 길을 또 넘었구나.' 걸을 때는 모르지만 뒤돌아보면 아득하고 아득하다. 집들이 옹기종기 모여 있는 촘롱 마을 끝은 깎아지른 절벽이다. 산비탈 경사도 급하다. 그 경사진 산에서 풀을 베는 사람이 보인다. 어떤 집은 소도 보이고 외양간도 보인다. 그 소에게 먹일 풀을 절벽 같은 산에서 베는 것 같다.

"인간은 정말 위대해. 이런 환경에서도 살아가고."

"어떤 환경에서도 적응하고 살아갈 수 있는 것이 사람인 것 같아."

"여기는 개발이 정말 안 되면 좋겠어."

이런 이야기를 주고받는데 기솔이 "ABC에 가려면 반드시 촘롱을 거쳐야 하니까 거기까지 찻길을 내겠다고 했는데 지역 주민들이 반대를 했어요." 한다. 그 이야기를 하면서 찻길이 난 곳은 어디든 혼잡해지고 마구 파

괴가 되었다고 말한다. 히말라야 이 깊은 골짜기까지 미친 돈바람이 개발을 부추기고 있구나. 씁쓸하다.

다리를 건너니 또 오르막 시작이다. 뿌리는 파스를 다리와 발목, 무릎에 듬뿍 뿌리고 오를 준비를 한다. 뿌리는 파스를 옆에 서 있던 서양 아가씨에게 주니 활짝 웃으며 다리에 뿌린다. 그걸 돌려주면서 이제 뛰어도 될 것 같다고 몇 번이나 고맙다고 인사를 한다.

숨이 차도록 오르고 또 오른다. 앞서가던 남편이 "나에게 몸을 맡기고 올라와 봐." 하면서 손을 내민다.

"당신은 나에게 전적으로 기대고 싶은 마음이 없어?"

"왜 없겠어. 그렇지만 내가 그렇게 기대면 당신이 너무나 힘들어 할 걸?"

"우리가 이렇게 산에 오래 있는 것은 처음이지?"

이런 이야기를 주고받으며 쉬엄쉬엄 올라갔다. 기솔이 촘농에서 서기 보이는 건너편이 우리가 오늘 묵을 시누와라고 말했을 때는 '오늘은 길이 수월하구나' 생각했는데 걷다 보니 만만치가 않다.

"여기도 만만치가 않네."

"그럼, 히말라야가 만만한 곳이 있겠어?"

마침내 시누와에 도착했다. 기솔이 와이파이 번호를 알아다 준다. 전화기를 열자마자 우리 아이들이랑 주변 사람들이 남편 눈은 괜찮냐는 걱정스런 문자들이 와 있다. 나는 푼힐 전망대에서 일출을 보며 남편 눈이 다나은 것 같다고 답글을 보냈다. 한국은 비가 많이 온다고 한다. 소식을 들으니 인도가 사이클론 때문에 피해가 심하다는데, 한국에도 영향을 미치는 것일까 싶다.

시누와는 그리 춥지 않다. 푼힐 전망대 3,200미터 고지까지 올라갔다가 여기 시누와의 2,340미터 지대로 내려온 것이다. 이렇게 오르락내리락 하면서 4,000미터 고도에 적응해 간다고 한다. 거기서 마주 보이는 촘농이 참으로 아름답고 정겹다.

저녁은 기솔이 주방에 부탁해 양배추를 삶아줬다. 현지 음식이 질리기 시작했는데 여기서 자란 양배추가 있어서 얼마나 다행인지 모른다. 나는 양배추를 우리가 가져온 고추장에 찍어서 맛있게 먹었다.

또 슬슬 졸린다. 좀 늦게까지 있다가 자야지 생각하며 식당에서 책을 읽었다. 어제 김치를 얻어먹은 한식 트레킹 팀이 같은 숙소다. 고라파니에서 닭도리탕이 짜네, 간이 안 맞네 하면서 먹던 그 일행이다. 오늘은 닭백숙을 해서 '나는 살이 찌니까 닭가슴살만 먹네' 어쩌네 하면서 잘들 먹는다. 가난한 사람들 사는 여기까지 와서 저렇게까지 해야 하나, 하는 생각이 들어 마음이 자꾸 불편해진다. 낮에 작은 로지에서 쉬는 동안 화장을 정성스럽게 고치던 사람들도 이 사람들이다.

나는 책을 놓고 부엌을 나왔다. 바로 윗집도 계단을 올라야 한다. 다리를 절룩이며 계단을 올라 앞을 바라보니 촘농의 밤풍경이 너무나 아름답다.

'그래 아름다운 것만 간직하자.'

8시까지 간신히 버티다가 잠자리에 들었다. 남편은 이미 코를 골고 있다.

두렵고
두려운
히말라야

눈을 뜨고 시계를 보니 3시 30분이다. 11월 1일 토요일이다. 더 누워 있어도 잠은 오지 않는다. 어찌 이리 정신이 맑을 수가 있나. 남편은 여전히 코를 골고 있다. "결혼생활 25년 동안 당신이 내 남편으로 산 것은 5년도 안 될 거야. 거의 반은 어머니의 아들로, 나머지는 성당의 사무장으로 살았지." 하면서 종종 푸념을 했는데, 24시간 내 남편으로 살아도 그리 별나게 좋은 것은 없다.

히말라야에 남편과 둘이 간다고 하니 남들이 '좋~ 겠다' 부러움 섞인 말을 하는데, 옆에 있던 우리 딸아이는 "그러게요. 가서 싸우지나 않으면 다행이지요." 했다. 다행히 아직 싸우지는 않고 오늘까지 지냈다. 여기에 오니 싸울 일도 없다.

위층에서 침대 삐그덕거리는 소리, 옆방에서 네팔 말로 잠꼬대하는 소리까지 다 들린다. 오늘은 좀 길게 걸어야 하니까 조금 일찍 출발을 한다고 했다. 그 전에 볼일이 다 끝나야 할 텐데⋯⋯. 똥 누러 두 번 다녀왔다. 정유정의 책에서 변비 때문에 고생한 이야기가 어찌나 실감이 나던지, 혹시나 하고 단식 때 먹는 마그밀을 챙겨 왔다. 지레 겁먹은 남편은 저녁마다 마그밀을 챙겨 먹는다. 나는 다행히 별 문제가 없다. 이제 반을 지났으니 나머지 반도 별 문제 없겠지.

평소에 모관운동, 붕어운동 따위 몇 가지 운동을 하고, 일 년에 한 번씩 단식을 하고, 약이나 병원에 의지하지 않고 뜸이나 부항을 뜨며 살았던 것이 이렇게 건강을 유지하며 히말라야에 올 수 있는 힘이 되었는지도 모르지.

6시 30분에 찐 달걀 두 개와 짜파티 한 장을 아침으로 먹고 7시 30분에 산행을 시작했다. 오늘은 5일째. 8시간 이상 산행을 해야 한다고 해서 조금 걱정이 된다. 오르막은 정말 힘들다. 시누와까지만 사람이 살고 그 위로는 사람이 살지 않아 로지도 자주 없다. 그 흔하던 소똥도 보이지 않는다. 길이 험하지는 않지만 끝없는 오르막이다. 한동안 우리가 걷는 왼편으로 눈 덮인 흉쭐리와 남봉이 보이다 이내 사라졌다.

남편도 점점 말수가 준다. 가도 가도 산길에 울창한 숲길이다. 그 아래로 계곡물이 흐른다. 높이를 헤아릴 수조차 없을 듯한 산 위에서 쉼 없이 폭포가 쏟아지는 것도 장관이다. 아침을 적게 먹어서 그런지 자꾸 힘이 빠진다. 집에서 가져온 간식들은 다 떨어졌는데, 간식을 살 곳도 없다. 한 시간을 걸어 위시누와에서 로지를 만났다. 남편이 나무의자에 앉으니 꼬마 하나가 다가와 남편의 머리를 묶는다. 몇 살이냐고 물으니 열 살이란다. 토요일이라 학교에 가지 않았다고 한다.

잠시 쉬었다 다시 걷는다. 걷고 또 걷는다. 밀림을 헤치고 가는 느낌이다. 깊고 깊은 히말라야의 속살로 파고 들어가는 것 같다. 밤부 로지에 도착해 잠시 쉬면서 뜨거운 물을 마셨다. 배가 몹시 고파 자꾸 기운이 빠진다. 이제 체력이 떨어져가는 느낌이다. 12시 넘어 도반에 도착했다. 계곡에 안개가 피어오르기 시작한다. 점심으로 볶음밥을 시켰다. 밥을 가져오는데 상한 치즈에서 나는 것 같은 냄새가 좀 심해서 별로 먹고 싶은 마음이 없었다. 그래도 오후에 걸을 생각으로 꾸역꾸역 먹었다.

우리가 밥을 먹는 옆자리에는 영국에서 온 고등학생쯤 되어 보이는 학생들이 게임을 하며 즐거워한다. 열대여섯 명쯤 되는 아이들이 피곤한 기색도 없이 재미있게 논다. 그 사이에 지친 듯한 여학생 둘은 기진해서 누워 있다. 나에게는 이제 다시 돌아올 수 없는 시절을 마음껏 누리는 아이들을 부러운 눈으로 오래도록 바라보았다.

남편은 눈이 맑아졌다고 좋아한다. 푼힐 전망대에 떠오르던 아침 해가 남편을 치유해준 듯싶다. 병원에서 받아온 비상약은 아직 한 번도 쓰지 않았다. 얼마나 다행인가.

점심 먹고 4시간을 더 걸어야 한단다. 숲은 갈수록 깊고 어두워진다. 골짜기로 구름이 몰려온다. 순식간에 거대한 산이 가려지고 우리는 구름에 갇혔다. 그래도 걸음을 서두를 수는 없다. 걸음을 옮기기가 힘든 것이 체력이 떨어졌기 때문인지 고도가 높아져서인지 알 수 없다. 그 높은 길을 포터들은 엄청나게 큰 짐을 메고 올라간다. 높이 올라갈수록 쉬면서 담배를 피우는 포터들이 자주 눈에 뜨인다. 담배라도 피우며 덜 힘들 수 있다면 얼마나 다행일까?

남편과 기솔은 아직도 짜장면 집이냐 김밥 집이냐를 주고받으며 우스갯소리를 한다. 남편이 우스갯소리를 하면 기솔은 깜짝 놀라서 한참씩 서 있다. 내가 "웃기려고 하는 소리에요." 하고 말하면 그제야 '아하~' 하고 웃는다.

기솔은 이번에 우리에게서 처음 듣는 말이 정말 많다고 하면서 우리가 한 말을 몇 번씩 되뇌곤 한다. 우리가 평소에 자주 쓰는 '긍게 말이여' '아니 랑게' 이런 전라도 사투리가 무슨 뜻이냐고 묻기도 한다. 우리가 사는 전라 도의 지방 사투리라고 말해주니 '긍게' '아니랑게' 이런 말을 혼잣말처럼 해 서 우리도 낄낄거리며 웃었다.

"기솔, 어떤 전라도 어른이 음식점에 가서 일하는 젊은 청년한테 '아가 야, 지 한 종발 더 가져와라' 그랬댜. 그러니까 그 청년이 '예?' 했지. '아, 지 한 종발 가져다 달라구!' 그래도 못 알아듣고 '예?' 하고 되물었지. 그러니 까 옆에 있던 다른 사람이 '김치 한 접시 더 가져다 달라고' 하고 통역을 했 단다."

이 이야기도 기솔이 제대로 알아듣지 못해 한참을 설명해야 했다.

그 이야기를 하노라니 시집와서 첫 번째 제삿날이 생각났다. 낯선 시 댁의 옛날식 부엌에서 아궁이에 불을 때며 음식을 준비해서 정신없이 손 님상을 방에 차렸다. 부엌에서 정신없이 설거지며 뒷정리를 하고 있는데 어머니께서 부엌의 쪽문을 열고 "야야, 냄비 하나 더 줘라." 하신다. 나는 얼른 찬장에서 노란 양은 냄비를 꺼내 드렸다. 어머니는 역정을 내며 "얘 가 냄비 하나 달라니까 왜 빈 냄비를 내미냐." 하신다. 나는 어쩔 줄 모르 고 서 있었다. 그 소리를 들었는지 방에 계시던 아주머니 한 분이 나오셔 서는 "찌개 한 냄비 더 달라고." 한다. 나는 얼른 솥에서 찌개를 떠 노란 냄비에 담아 드렸다.

쓰이는 말이 이토록 다르니, 충청도에서 전라도까지의 거리가 어디 먼 이국처럼 멀게 느껴지는 날이었다.

히말라야 로지에 도착할 즈음 빗방울이 듣는다. 남편은 "여기가 히말라 야야?" 하면서 실망한 눈치다. 늘 듣던 히말라야라는 거대한 이름이 이 조그만 마을에서 비롯되었다는 것이 실망스러운 모양이다. 히말라야는 로지 두 개밖에 없는 아주 작은 마을이다. 여기서도 두 시간을 더 가야 우리의 목적지인 데우랄리다.

우리가 자리에 털썩 앉자마자 기술은 부엌으로 가서 뜨거운 레몬차를 가져온다. 참 성실한 사람이다. 점심 먹은 것이 좀 무리였는지 배가 살살 아프다. 냄새가 심한 네팔 치즈가 속에서 부글거리는 것 같다. '여차하면 숲속으로 가지 머' 하면서 출발했다. 시누와 좀 지나서 '여기는 신들이 사는 곳이니 함부로 오줌 누지 말' 하고 써 있던 표지판 생각이 났다. 시누와 이후에는 고기도 먹지 못하게 한다고 한다.

남편과 나는 "안나푸르나 신이여 우리를 받아주소서." 하고 소리를 내어 간절하게 빌었다. 그 소망을 말하는 순간 지극히 경건해지고 마음이 숙연해졌다. 올라갈수록 한 발을 떼기가 힘들었지만 갈 수밖에 없다. 이제 가지 않을 수가 없다. 돌아서기에는 너무 멀리 왔다. 우리의 삶 또한 그러하겠지. 이 지구별에 태어난 이상 우리 몫의 삶을 다 살아야 이승을 떠날 수 있는 것이겠지. 멈추거나 돌아설 수 없는 이 히말라야 깊은 산속이, 지금 내가 살아가고 있는 지구별에서의 여정과 닮았다.

데우랄리 목적지가 보이는 곳에 거대한 바위가 공중에 떠 있는 듯 서 있다. 그곳에서 데우랄리 로지를 짓는 돌 작업을 하는 사람이 지낸다고 한다. 나무와 풀로 얼기설기 엮어 움막을 지어 놓았다. 그 안을 들여다보니 텐트도 한 개 있다.

모퉁이만 돌아서면 로지일 것 같은데, 걸음을 떼기가 정말 힘들다. 모퉁이를 돌아가는 사람들의 표정이 모두 비슷하게 지쳐 있다. 거대한 산은 이미 구름에 가려져 보이지 않는다.

데우랄리에 도착하니 사방이 검은 덩어리에 둘러싸인 곳에 오두막 한 채가 자리 잡고 있는 형상이다.

'아 두렵고 두렵구나.'

여기 로지는 새로 지어서 깨끗하고 주인 내외도 무척 젊다. 젊고 앳된 아내가 모든 일을 주관하고 있다. 남편이 서른한 살, 아내는 스물한 살이라고 한다. 한국의 스무 살 아가씨들 생각이 났다. 속이 불편해 화장실에 가서 시원하게 볼일을 봤다. 그래도 조금 겁이 나서 가져온 약 두 알을 먹었다.

히말라야에 간다니까 사람들은 고산증에 대한 이야기를 가장 많이 했다. 약국에 가서 비싼 고산증 예방약을 사 가지고 왔는데, 아직은 그 약이 쓸모가 없다. 저녁은 생각도 없었지만 의무처럼 먹어야 한다. 남편이 향신료 다 뺀 감자요리를 시켰다. 감자를 튀겨서 양념에 버무리고, 그 위에 달걀부침을 얹었다. 맛이 괜찮아 조금 먹었다. 식당에는 중국에서 온 젊은이들과 태국에서 온 젊은이들이 왁자하다. 그 사이에 나이 든 서양 사람들이 끼어서 유쾌하게 이야기를 나눈다. 그 모습을 바라보는 것도 참 즐겁다.

오늘은 어찌 자야 하나? 잠은 쏟아지는데 이제 7시가 좀 넘었다. 방은 너무너무 춥다. 식당은 그래도 사람들 온기로 덜 춥다. 식당에 앉아 있으니 자꾸 졸음이 쏟아져 책을 펼쳤다. 남편은 근심스런 얼굴로 고산증을 걱정한다. 내 오른쪽 눈이 조금 충혈되었는데 어찌나 걱정을 하는지, 내 눈을 근심스럽게 들여다보고 또 보고 한다. 하긴 나도 그 사람을 늘 걱정하고 있으니, 이래서 부부인가. 어쩐지 여기에 오니 동지애 같은 것이 돈독해진 느낌이다.

기솔이 아프지 않느냐고 자꾸 묻는다. 아프지 않다. 신기하다. 다리도 안 아프다. 기솔과 셋이 식탁에 앉아 두런두런 이야기를 했다. 기솔은 한국에 대한 미련을 버리지 못하고 있다. 한국에서 4년은 취업비자로 살고 3년은 불법체류자로 살았기 때문에 앞으로 5년은 한국에 갈 수 없다고 한다. 5년이 지난 뒤에는 등산 계절에는 히말라야 가이드를 하고 나머지 시간에는 한국에 가서 일을 하고 싶다고 한다. 내년 2월이면 아이도 태어나니 가장의 책임을 느끼는 것 같아 마음이 짠하다.

그때 다른 팀의 네팔 가이드 한 사람이 식당으로 들어와 기솔과 반갑게 인사를 한다. 옆에는 한국 사람이다. 기솔이 우리 두 사람을 가리킨다. 어제 시누와에서 한국 사람 한 분이 인천교구 신부님 네 분과 함께 왔다고 했는데, 그중 대표 신부님이라고 한다. 그 신부님은 당신 생애 동안 히말라야 14좌 베이스캠프를 모두 오르는 것이 목표인데, 이번에도 신자들을 인솔하고 오셨다고 한다. 어제 시누와에서 우리 이야기를 듣고 이 어둡고 추운 밤길에 우리를 찾아오신 것이다. 남편은 감격해서 어찌 할 줄을 모른다.

신부님께서 내일 안나푸르나 베이스캠프에서 미사를 드릴 것이라고 한다. 우리도 당연히 함께하겠다고 했다. 그리고 신부님은 처음 이곳에 온 우리가 혹시 현지에서 불이익을 당하지 않는지 꼼꼼하게 물어 보셨다. 식당에서 음식을 주문할 때 자유롭게 하는지, 잠자리는 어떤지……. 우리는 기솔이 참 성실하고 세심하게 우리를 안내하고 있다고 말했다. 신부님은 걱정을 내려놓으시며 혹시 도움이 필요하면 연락하라고 하시고 어둡고 추운 밤길을 걸어 숙소로 가셨다. 남편은 몇 번이고 "내일 주일미사를 못할 줄 알았는데." 하며 감개무량이다. 뼛속 깊이 천주교 신앙인인 남편에게는 주일미사를 거르는 일이 대죄 중에 대죄인 것이다.

방으로 들어와 옷을 잔뜩 껴입고 가져온 침낭에 이불을 뒤집어쓰고, 그 위에다 여기서 빌린 침낭까지 덮고 누웠다. 잠이 쏟아질 것 같더니 점

점 의식이 또렷하다. 밖에서는 설거지하는 소리인지 그릇 부딪치는 소리
가 끝없이 들린다. '이 추운데 밖에서 설거지를 하는구나. 이제 전기도 나
갔을 텐데. 어디서나 삶은 고단하구나.' 이런 생각을 하며 어찌어찌 잠이
들었다.

안나푸르나

거대한 산에 둘러싸인 곳에서 아침을 맞았다. 머리가 좀 띵하더니 이내 괜찮아졌다. 고도가 높은 ABC(안나푸르나 베이스캠프)에서 자느냐 ABC를 오른 뒤 MBC(마차푸차례 베이스캠프)로 내려와 자느냐 하는 이야기를 며칠 전부터 했다. 고도 4,000이 넘으니 힘들 것을 걱정하는 것이다. 우리는 ABC에서 아침 일출과 설산을 본 뒤에 산을 내려오는 것으로 일정을 결정했다.

아침으로 삶은 감자 몇 알과 아메리카노 커피를 마셨다. 이 높은 곳에 아메리카노 커피를 만드는 기계가 있다는 것이 놀라웠다. 로지 주인 내외가 젊은이라서 신세대 감각으로 로지를 운영한다는 생각이 들었다.

'우리나라 국민이 가장 많이 먹는 음식이 커피라는 기사를 본 것이 생각났다. 내가 사는 익산에도 한 집 건너 커피 집과 손전화 파는 집이다. 전에 몽골에 가기 전에 NGO 활동가들을 위한 교육을 받을 때 커피를 재배하는 가난한 나라 사람들은 정작 커피 맛이 어떤지 알지도 못한다는 이야기를 들었다. 거대한 다국적기업들이 그들의 이익을 위해 가난한 나라에서 얼마나 임금을 착취하는지 그 실상을 들으며 공정무역 커피만 마셔야지 하고 맹세했다. 그런데 지금 이 높은 산에서 커피 한 잔을 마시니 그동안 산에서 음식 때문에 느끼던 결핍이 채워진 느낌이다. 그래서 헛된 맹세를 함부로 하는 것이 아니라고 했던가.

기솔은 우리가 커피 마시는 옆에서 공손히 서 있다. 함께 마시자고 해도 웃으며 "네팔리가 무슨 커피를" 하고 말끝을 흐린다. 언제나 '손님 먼저'가 몸에 배어 있는 모습이다. 그 모습을 바라보자니 불쑥 돌아가신 엄마의 모습이 떠올랐다. 할머니 살아 계실 때, 고모들이 오면 엄마는 정성껏 상을 차려 안방에 들여놓고 다시 부엌으로 가서 숭늉을 끓여 와서는 방의 윗목에 손을 모으고 수줍게 앉아 있었다. 그 생각이 나니 커피가 목에 걸린다.

로지를 나서기 전에 한 방을 썼던 태국의 여학생과 사진을 찍으며 서로의 일정을 물었다. 이 여학생은 혼자 왔다고 한다. 얼굴은 참하게 생겼는데, 참 용감하구나.

8시에 "히말라야의 신이여 우리를 받아주소서." 하고 기도를 드리고 ABC를 향해 길을 나섰다. 얼마 걷지 않아 조그만 돌탑이 서 있다. 우기 때 이곳을 등반하던 한국계 미국인이 사진을 찍다가 벌레를 보고 놀라 계곡으로 추락했다고 한다. 지금은 물이 그리 많지 않지만 우기 때는 물이 넘쳐 3일 만에야 시신을 찾았다고 한다. 그의 미국인 남자친구가 그 자리에 돌탑을 세워줬다고 한다. 나는 그 돌탑을 자꾸 뒤돌아보며 걸었다.

올라가는 길은 산그늘에 가려 몹시 추웠다. 골짜기에서 불어오는 바람 때문에 더욱 춥다. 가방에서 두꺼운 겨울 점퍼를 꺼내 입었다. 한 발씩 뗄 때마다 힘이 든다. 고도가 높다는 것이 실감이 난다. 그늘진 길을 다 걷고 잠시 쉬는 동안 기솔이 가방에서 사과 한 개씩을 준다. 아주 작은 사과지만 정말 달고 맛있다. 기솔이 묻는다.

"해발 3,800미터에서 사과 드서 보셨나요?"

우리는 고개를 저으며 맛있게 먹었다.

"저 앞에 있는 산 이름은 뭐야?"

"데우랄리 앞산."

"저 산은?"

"데우랄리 뒷산."

거대한 봉우리들이 더 거대한 산봉우리 때문에 이름을 얻지 못하고 있다. 마차푸차레가 보이자 남편이 기솔에게 물었다.

"저 산은 높이가 얼마나 돼?"

"6,994미터."

"우리 저 산 올라갈까?"

"몇십 년 전에 저 산에 길 내려 간 사람들이 아직 돌아오지 않고 있어요. 그래서 저 산은 등반 금지예요."

그 산을 올려다보니 봉우리마다 칼날처럼 날카로워 발 디딜 곳이 없어 보였다.

숨을 몰아쉬며 MBC에 도착했다. 로지로 들어가 해가 있는 쪽으로 자리를 잡았다. 숨을 몰아쉬다가 신발을 벗고 자리를 잡았다. 우리가 앉은 옆자리에 젊은 서양 남자가 기진맥진해서 누워 있다. 얼굴빛이 납처럼 굳었다. 부엌에 갔던 기솔이 그 젊은이 소식을 전해준다. 몸이 몹시 아파 헬기를 부르고 기다리는 중이라고 한다. 그의 가이드가 흰죽을 끓여다 주니 간신히 일어나 앉아 한 술 뜨고는 더 이상 먹지 못한다. 나는 내 배낭 속

에 있는 사혈 침이 자꾸 생각났다. '손가락 몇 군데만 사혈하면 훨씬 나을 텐데, 안타깝구나.'

내가 수지침을 배우고 자연요법에 관심을 갖게 된 것은 내 건강이 몹시 나빴기 때문이다. 아이 둘 낳고 시댁에서 시어머니와 함께 살면서 시동생 둘과 시누이 뒷바라지에 농사일까지 하느라 진이 다 빠졌는지 큰아이가 다섯 살 때 시내로 분가하고부터 안 아픈 곳이 없었다. 병원에 가도 나아지지 않고, 한약을 몇 달씩 먹어도 좋아지지 않았다. 어찌어찌해서 수지침을 배우기 시작했다. 침도 놓고 뜸도 뜨면서 몸이 조금씩 나아지기 시작했다. 수지침을 배우고 내 건강도 좋아졌지만 아이들을 병원에 의지하지 않고 키운 것이 참 다행스러웠다.

나는 사혈 침을 늘 가지고 다니면서 누가 아프다고 하면 꺼내 들곤 했다. 우리 아이들은 사람들에게 "우리 엄마 앞에서 아프다고 하지 마세요. 침 맞아요." 하기도 하고, 아픈 사람에게 침이라도 놓아주려 하면 "으이구 못 말리는 엄마의 오지랖." 하면서 혀를 차곤 했다. 오지랖이 넓어서가 아니라 아픈 사람을 보면 안쓰럽고 딱한 마음이 앞서는 걸 어쩌란 말인가.

수지침을 배운 덕분에 아이들 키우는 동안 병원에 크게 의지하지 않을 수 있었다. 배가 아프다고 할 때 다리를 잡고 왼쪽 오른쪽으로 흔들어주면 아이들은 깔깔 웃었다. 웃어서 나은 건지, 그렇게 몇 번 흔들어 주면 다 나았다고 했다. 감기로 열이 날 때도 소아침으로 손가락 두 군데 정도 살짝 침을 놓아주면 열이 떨어졌다.

딸아이가 초등학교 5학년 때 뇌수막염에 걸려서 병원에 입원하라 했을 때도 집에서 사혈하면서 열을 떨어뜨리니 하루 만에 나았다. 내 아이니까 그렇게 할 수 있었던 것이다.

그렇게 키워서 그런지 우리 아들은 중 3때 다른 아이들이 학교 급식을 먹고 식중독에 걸려 휴교까지 했지만 혼자 괜찮았다. 나는 그때 몽골에 있었다. 또 아이들이 고등학교 때는 신종플루가 유행이었는데, 어쩐 일인지 예방접종을 맞고 일주일 만에 전교생이 거의 신종플루에 걸려 휴교령이 내렸다. 그때도 우리 아이들은 멀쩡했다.

돌이켜보니 조금 아프다고 약을 먹거나 병원에 가서 주사를 맞는 것이 아니라 자연요법으로 다스리니 몸 안에서 면역력이 제대로 자란 것이 아닌가 싶다.

저 젊은이에게 손가락 몇 군데 침을 놔 줄 수 있다면 얼마나 좋을까. 내가 의사가 아니라서 그럴 수 없는 것이 안타까웠다.

점심으로 감자튀김을 먹었다. 로지 안에서 밖을 바라보면 햇살이 따사로워 보이지만 밖으로 나가면 추위가 만만치가 않다. 게다가 오후가 되면서 또 골짜기로 구름이 몰려온다. 완만한 오르막을 타고 ABC로 향했다. 올라갈수록 왠지 처음 온 곳이 아닌 듯 낯이 익은 풍경이다. 사진으로 자주 보기도 했고, 특히 겨울옷 광고에서 많이 나오던 곳이기도 하다. 배우 조인성이 광고사진을 찍으러 왔을 때도 기솔이 안내를 했다고 한다. 함께 찍은 사진을 보여주었는데, 그 사진의 배경도 여기쯤이다.

ABC에 가까워지니 눈발이 날린다. 일찍 도착한 사람들은 쌓인 눈을 뭉쳐 눈사람을 만들었다.

드디어 우리의 목적지인 안나푸르나 베이스캠프에 도착했다. 오후 3시가 넘은 시간이다. 남편은 나를 얼싸안으며 "우리가 4,130미터를 오르다니." 하면서 몇 번이나 감격에 겨운 소리를 한다.

어디선가 읽은 글인데, 어떤 사람이 현실이 막막해 사막으로 여행을 떠났다. 거기에 가면 무엇인가 있지 않을까 기대를 했는데 막상 사막에 가니 뜨거운 햇볕에 덥고 목이 타는 갈증만 심할 뿐이었다. 이게 뭔가, 하고 실망스러워하고 있는데 어디선가 "여기까지 오느라 고생했다." 하는 소리가 들렸다. 그 소리를 듣는 순간 눈물을 흘리며 감격했다고 한다. 그런데 나에게는 위로의 소리도 아무 소리도 들리지 않고 춥고 배고프고 지칠 뿐이었다. 그토록 고생하고 수고스럽게 온 곳이 여기인가, 허탈하기까지 했다.

우리는 곧바로 박영석 대장과 신동민, 강기석 등반대원을 추모하기 위해 세워놓은 추모탑으로 올라갔다. 2011년 안나푸르나 제1봉에 오른 뒤 하산길에 조난을 당해 아직 저 산 눈 속에 누워 있다. 추모탑 앞에서 기도를 하자니 절로 눈물이 난다.

추모탑 옆에 태극기가 꽂혀 있다. 태극기를 펼치며 "박영석 대장님 하늘나라에서 우리나라를 위해 기도해 주세요." 하고 간절한 마음으로 빌었다. 외국에 가면 모두 애국자가 된다더니, 안나푸르나에 와서 태극기를 보니 저절로 나라를 위해 절실한 기도를 하게 된다.

한참을 추모탑 주변을 서성이다가 로지로 내려왔다. 이곳은 로지가 좁아 여럿이서 한 방을 써야 한다.

방에서 짐을 정리하고 있는데 4시에 위 로지에서 미사를 드린다는 전갈이 왔다. 두꺼운 점퍼를 단단히 챙겨 입고 로지 마당으로 갔다. 한국 신부님이 네 분이다. 그 가운데 한 분은 푼힐 전망대에서 나에게 한국에서 오셨냐고 말을 걸었던 그 젊은이였다. 그 뒤에도 두어 번 등반길에 마주친 적이 있는데, 인사만 하고 지나치지 않고 늘 우리를 걱정해주며 안부를 묻곤 했다.

'어쩐지 범상치가 않다고 생각했더니, 신부님이었구먼.'

하늘이 잔뜩 흐리고 금방이라도 눈이 쏟아질 것 같은 날씨였다. 그런데 우리가 미사를 막 시작할 무렵 누군가 하늘을 가리킨다. 신기하게도 검은 구름이 물러나고 그 사이로 맑은 햇살이 비추며 너무나 맑고 아름다운 하늘의 풍경이 펼쳐진다. 이런 걸 사람들이 과장해서 말할 때 기적이라고 하겠구나, 하는 생각이 들었다. 정말 아름답고 신비로운 모습이었다.

내 생애 이토록 높은 곳에서 미사를 드리는 이런 날이 또 있을까? 미사는 그 자체로 감격이었다. 나뿐만 아니라 다른 사람들도 모두 울고 있었다. 감동은 서로 평화의 인사를 나눌 때 절정에 다다랐다. 모두가 눈물을 흘리며 서로를 안아주고, 진심으로 평화를 빌어주었다. 늘 이 순간만 같다면 이 세상에 평화는 이미 이루어졌을 것이다. 이 순간을 위해 이 춥고 험한 곳에 왔다고 해도 별 지나침이 없을 것처럼 평화로 가득한 시간이었다. 2014년 11월 2일, 일요일이었다.

내려가는
길

이제 무엇을 먹는 것이 고역이다. 그래도 안 먹을 수가 없다. 로지 부엌에는 긴 탁자를 가운데로 두고 전 세계에서 온 등반객들이 길게 앉아서 자신들의 가이드가 가져다주는 저녁을 먹고 있다.

부엌은 몹시 춥다. 내가 춥다고 하니까 기솔이 로지 주인에게 말했는지 내 발 아래 탁자 밑에 석유난로를 밀어 넣는다. 탁자에 불이 붙으면 어쩌나 걱정이 된다. 발밑이 조금 따뜻해지기는 했지만 석유 냄새가 나니 머리가 지끈지끈 아프다. 환기가 되지 않아 공기가 탁하고 냄새가 더 심한 것 같다. 또 춥다고 이 높은 곳에서 석유난로를 피우는 것도 영 마음이 편치 않다. 포터들은 얼마나 힘들게 이 석유를 등에 지고 왔을까. 난로를 치워 달라고 부탁하고 방으로 왔다.

머리가 아프니 혹시 고산증인가 하고 겁이 난다. 전기도 안 들어오는 깜깜한 방에서 손전등을 켜고 가방에서 타이레놀을 찾아 한 알 먹었다. 내 생애 타이레놀을 먹은 것은 처음이다. 로지가 좁아 한 방에 아홉 명이 자야 한다. 나무침대 몇 개가 아무렇게나 놓여 있다. 세수는 물론 양치질도 하지 않고 옷도 그대로 입은 채 자리에 누웠다. 잠은 오지 않는다. 옆으로 누우면 심장이 멎는 듯 압박이 느껴진다. 자리도 좁아 뒤척이지도 못한다. 바로 누웠다 옆으로 누웠다 1분에 한 번씩 간신히 뒤척인다. 고통스럽고 힘든 밤이다.

도대체 왜 이 높은 곳까지 와서 이 고통을 겪어야 하나, 하는 자책감이 든다. 무엇 때문에? 죽을 때 후회하지 않으려고? 내 자신의 인내심을 시험하려고?

어쩌면 내 삶 속으로 수시로 찾아드는 불안과 두려움을 이겨내 보려고 히말라야라는 욕망을 품고 살아왔는지 모른다. 과연 산을 내려가면 불안하지 않고 두려움에 떨지 않고 살아갈 수 있을까? 돈이 신이 되고 자본이 세상을 지배하고 있는 그곳에서.

잠은 오지 않고 온갖 생각과 회의와 고통이 온 마음과 몸을 괴롭힌다. 숨쉬기가 정말 힘들어 몇 번에 한 번씩 숨을 몰아쉬어야 한다. 꼭 임신 막달에 배가 무거워 바로 눕지 못할 때처럼 몸이 힘들었다. 남편은 이미 깊은 잠이 들었다.

어찌어찌 하다가 깜빡 잠이 든 것 같은데, 다른 침대에 누웠던 남자가 밖으로 나갔다가 잠긴 출입문을 열지 못해 문을 심하게 흔드는 소리에 잠이 깼다. 그 소리에 그대로 일어나 밖으로 나가는 순간 지난밤의 온갖 고통과 번민과 회의는 사라졌다. 눈앞에 펼쳐진 장엄한 광경 덕분이다.

로지를 가운데로 하고 사방을 병풍처럼 둘러싸고 있는 안나푸르나의 봉우리에 해가 뜨는 광경은 이 세상 풍경이 아닌 듯했다. 드높은 안나푸르나 제1봉, 남봉, 힝츌리, 마차푸차레가 장엄하게 자리하고 그보다 낮은, 이름도 얻지 못한 설산에 금빛으로 해가 뜨는 광경은 인간이 얼마나 무력하고 연약한 존재인지, 우리는 자연 앞에 얼마나 겸손해야 하는지 존재 자체로 그대로 보여주는 듯하다.

우리는 말도 못한 채 넋을 잃고 그 광경 앞에 서서 금빛의 파노라마를 지켜볼 뿐이었다. 이 순간을 위해 그토록 높고 험한 길을 올라왔구나.

'신이 아니라면 어느 누가 이런 아름다운 장관을 연출할 수 있으랴. 히말라야는 과연 신들의 산이구나' 하는 마음이 드는 순간 저절로 고개가 숙여졌다.

나는 "히말라야의 신이여, 안나푸르나의 신이여 고맙고 고맙습니다." 하고 되뇌고 되뇌었다.

해가 완전히 떠올라 안나푸르나가 온통 금빛으로 물들자 우리는 산을 내려오기 시작했다. 아직 두통이 다 사라지지 않았다고 했더니 기솔이 서두르기 시작했다. 아무것도 먹을 수가 없었다.

나는 한 걸음 떼고 뒤돌아보고 또 뒤돌아보았다. 저 설산을 가슴에 품고 살아야지. 언제 다시 이 광경을 보려나. 돌아보고 또 돌아보았다.

올라온 길을 거슬러 MBC를 거쳐 데우랄리 로지까지 그토록 힘들고 고통스럽게 올랐던 길을 두 시간 만에 내려왔다. 내려오면서 몇 번이나 "우리가 여길 올라갔단 말이야?" 하고 서로에게 물었다.

그 험한 길을 오르자마자 내려가야 하는 것이 아쉽고 아쉬웠다. 그러나 여기는 내 삶터가 아니다. 내려가야 내 삶이 있다. 거기에 가야 내가 더불어 살아가야 할 우리 아이들과 내가 사랑하는 사람들이 있다. 여행은 돌아가기 위해 떠나는 것이라고 하지 않았던가. 아름답고 경이롭지만 이 높고 추운 곳에서 언제까지나 살아가야 한다면 그 또한 얼마나 견디기 힘들 것인가.

이틀 전에 머물렀던 테우랄리 로지가 보이니 얼마나 반가운지 모른다. 국제 NGO 활동으로 몽골에서 살 때, 여름에 아이들과 여행을 다녀오던 일이 생각난다.

몽골에는 바다가 없다. 그런데 아이들은 몽골에도 바다가 있다고 한다. 그게 어디냐고 했더니 홉스골이란다. 홉스골은 바다가 아니고 호수인데, 그 넓이가 세계에서 몇 번째라고도 하고 러시아의 바이칼 호수 다음이라고 말하는 사람도 있다.

몽골 사람들의 평생 소원은 홉스골에 한 번 다녀오는 것이다.

내가 있던 돈보스코센터에서 운영하는 학교는 돈보스코 성인의 영성에 따라 교육 프로그램이 진행되는데, 그중 아주 중요한 활동 가운데 하나가 여름여행이다.

여름에 학교 아이들과 며칠 동안 짐을 꾸려 홉스골로 여행을 떠났다. 아이들과 하는 여행이지만 홉스골에 가는 것도 기대가 되고 지루한 일상을 떠나는 것도 좋아서 신이 나서 출발을 했다. 그러나 몽골에서의 여행은 그야말로 생고생길이었다. 길도 없는 초원길을 덜컹거리며 사흘 동안 달려 홉스골까지 갔다가 단 하루 머물고 다시 사흘을 달려 집으로 왔다. 깊은 밤중에 내가 살던 암갈랑으로 돌아오는데, 멀리서 빨간 지붕이 보이니 얼마나 반가웠는지 모른다.

몽골의 화장실은 대부분 벌판 한가운데 있는데, 여름에 무척 깊게 파 놓는다. 그래서 여름에는 그 깊은 곳에 빠지면 어쩌나 무섭고 무서웠다. 그런데 한겨울에는 너무너무 추워서 똥이 몸에서 빠져 나가는 순간 얼기 시작한다. 그래서 그 깊은 화장실이 겨울에는 똥이 엉덩이까지 닿을 정도로 위로 올라와 언다.

아이들이 삽으로 한 번씩 그 똥을 쳐낸다. 나는 겨울에는 화장실에 가는 것이 무서워 조금씩 먹으려고 애를 썼다. 화장실에 한 번 가려면 옷을 잔뜩 껴입고 목도리까지 해야 한다. 얼기설기 엮어놓은 나무 사이로 바람이 어찌나 차가운지 엉덩이가 얼어붙는 듯해 재빠르게 볼일을 끝내고 옷을 올려야 한다. 안 그랬다가는 동상이 걸릴 지경이다.

또 물이 없어서 목욕은커녕 머리도 어쩌다 한번 벼르고 별러서 감아야 한다. 그러니 여름이나 겨울이나 모자가 필수품이다. 그렇게 씻지 못해서 누가 가까이 오는 것이 겁나곤 했는데, 서양 사람들은 만나면 덥석 끌어안고 볼부터 부벼댄다. 그럴 때마다 몸을 뒤로 빼내려 애를 쓰곤 했다.

또, 벌판 한가운데 나무로 얼기설기 지은 집이라 쥐가 어찌나 많은지, 밤마다 쥐들이 찍찍대는 소리를 들으며 자야 했다. 그래서 쥐 진득이를 사다 놓았더니 거기에 붙어서 죽지도 못한 쥐가 밤새 찍찍거리곤 했다.

그래도 일주일 가까이 가다 서다 하면서 덜컹거리는 러시아 푸르곤을 타고 아이들이 풍기는 온갖 냄새를 맡으며 엉덩이 한쪽만 걸치고 앉아서 시달리다가 돌아오니 그 움막 같은 우리 방이 마치 천국처럼 느껴졌다.

데우랄리에 도착하니 앳된 안주인과 젊은 남자 주인은 청소를 하고 있었다. 우리는 커피와 삶은 감자 몇 개를 아침으로 먹었다. 고도가 낮아지니 내려오는 걸음도 수월하고 숨쉬기도 편안해진다. 우리는 또 그새 올라갈 때의 고통을 잊고 "내년에는 에베레스트 베이스캠프에 갈까?" 하면서 또하나의 도전을 꿈꾸고 있다.

끼니때마다 무엇을 먹어야 하는 것이 큰 과제처럼 느껴진다. 점심은 무엇을 먹어야 하나 고민이다. 우리의 여정이 처음 계획보다 조금 빨라서 하루쯤 앞당겨 포카라에 도착할 수 있다고 한다.

내려오기 시작한 첫날에 아래시누와까지 왔다. 목소리 크게 웃던 안주인과 멋쟁이 딸을 다시 만났다. 거기서 빨래도 좀 하고 따뜻한 물에 머리도 감았다. 기술이 위 로지에서 어렵게 얻었다면서 물소 젖을 가져다 주었다. 고소하고 맛있었다. 그런데 먹고 나니 속이 불편해지기 시작했다.

한국인 등반객 여덟 명이 올라왔다. 올라오는 길에 포터 한 명이 다쳐서 다른 포터 한 사람이 올라왔다가 짐을 놓고 다시 내려가 다시 짐을 가져오느라 날이 어두워질 때까지 저녁도 먹지 못하고 우왕좌왕하고 있었다. 그들은 가이드 없이 포터만으로 등반을 한다고 한다. 우리 가이드 기술이 나서서 그들을 돕는다. 기술은 참 유능한 가이드다. 외국어 하나 제대로 하는 것이 얼마나 유용한 일인지 제대로 깨닫게 한다.

맞은편 촘농에 불이 밝혀진다. 내일은 1,800개의 계단을 거슬러 올라가서 아침으로 김치찌개를 먹기로 했다. 그런데 물소젖 먹은 것이 영 속이 편치 않다. 초저녁부터 졸려서 자리에 눕기는 했는데 잠은 오지 않는다. 위 로지에서 춤추고 노래하는 소리가 밤이 깊도록 들린다. 이 지역 민속예술단이 관광객을 대상으로 공연을 하고 모금을 해서 지역주민을 돕는다고 기술이 알려줬다.

잠은 한숨도 자지 못한 것 같은데 꿈은 꿨다. 잠이 들긴 했었나 보다. 다음 날 일찍 짐을 꾸려서 6시에 길을 나섰다. 오늘 시와이까지 가서, 그곳에서 지프로 나야풀까지 가고, 나야풀에서 택시로 한 시간 반 동안 포카라로 이동하기로 했다. 포터 폰과 딥은 나야풀에서 헤어지기로 했다.

시누와에서 한참을 내려와 다리를 건너 계단을 오르기 시작했다. 속이 메스껍고 울렁거린다. 기술에게 이 정도에서도 고산증이 올 수 있냐고 물으니 아니라고 한다. 머리도 띵하고 속이 울렁거리고 몇 계단을 오르기가 힘이 든다. 계단을 많이도 오르고 올랐다. 히말라야 트레킹 가운데 이 코스가 계단이 가장 많다고 한다. 깎아지른 절벽을 끝도 없이 오르고 오르기를 몇 번인가. 이제 계단만 보면 겁이 난다.

2005년에 20일 동안 휴전선을 동서로 가로지르는 통일대행진을 할 때, 휴전선 일대의 높은 고지를 걸으며 언덕만 나오면 겁이 덜컥 나곤 했는데 그때도 끝까지 걸었다.

이 계단을 오르고 올라 4,000미터 높이까지도 올라갔으니 어떻게 하든 내려갈 수 있겠지. 지금 몸이 좀 안 좋은 것도 어쩌면 내려가는 길이기 때문인지도 모른다. 어제는 그 많은 계단들을 오르며 딥과 장난을 치기도 했다.

"딥, 내가 저기까지 한 번에 간다. 잘 봐." 하고는 중간에 쉬기도 하고 짧은 길은 한 번에 오르기도 했다. 내가 몇 계단 오르다 그 자리에 서 있으면 딥도 말없이 내 뒤에 서 있곤 했다. 산을 오르기 시작한 뒤로 지금까지 딥은 내내 그렇게 그림자처럼 내 뒤에 말없이 서서 나를 지켜주었다. 몇 걸음 걷다가 지팡이에 몸을 의지하고 서서 "힘들어" 하면 딥은 말없이 웃고 있다. "힘들어?" 하고 물으면 처음에는 무슨 말인지 못 알아들어 가만히 있더니 지금은 고개를 한 번 저으며 씩 웃는다. 이 아이와 오늘 헤어진다니 벌써 마음이 쓰리다.

촘농에 도착해 김치찌개를 눈앞에 두고도 먹을 수 없었다. 국물만 조금 덜고 기솔에게 주면서 먹으라고 했다.

김치찌개 국물을 조금 마시고 콜라를 두 개나 마셨다. 내 생애에 콜라를 두 개나 먹은 것은 처음이다. 아이들이 어릴 때 상주에 간 적이 있는데, 길이 구불거려서 몹시 멀미를 했다. 그때 아들이 "엄마 콜라를 한번 드셔 보세요." 해서 마셨더니 거짓말처럼 멀미 증세가 사라졌다. 그때 생각이 나서 콜라를 마셨다. 그리고 화장실에 한참 앉아 있어도 똥은 나오지 않고 속만 불편하다.

몇 명의 한국인 등반객이 우리를 보더니 반갑게 인사를 한다. 우리에게 어디서 오는지, 베이스캠프에 며칠 만에 갔는지 이것저것 묻다가 가이드 탓을 한다.

"아이구 저 가이드가 어찌나 늘쩡대는지 갑갑하네요."

"서두르지 말고 가이드가 안내하는 대로 가세요. 한국 산에 오르듯이 서두르는 것이 고산증의 원인이 될 수도 있다고 하더라구요."

남편이 설명을 해주었지만 그래도 미심쩍은 표정이다.

따뜻한 햇살을 맞으며 식당 의자에 한참 누워 있다가 또 깎아지른 절벽을 내려가기 시작했다. 그 가파른 길을 올라 촘농의 학교에 가는 아이들과 마주쳤다. 날마다 이 길을 오르내리니 다리가 튼튼해지기는 하겠지만 무릎은 많이 상하겠구나.

깎아지른 절벽을 거의 내려와 뒤돌아보니 아득하고 아득하다. 그 절벽에서도 사람들이 살고 있다. 나는 그 사람들을 오래오래 바라보았다.

'언젠가부터 히말라야에 다녀오겠다고 입버릇처럼 말했는데, 정말 히말라야를 다녀가는구나.'

늘 하던 말이 이젠 내가 한 일 가운데 한 가지가 되었다. 이제 내가 어릴 적 자랐던 마을과 같은 시골로 돌아가서 텃밭을 가꾸며 마당을 쓸고 아궁이에 불을 때며 살고 싶은 소망도 이룰 수 있을까?

내 삶도 이제 내리막임을 인정해야 한다. 어떡하든 내 몫의 삶을 살아내려 산전수전 겪으며 애를 썼지만 정점도 찍어보지 못하고 내리막인가, 생각하면 허망하기 이를 데 없다. 그러나 여기까지가 내 삶임을 인정하고 고

맑게 받아들여야지, 하면서 스스로를 위안해 본다. 뜨는 해도 아름답지만 지는 노을도 아름다운 걸 나는 안다.

고은 시인은 '내려갈 때 보았네. 올라갈 때 보지 못한 그 꽃' 이렇게 노래했다. 이제 느리게, 낮은 발걸음으로 내려가리라. 앞으로만 나아가느라 숨이 차서 미처 돌아보지 못한 길옆에 피어 있는 들꽃 한 송이도 천천히 바라보며 내려가리라.